# 詩人と狂人たち

G・K・チェスタトン

JN161818

ある時は，心理学者の下宿する家で発見された開かれた窓と金魚鉢から恐るべき事態を推察し，高名な化石研究者の“消失”の背景に隠された異様な真相を看破する。またある時は不吉なシンボルで飾り立てられた家の宴の13人目の客となってしまい……平穏な風景のなかに覗く微かな異和感から奇妙な謎を見出し，逆説と諧謔に満ちた探偵術で解き明かす，画家にして詩人であるガブリエル・ゲイルの活躍を描く8編の探偵譚を収録する。チェスタトンの真骨頂ともいうべき幻想ミステリの傑作を，新訳決定版にて贈る。

# 詩人と狂人たち

G・K・チェスタトン
南 條 竹 則 訳

創元推理文庫

# THE POET AND THE LUNATICS

by

G. K. Chesterton

1929

目次

# 詩人と狂人たち

## ――ガブリエル・ゲイルの生涯の逸話――

# 一、風変わりな二人組

「旭日亭」と呼ばれる宿屋は、むしろ「落日」という名前を思わせる外観を呈していた。狭い三角形の庭の中に建っており、庭は緑というよりも灰色で、破れた生垣が川の物憂げな葦《あし》と入り混じっていた。二つ三つある黒々として湿気《しつけ》た四阿《あずまや》は、屋根も座席も崩れていたし、薄汚れて干上がった噴水には雨風にさらされて汚点《しみ》のついた水のニンフがいるけれども、水はなかった。家そのものも蔦《つた》に飾られているというより、貪《むさぼ》り喰われているように見えた。まるで茶色い煉瓦《れんが》の古い骨組が、巨大な寄生植物の竜に似た蜷局《とぐろ》にじわじわ壊されているかのようだった。家のもう一方は寂しい道に面していて、その道は丘を横切り、川の浅瀬へ下りて行くのだったが、下流に橋が架けられて以来、浅瀬を渡る者はめっきり減ってしまった。扉の外には木の長椅子とテーブルがあり、その上に木の看板が掛かっていたが、ひどく黒ずんで、日輪を描いた部分の黄金《きん》色も茶色に褪《あ》せていた。看板の下には宿の主人が立ち、陰気な面持《おももち》で道の先を睨《にら》んでいた。髪の毛は黒くて光沢《つや》がなく、鬱血《うっけつ》したような紫の顔には、日没の美しさはともかく、暗さがあった。

この場所で多少なりと活気を呈している唯一の人間は、ここから出て行く人間だった。ここ数ヵ月の間に泊まった最初にして最後の客で、夏を呼ぶのに見事にしくじった一人ぼっちの燕だったが[*1]、その燕も今飛んで行くところだった。彼は休暇中の医師だった。若く、醜男《ぶおとこ》だが人好きがして、剽軽《ひょうきん》な顔は手斧《ちょうな》のように尖《とが》り、髪は赤毛だった。猫のように機敏な彼の行動は、浅瀬のほとりにある宿屋の澱《よど》んだ無気力さと好対照をなしていた。彼は看板の下のテーブルに鞄をのせ、紐をかけているところだったが、一ヤードほど離れて立っている宿の主人も、家の中でのろのろと曖昧《あいまい》に動いている一人きりの下男も、手伝おうとはしなかった。不機嫌だったからかもしれないし、夢想に耽《ふけ》って何もしない癖がついていただけかもしれない。

人が怠けていたにせよ、働いていたにせよ、長い沈黙は二つの鋭い破裂音によって、初めて破られた。最初の音は、医師がテーブルの上で鞄に巻いていた紐が突然切れた音で、第二の音は、彼がそれに対して言った「糞ったれ！」という高らかな明るい声だった。

「困ったな」ガースという名で通っている医学者紳士は言った。「これを何かで括《くく》らなきゃいけないんだ。細引か縄か何か、ないかね？」

憂《うれ》わしげな宿の主人はしごくゆっくりとふり返って、家の中に入り、しばらくすると端《は》綱《づな》のように輪になった埃《ほこり》っぽい縄を持って来た。おそらく驢馬《ろば》か子牛を繋《つな》ぐ縄なのだろう。「これしかないんで」と主人は言った。「わたしもにっちもさっちも行かなくなっていますんでね」

「少し気分が冴えないようだね」とガース博士は言った。「強壮剤が必要かもしれないな。きっと、この薬箱はあんたに強壮剤をやるために開《あ》いたんだろう」

「わたしがいただきたい強壮剤は青酸だね」と「旭日亭」の主人は答えた。

「そりゃあ、お勧めできないな」医師は陽気に言った。「たしかに、飲んだ時は気持ちがいいが、あとで快癒するかどうかはとても保証できそうにない。しかし、あなたはほんとに悄気《しょげ》てるんだね。僕が勘定を払うなんて奇天烈《きてれつ》なことをやっても、御機嫌が直らなかったからね」

「ほんにお有難うございます、旦那」相手は無愛想に言った。「ですが、この恥さらしな古宿がおっつぶれるのを食いとめるには、もっともっとお勘定をいただかなけりゃなりませんや。これでも以前《まえ》は繁盛したものなんです。その時分は川向こうまで誰でも私道を通って良いことになってましてね、みんなこの浅瀬を渡ったんです。ところが、先代の地主さんがどういうわけか道をふさいじまって、今じゃみんな一マイル先の新しい橋を渡りま

＊1　「燕一羽で夏にはならぬ（早合点は禁物）」という英語の諺がある。

す。誰もこっちへ来やしません。それに、お客さんの前ですが、来なきゃならない理由があるとも思えませんや」

「噂じゃ、新しい地主も破産しそうだっていうじゃないか」とガース博士は言った。「してみると、歴史は復讐するわけだな。ウェスタメインという名前だったね？　あそこのお屋敷には兄妹《きょうだい》が住んでいて、大分生活に困っていると聞いたよ。どうもこの地方全体が落ちぶれて来たみたいだな。しかし、誰もここへ来ないというのは間違ってるぜ」と急に言い足した。「そら、男が二人丘を越えて、こっちへ来るところだぜ」

道は川と直角に谷間を横切っていて、浅瀬の向こう側では、忘れられた私道が斜面を登って行くのが、もう少しうっすらと見分けられた。この道の先には、かつてウェスタメイン僧院があったことを示す廃墟の門が、青白い雲を背に黒々と立っていた。雲は嵐を仄《ほの》めかすような淡い赤みをおびていたが、谷間の反対側の空は澄んでいて、もう昼下がりだったが、朝方のように明るく清々《すがすが》しかった。そして、こちら側の、白い道が弧を描いて丘を越えるところを、二つの人影が近づいて来た。それはまだ遠くの点々にしか見えないうちから、互いに似ていないことがはっきりとわかった。

宿屋へ近づいて来るにつれて、その対照はますます強まり、二人が互いに馴々《なれなれ》しい様子で、腕組みして歩かんばかりだったために、違いがかえって際立っていた。一人は比較的背が低く、非常にがっしりした身体つきだった。もう一人は異様に背が高くて、痩せていた。二人共金髪だったが、背の低い男の金髪はきちんと分け、なめらかに撫でつけてあった。一方、もう一人の髪の毛はピンと立って、不揃いな太い房や細い房が何とも珍妙な様子だった。背の低い男は肥った四角い顔で、鼻が非常にとんがっており、輝く鳥のような眼はその鼻を小さい嘴《くちばし》のように見せていた。この男には何か雄の雀のようなところがあり、実際、田舎の鳥よりも町の鳥に見えたのである。服装は事務員のように小綺麗かつ平凡で、これからシティ*2へでも行くかのように、実務家らしい小鞄を提げていた。かたや、のっぽの道連れは、寛《ゆる》いナップサックと一見して絵描きの道具とわかるものを背負《しょ》っていた。幾分げっそりした長い顔で、心ここにあらずといった目をしていたが、その下の顎は前に突き出していて、まるでそいつが無意識に自分なりの決意を固めているのを、ポカンとした青い目はまだ気づかないという風だった。男たちは二人共若かった。帽子を被らずに歩いていたが、たぶん歩いて火照《ほて》ったのだろう。一人は硬い麦藁《むぎわら》帽子を手に持ち、もう一人は広い灰色のフェルト帽をナップサックに突っ込んでいたから。

二人は宿屋の前で立ち止まり、背の低い男が伴侶《つれ》に向かって楽しげに言った。「ともかく、ここには君の腕をふるう場所があるぜ」

それから、彼は呑気《のんき》な愛想の良さで宿の主人に呼びかけ、麦酒《エール》を二杯持って来てくれと

*2　ロンドン中心部の金融街。

言った。そしてあの陰気な人物が陰気なもてなしの場所に姿を消すと、やはり晴れやかな饒舌《じょうぜつ》さで医師の方を向いた。

「私の友達は絵描きなんです」と彼は説明した。「ですが、少々特別な絵描きでしてね。家の塗装業者と呼んでもかまいませんが、ふつうの人がその言葉で意味するものとは少し違います。驚かれるかもしれませんが、彼は王立美術院の会員でしてね。しかも、こう言うと古臭い絵描きだと思われがちですけれども、そうじゃないんです。若い天才画家たちの中でも飛び抜けた一人でして、あの連中の妙ちくりんな画廊全部に絵を掛けていますよ。ところが、この男の人生の目的であり、誉《ほま》れでもあるのは、あちこち歩きまわって宿屋の看板を塗り直すことなんです。どうです。こういうささやかな趣味を持った天才に、毎日お目にかかれるわけじゃありませんよ。この酒場《パブ》の名前は何というんです？」

そう言うと、爪先立ちで首を伸ばし、黒ずんだ看板に見入ったが、その好奇心には並々ならぬ活力がこもっていた。

「『旭日亭』か」彼は黙っている友人の方をまた熱心にふり返って、言った。「こいつは、いわゆる前兆だね。君は今朝、本当の宿屋を復興させようと話していたんだからね。私の友人はじつに詩的でしてね、宿屋の復活が英国全土に夜明けをもたらすと言うんです」

「でも、大英帝国に日は沈まないと言うじゃありませんか」医師は笑って言った。

「帝国のことはどうかわかりませんが」考えていることが思わず口に出たように、絵描きが沈黙を破って素《そ》っ気《け》なく言った。「とどのつまり、エヴェレスト山の頂上だとか、スエズ運河のほとりだとかにイギリス風の宿屋があるなんていう図は、思いも寄りませんからね。でも、イギリスの死んだ宿屋を目醒めさせて、イギリス風の、そしてキリスト教的なものに戻すことには、一生を捧げる価値があります。それができるなら、僕は死ぬまでほかのことはやりません」

「もちろん、君ならできるとも」旅の道連れはこたえた。「君みたいな芸術家の絵が酒場の外に掛かっていたら、あたり一帯の評判になる」

「それでは本当に」とガース博士はたずねた。「あなたは酒場の看板というような主題に、本気で全力を揮《ふる》われるんですか？」

「主題にしたって、これに優る主題がありますか？」と絵描きはたずねた。彼は今、お気に入りの主題で頭が一杯になっている様子だったし、上《うわ》の空で黙っているか、激しく議論を闘わすかのどちらかである人間だった。「金鎖《きんぐさり》をした上流気取りの市長さんや、ダイヤモンドの小冠《ティアラ》を被ったぺてん師百万長者の奥方の肖像画を芸術院風に描くのは、上等な麦酒《エール》で祝杯を捧げられるイギリスの大提督の頭を描くよりも、品位のあることでしょうか？　縁故で出世した馬鹿爺さんが、聖《セント》ジョージの像がついているガーター勲章を帯びたところを描くのは、聖ジョージその人が竜を殺すところを描くよりも立派でしょうか？　僕は聖ジョージと竜の古看板を六枚も描き直しましたし、聖ジョージ抜きの竜だって描き直しました。〝緑の竜〟という看板は普通、少しでも想像力を持つ人間にとっては、じつに示唆《しさ》に富んでいますよ。熱帯の森の恐ろしい精霊みたいな竜が描けます。〝青い猪《いのしし》〟だって暗示的です。大熊座みたいな星のある夜景になりますね。ケルト神話で渾沌《カオス》と古き夜を象徴する、あの朦朧《もうろう》とした怪物みたいな猪にね」

彼はそう言うと白鑞《しろめ》の杯に手を伸ばし、夢中で麦酒をゴクゴクとあおった。

「彼は絵描きであり、詩人でもあるんです」と背の低い男が説明した。彼は相変らず所有者のようなおかしな態度で連れを見ていた。まるで自分が何か珍奇な野獣の飼主であり、見世物師であるかのように。「たぶん、ガブリエル・ゲイルの詩集のことをお聞きになったことがおありでしょう。本人が挿絵を描いた本です。もしこういうものに興味がおありでしたら、一冊進呈しますよ。私は彼の代理人で事務をしております。私の名前はハレル――ジェイムズ・ハレルと申します。人は私どもを笑って、〝双子の天使〟などと呼びます。いっときも離れられないからで、私はあいつからけして目を離しません。面倒を見なきゃならないんです――御存知のように、天才は常軌を逸したことをやりますからね」

絵描きは白鑞の杯から顔を離した。その顔は議論がしたくて火のように燃えていた。

「天才は常軌を逸しちゃいけない！」彼は興奮して叫んだ。「天才は中枢的でなければいけない。宇宙の核にいなければいけなくて、回転する縁《へり》にいちゃいけないんだ。世間では、人を局外者といって難じることをお世辞だと思っていて、天才の奇行云々《うんぬん》を口にする。僕が神に願うことは、天才の中枢性だけだと言ったら、連中はどう思うだろう?」

「ビールのせいだと思うのではありませんかね」とガース博士がこたえた。「そのせいで、難しい言葉を少し混同しているんだと思うでしょう。おっしゃる通り、古看板を蘇らせるというのは、ロマンティックな思いつきかもしれませんね。ロマンスはあまり得意じゃありませんが」

代理人のハレル氏が急に口を挟み、熱っぽいとも言える口調で言った。「しかし、ロマンティックな思いつきというだけじゃありませんよ。現実的、実際的な思いつきでもあるんです。私は商売人ですから、本当に商売になる計画だと信じて下さってもよろしいですよ。我々だけじゃなく、ほかの人々にとってもです――宿屋の経営者や村人や地主や、みんなにとってです。『旭日亭』というこのオンボロな酒場を見てごらんなさい。みんなが協力すれば、この空《から》っぽの穴を一年のうちに蜂の巣みたいに賑やかにすることもできるでしょう。もし地主が古い道を開放して、人々を廃墟まで行かせてくれたら、もしここの宿屋のそばに橋を架けて、ガブリエル・ゲイルが絵を描いた看板を掛けたら、ヨーロッパ中の教養ある観光客がここに立ち寄って昼食をとるでしょう」

「素晴らしい!」と医師は叫んだ。「何だか、もう昼飯を食べに来ているようですな。ほんとにね、中にいる我々の悲観的な友人は、まるでここが砂漠の中の廃墟であるようなことを言ってましたが、サヴォイ・ホテルみたいに繁盛《はや》ると信じられる気がして来ましたよ」

一同は道に背を向けて、問題の暗い居酒屋を見ていたが、医師が話しはじめる前から、絵描きにして詩人であるガブリエル・ゲイルは、何か奇妙な感覚で、この場に人が増えたことに気づいていた。しばらく前から、傍らの日のあたる道に、一頭の馬と二人の人間の長い影が落ちていたためかもしれない。彼は肩ごしにふり返り、そこに見えたものをそのままじっと見つめていた。

背の高い軽装二輪馬車が道の向こう側に停まっていた。手綱《たづな》を握っているのは、背の高い黒髪の若い婦人の手で、婦人は手袋を嵌め、小綺麗だが、とくに新しくはない、仕立屋製の紺の服をまとっていた。傍らには一人の男がいて、彼女よりも十歳くらい年上だったが、いろいろな点で、ずっと老けて見えた。上品な面立ちの顔は病気でもしたように窶《やつ》れ、大きい灰色の目には深い心配の色が浮かんでいたからである。

いっときの沈黙の中で、娘の澄んだ声が、医師の言葉に谺《こだま》を返すように言った。「ここでお昼《ひる》食が食べられると思うわ」彼女は軽やかに地面に滑り下りて、馬の頭のところに立ち、連れの男はもう少し躊躇《ためら》いながら馬車を下りた。男は軽いツイードの服を着ており、それがなぜか病人めいた様子とは少し不釣り合いに見えた。彼はやや神経質な微笑を浮かべて、ハレルに話しかけた。

「立ち聞きしていたと思わないでくださると有難いのですが。あなた方の話し声は内緒話をするようではありませんでしたからね」

実際、ハレルは市《いち》の騒音を圧する大道商人のようにまくし立てていたのだった。彼はニッコリして、すこぶる愛想良く答えた。

「私はただ、地主がこういう地所をどのように活用できるかについて、誰でも言いそうなことを言っていただけでして。たまたま関心を持たれた方がお聞きになっても、ちっともかまわんのですよ」

「私はたまたま少し関心があります」とツイードを着た男は答えた。「なぜかというと、たまたまここの地主だからです。当節、地主などというものがこの世にいるとすれば、ですがね」

「まことに失礼いたしました」代理人はなおも微笑みながら答えた。「ですが、もしハルン・アルラシッド*3の真似をおやりになるなら……」

「いやいや、ちっとも腹なんか立てておりません」と相手は答えた。「実をいうと、あなたのおっしゃることは正しいのではないかと思うんです」

ガブリエル・ゲイルは紺の服を着た娘を、無作法なほど長々と見つめていたが、絵描きや心ここにあらずの人間は、こういう場合も許されることがあるだろう。彼の友人がそれ

*3 『千夜一夜物語』に登場するカリフ。お忍びでバグダッドの町を歩いたという。

を天才の奇行の一つだと言ったら、ゲイルはきっとカンカンになっただろうが、彼の賛嘆の念がまったく常軌を逸しているか否かには論議の余地があっただろう。ダイアナ・ウェスタメイン嬢は宿屋の看板にしても、じつに結構なものになっただろうし――極上の葡萄酒の罎《びん》を入れる受筒ともなっただろうし――美術院式肖像画の低い地位さえ高めたかもしれない。もっとも、彼女の不運な一家はとうの昔に、そうした絵を描いてもらう余裕がなくなっていたのであるが。その髪は奇妙な黒褐色で、ふつう日蔭では黒く見えるが、髪の毛に反射した光はほとんど赤く見えた。黒い睫毛《まつげ》は落ち着きと癇癪《かんしゃく》との両方をいくらか感じさせた。目は兄の目よりも大きく、灰色が濃かったが、ただの気苦労はそれほど見せず、もっと精神的な倦怠《けんたい》をいっそう多く湛《たた》えていた。肉体よりも魂の方が餓えているんだとゲイルは感じた。しかし、人間が餓えているのは健康だからにすぎないとも思った。彼はこうしたことをほんのいっときの間に考えたのだが、礼儀作法を思い出してふり返り、ほかの面々の様子を見た。

ゲイルが自分を見るのをやめると、娘は彼を見はじめたが、その好奇心はさほど強くなかった。

その間にジェイムズ・ハレル氏は、奇蹟とは言わないまでも、驚くべきことをやってのけた。客引きの粘り強さ以上のものを持ち、生まれついての外交家の雄弁を幾分か持っている彼は、すでに地主のまわりに入れ知恵と提案と可能性の網の目を張りめぐらしていたのである。実際、この男には、話には聞くけれども現実にはめったにお目にかからない、想像力を持つ実業家の性質があった。ウェスタメインのような男なら、普通、弁護士の長い手紙で何ヵ月も説明されなければ確定したとはけして思わない事柄が、目の前で数分のうちに、どんどん片づいて行くようだった。いとも芸術的な木造建築の新しい橋が、川の向こうの開放された道路を早くも指し示しているようだった。新しい、もっと高級な借地人が、谷間に早くも芸術的な村を点々とつくっているようだった。そしてガブリエル・ゲイルの署名が入った「旭日亭」の新しい金看板が、まさしく日が昇ったことの象徴として、もう頭上に輝いていた。

一同は、何が何やらわからぬうちに、いとも親切に急き立《せ》てられて宿屋の中を通り抜け、昼食の席に着いたが、それは実際、川のほとりのうら寂しい庭でテーブルを囲む委員会にほかならなかった。ハレルが木のテーブルの上で設計図をつくり、紙切れに書いて計算し、次々と数字を繰り出しては反対意見に答え、しだいしだいにソワソワして、嬉しそうになって来た。彼は他人に信じさせるための魔法の術を一つ持っていた——自分自身明らかに信じきっているということがそれであり、いまだかつてこういう人物に出会ったことのない地主は、たとえ彼と闘うことが自分の利益になったとしても、そのための武器を持たなかった。この大騒ぎの中で、ダイアナ嬢はテーブルごしにゲイルを見やった。彼は向かい側の隈に坐り、いささか超然と夢想に耽っているようだった。

「あなたはどうお考えになって、ゲイルさん？」と彼女は言ったが、ゲイル氏の経営顧問が代わりに答えた。この男はあらゆる人間の代わりに答え、あらゆることに答えるのだった。

「ああ、彼に仕事のことをお尋ねになっても無駄です」とにぎやかな声で言った。「この男は我々の持つ資産の一つにすぎません。芸術に趣味のある人々を連れて来るんです。偉大な絵描きですが、我々に必要なのは絵を描く絵描きだけです。いやいや、私がこんなことを言っても、あの男は気にしませんよ。私が何を言おうと、いや、誰が何を言おうと、けして気にしません。たいがい、三十分は質問に答えませんよ」

しかし、絵描きは言われた時間が経たないうちに、淑女の質問に答えた。もっとも、言ったのはこれだけだった。「宿の主人に相談するべきだと思うな」

「ああ、いいとも」潑剌《はつらつ》たるハレルは跳び上がって、叫んだ。「よかったら、今すぐ相談しよう。すぐに戻って来る」と言うと、宿屋の暗い内部にふたたび姿を消した。

「あのお方はじつに熱心ですな」と地主は微笑んで言った。「しかし、結局は、ああいう人が物事を実現するんですよ。実際的なことを、という意味ですが」

婦人は少し眉を顰《ひそ》めて、また絵描きの方を見た。ハレル氏に較べ、影が薄くなってしまったのを気の毒がってもいるようだったが、絵描きはただニコニコして、こう言うだけだった。「ええ、僕は実際的なことは苦手でしてね」

その言葉が終わらないうちに、向こうの道から叫び声のような音が聞こえて来たので、ガース医師はいきなり立ち上がって、戸口から宿屋の中を覗いた。次の瞬間、ゲイルも急に動揺し、目を醒ましたようだった。その次の瞬間には、全員が医師を追いかけていた。医師はもう家の中を通って、外へ出ていたのだ。しかし、ゲイルは表玄関の戸口へ来ると、一瞬ふり返り、背の高い身体で出口をふさいで言った。

「御婦人を外に出さないでくれ」

地主はもう絵描きの肩ごしに、恐ろしい光景をチラリと見ていた。「旭日亭」の看板から、男の真っ黒い姿がぶら下がっているのだった。

それはほんの一瞬の間だった。次の瞬間には、ガース博士がハレルに手伝わせて縄を切り、男を下ろしていたからである。最初に叫び声を上げて一同を驚かせたのは、ハレルらしかった。医師が屈《かが》み込んで様子を見ている男は、不運な宿の主人だった。こういう形で青酸を飲んだらしい。

しばらく黙々と手当をしたあと、医師はホッとしたように息をついて、言った。

「死んではいない。じきに良くなるでしょう」それから、嫌になるといった調子で、言った。「僕は何だってあの縄をあそこに置きっ放しにしたんだろう？　几帳面な職業人らしく、鞄を括っておけば良かったのに。この騒ぎで忘れていたんだ。ハレルさん、誰かさんには、日が昇るのが遅すぎたということになりそうでしたね」

ハレルと医師は不運な宿の主人を自分の宿に運び込んだ。自殺未遂者はもうじき質問に答えられる状態になるだろう――質問する必要があるならば――と医師は言った。ゲイルは例によって漫然と家の外を行ったり来たりしながら、絞架《くびりだい》の役に立った看板（と、たぶん、世に謂《い》う蹴飛ばされる台の役に立ったテーブル）に向かって、何度も眉をしかめていた。しかしそのしかめ面は、辛いだけでなく、当惑しているようにも見えた。

「これは何とも厄介なことだ」と地主は言った。「もちろん、私は治安判事や何かも務めていますが、この気の毒な人を警察沙汰で悩ませるのは気が進まない」

その言葉を聞くと、ガブリエル・ゲイルはクルリとふり返って、大きい耳障《みみざわ》りな声で言った。

「ああ、警察を忘れていた。もちろん、この人は監房に閉じ込めなきゃいけません。人生は何と言っても生きるに値するし、この世は明るい幸福な住み場所だということを教えるために」

彼はククッと笑って険《けわ》しく眉を顰め、ちょっと考え込んでから、少し唐突に言った。

「いいですか、一つお願いしたいんです。変な願いだと思われるかもしれませんが。この可哀想な男が気づいたら、彼に質問させてもらいたいんです。十分間、二人きりにさせてください。そうすれば、警察よりも上手に、この男の自殺狂を治してみせると約束しますよ」

「でも、どうしてあなたが？」医師は当然の苛立ちを感じて、たずねた。

「なぜなら、僕は実際的なことが苦手だからです」とゲイルは答えた。「そして、事態はもう実際的なことの領分を越えてしまっています」

ふたたび沈黙があり、ゲイルはやはり妙に権威者ぶった態度で、また口を開いた。

「今必要なのは、実際的でない人間です。人がいつでも最後の拠所《よりどころ》として、最悪の状況で求めるのはそれなんです。ここで今実際家に何ができますか？　自分の実際的な時間を無駄にして、あの気の毒な人のあとを追いかけ、あちらの酒場こちらの酒場から縄を切って下ろしますか？　自分の実際的な人生を無駄にして、彼が縄や剃刀《かみそり》を手に入れないように昼も夜も見張っていますか？　それが実際的と言えるでしょうか？　あなた方には、彼が死ぬのを禁じることしかできません。生きるように説得することができますか？　いいですか、そこに我々の出番があるんです。人間は頭を雲の中にさし入れて、妖精の郷《くに》で空想に耽らなければ、そこまで実際的なことは何もできません」

一同は彼の態度が急に変わったため、しだいに当惑をつのらせていった。不安は奇妙な形で舞台を満たすように思われ、彼が実際に引き受けた仕事をやり遂げても――あるいはそう見えただけだったかもしれないが――収まらなかった。ゲイルは二十分も経つと宿屋から出て来て、主人はもう二度と首を吊らないだろうと朗《ほが》らかに宣言したのだ。次の瞬間、彼は大きなチョークを片手に看板の下のテーブルに跳び乗り、「旭日」の茶色い面《おもて》に、図案の下書を荒っぽく描きにじめた。

ダイアナ嬢は浅黒い顔で注意深くその作業を見ていた。彼女はほかのみんなよりも知的なタイプで、かれらには並外れて馬鹿げた真似と映るものに、本物の思想の糸が一本通っていることを認めた。ゲイルが最初に宿の主人のことを言った言葉にこめられた皮肉を、恐るべき寓話の前に語られた教訓を理解していた。結局、一同はこの宿屋についてあらゆることを考えていたが、主人のことだけは考えなかったのだ。ここには詩人が警察官より役に立ち得る場合の、知的な実例と実際的な見本があることを彼女は知った。しかし、彼にそれ以上の不可解なものがあることにも気づいていた。彼が何かもっと深い理由のある不安を抱いていること、彼の目に浮かんでいる何かが、新しい浮わついた態度を裏切っていることに。しかし、看板の図案はたいそう勢い良く、目まぐるしいばかりに進んでいて、やがてダイアナ嬢は言った。

「人がユダみたいに首を吊った場所で、よくそんなことができますわね」

「本当に悪かったのはユダの裏切りであって、絶望ではありませんよ」と彼は答えた。

「僕もちょうどそういうことを絵に描こうかと考えていたんです。日の出の描き方としては、アポロや何かよりもその方が好きです。ほら、ごらんなさい。この中央に、大きな頭といくつかの影を図取りしますよ」そう言って、日輪の上に大胆なしるしをつけた。「暗い顔はこんな風に両手で隠されていますが、うしろに聖者の後光のように黄金色の暁《あかつき》が輝いています。赤い平らな横雲と赤い雄鶏《おんどり》は、そこにあります。罪人と聖者のうちでもっとも偉大な者。彼を咎《とが》める雄鶏と彼の光輪である〝旭日〟が」

しゃべりながら仕事をしているうちに、名状し難い影は彼から落ちてしまったように見えた。そして、ほとんど象徴的な偶然から、強い午後の陽光が奇妙な豊かさと輝きで、彼と看板の絵の上に照《あ》たった。それは浅瀬の向こう、谷間の嵐含みの側に絶え間なく集まり、黒ずんで来た雲を背景にして、くっきりと輝いた。そうした不吉な紫と藍《あい》の塊を背にした彼の姿は、黄金の服をまとい、黄金の礼拝堂の壁画を描いたという伝説の職人の姿に似ていた。彼の手の下に聖ペテロの頭と光輪が描かれてゆくにつれて、その印象は強まった。令嬢は、自分があまり良く知らない遠い過去の時代にいることを夢想したがらない性質《たち》ではなかった。彼女は中世の神聖な美術や工芸のただなかにいるような気がした。中世について知っているのは、それだけだったから。

不幸なことに、彼女と太陽との間にさした影は、中世の世の中を連想させるものではなかった。代理人のジェイムズ・ハレル氏が、硬《こわ》ばった帽子を少し斜めに被って、画家が立っているテーブルに跳び乗り、彼から二ヤードも離れていないところに坐ったのだ。両脚をブラブラさせ、少し挑戦的に葉巻をふかしていた。「こいつからは目が離せないんですよ、お嬢さん、さもないと何でもただで人にやっちまうんですから」彼は大声で言ったが、その声と姿は、敬虔《けいけん》で旧式な職人芸の図とどこかチグハグだった。

ダイアナ・ウエスタメインは、怒る理由がないことをハッキリと自分に説明したが、それでもひどく怒っていた。二人の会話は特に親密なものではなかったけれども、それが三人になったことは、非常に実際的で苦痛な割り込みだった。紳士である芸術家がなぜ、この実務顧問のようなチビのがさつ者を連れ歩くのか、想像もつかなかったし、聖ペテロの絵や何かの面白い話をもっと聞きたかった。代理人は腰掛ける時、小さい者に場所を空けろというようなことを聞こえる声で言った。彼がその時、看板から突然宙吊りになったとしたら、令嬢が縄を切って下ろしてやったかどうかは疑問である。

この時、もっとずっと穏やかな声が彼女の耳元で言った。「すみませんが、少しお話をさせていただけませんか？」

ふり返ると、ガース博士が鞄を手に持って立っていた。ようやく旅を続けるところと見えた。

「もう行きます」と博士は言った。「行く前に、あることを申し上げておくべきだと思うのです」

彼は自分が去り行く道の少し先の方へ彼女を引っ張って行き、それから突然、慌《あわただ》しく別れるといった様子でふり返った。

「医者というものは、しばしば微妙な立場に置かれます」と彼は言った。「そして義務感という厄介なものがあるために、少し微妙なことを申し上げねばならないんです。お兄上ではなく、あなたに申し上げるのは、あなたの方がずっと強い神経をお持ちだと思うからです。看板を塗り直して歩いている、あの二人連れに関して、疑っていることがあるんです」

二人が立っている場所は宿屋よりも少し高く、そこからはまだあの看板が、新しい色を塗られて輝いているのが見えた。せっせと働く背の高い姿も陽を浴びて輝いており、その距離から見ると、彼の足元にいる小柄な薄黒い姿はまるっきり小人のようだった。この世界の汚《けが》れない朝に純粋な色彩を生み出している真の創造者の幻影が、彼女の心にいっそう強く蘇った。

「かれらは〝双子の天使〟と呼ばれています」医師は話をつづけた。「離れることができないからです。ところで、離れられない二人組にはいろいろな種類がありまして、けして離れない理由もさまざまです。しかし、特に私を懸念させる一種類がありまして、それがあなたと関わり合いになるのを見るに忍びないんです」

「おっしゃることが少しもわかりません」とダイアナ嬢はこたえた。

「狂人とその付添いというのはどうです？」医師はそう言うと、彼女をあとに残して足早に道を歩き去った。

彼女は一つの暗示を怒り狂ったように自分からもぎ離して、高い塔の天辺から奈落の底へ投げ捨てるような感覚をおぼえたが、その塔は十分に高くなく、奈落も十分深くないという感覚が伴っていた。それに、投げ捨て方が何か弱々しいという妙な感覚さえもおぼえた。彼女の心の塔がそうした骨折りをして、まだ揺れている間に、兄が興奮の色さえ浮かべて、急いでこちらへ向かって来たため、考え事はさえぎられた。

「あの紳士方を屋敷へお招きしたんだ」と兄は言った。「事業の件をもっとまとめるためにね。それに、もう行った方が良い。嵐が来そうだし、あの浅瀬も、時によるとかなり剣呑だからね。実際、うちのろくでもない古馬車で、一度に二人ずつ渡らなければならんからな」

彼女は一種の夢心地で、繋いであった馬を放し、ふたたび手綱を取った。夢の中で、自分をひどく苛々させる声が言うのを聞いた。「〝双子の天使〟ですよ、あなた、〝双子の天使〟なんです。私たちは離れるわけにゆきません」それから、地主の声がこたえるのが聞こえた。「なに、どうせ、ほんの一時《いっとき》ですよ。妹はすぐにウィルソンをこの馬車で迎えに来させます。一度に二人しか乗れないものですからね」一同は宿の入口のやや奥まったところで立ち話をしていたが、ガブリエル・ゲイルはテーブルから下り、軽装二輪馬車に近い方に立っていた。

その時、彼女の胸のうちには、じれったさとも挑戦ともつかぬ衝動が突如こみ上げて来て、いかにも素っ気ない口調で言った。「あなたが最初にいらっしゃるの、ゲイルさん？」

画家の顔は、日射しの中で白い稲妻に打たれたように、真っ白くなった。肩ごしにうしろを一目見ると、彼女の隣の坐席に跳び乗った。馬は頭をふり上げ、浅瀬の方へ動き出した。上流ではすでに雨が降っていたらしい。馬の脚のまわりには、もう水が前より深く流れている感じがしたからである。川の浅瀬を渡っているだけなのに、彼女は何となくルビコン川を渡るような気がした。

馬丁のイノック・ウィルソンはウェスタメイン僧院*4に残ったわずかな使用人の一人で、もう今はこの世を去り、先祖のもとへ召《よ》ばれている。その夜の暗い出来事に於《お》いて自分が決定的な役割を果たしたなどとは、死ぬまで夢にも思ったことがなかった。それに彼の私生活は、他の不滅の霊魂のそれと同様、きわめて興味深いものではあるが、他のいかなる点でもこの物語には影響を及ぼさない。この男は少し耳が遠く、多くの馬丁と同様、人間よりも馬の気分に同情していたことを申し上げれば十分だろう。ダイアナ嬢はウィルソンを厩《うまや》で見つけて――厩は屋敷の母屋から遠く、川に近かった――ほかの二人を軽装二輪馬車で迎えに行くように言いつけた。急いで言ったし、急げとも言った。もうすぐ雨で浅瀬が渡りにくくなるからである。ダイアナ嬢の言葉遣いと馬丁自身の性癖とが相俟《あいま》って、彼の心は主として馬への思いやりに傾いた。嵐が迫る中で川を渡り、暗い宿屋に近づいたところ、興奮した高声が聞こえて来た。ハレル氏は自分の趣味だか運動だかに熱くなってい

＊4　昔僧院だった屋敷を、今もその名で呼んでいる。

る様子だった。馬丁は喧嘩をしているような印象を受け、主人が二言三言苛立たしげな言葉を口にしたのを、邪魔するなという意味に受けとった。そこで、慎重家のウィルソンは浅瀬を渡って引き返し、馬を厩へ戻して、今にも溢《あふ》れかえりそうな川の最悪の不都合から大切な四足獣を救うことができたのを喜んだ。それから自分の用を足しに行き、運命が引き起こす一連の出来事をあとに残したのである。

一方、ダイアナ・ウェスタメインは厩を出ると、家の敷地を横切って、先へ行った客に追いつこうとしていた。蜀葵《たちあおい》と背の高い草木に囲まれた小径《こみち》を上って行く間に、色といい輪郭といい、まるで火山のような雨雲の巨大な島か大陸が、この谷間の壁というべき暗い森に覆われた尾根の上を、ゆっくり流れて来るのが見えた。雨雲は庭の豊かな色彩を薄闇に覆い、その薄闇にはもうすでに、何か仄《ほの》赤く毒々しいものがあったけれども、坂道をもっと上って行くと、一片の芝生がたまさか射した陽の光に黄金色に輝いていて、探している人物はその輝きを背にしていた。夕陽を浴びて黄金《きん》のように見える薄茶色の服でそれとわかったのだが、色とはべつに、その形には何か非常に異様なものがあった。両腕を微風《そよかぜ》に揺れる枝のようにゆっくりと振っているようだったが、腕が不自然に長いような気がした。一瞬、身体が奇形なのだという厭《いや》な想像をして、その次には、頭がないのだという、もっと不気味な想像をした。その時、悪夢はありきたりの馬鹿馬鹿しさに変わった。男は一種のとんぼ返りを打って、笑いながら両足で立ったからだ。頭を下にして、というより両手を地面について逆立ちしていたのだった。

「失礼」と彼は言った。「僕はよくこれをやるんです。風景画家にとっては、風景を上下さかさまに見ることが非常に有益なんです。そうすると、物が真の姿で見えます。そう、これは美術だけじゃなく哲学にも言えることです」彼は考え込み、それから爆発的に説明した。

「逆さまになることについて語るのは、結構なことです。でも、天使が頭を下げている時は、上から来たんだとわかります。鼻っ柱をいつも空に持ち上げているのは、下から来る者だけです」

彼は嬉々《きき》とした様子だったが、彼女はある意識下の恐怖を抱いて、そばに寄った。相手が声をひそめてこう言い足しても、その恐怖は減じなかった。「ひとつ秘密を教えてあげましょうか?」

その時、雷の重いどよもしが初めて頭上に聞こえ、その中で彼の声は、偶然かもしれないが、大声でささやいているように聞こえて来た。

「この世界は上下逆さまなんです。僕らはみんな上下逆さまなんです。僕らはみんな天井を這っている蠅で、落ちないのは永遠に続く神の御慈悲なんです」

その瞬間、薄闇は稲妻の真っ白い閃光に変わり、彼女は相手がまったく真剣な顔をしているのを見て、衝撃を受けた。

彼女は少し苛立って言った。「あなた、そんな頭がおかしいようなことをおっしゃって」その声は次の瞬間、群がり寄る雷鳴の反響に掻き消された。雷の音は万物を揺るがし、同じ言葉を何度も何度も叫んでいるようだった——おかしい、おかしい、おかしい、と。彼女は無意識のうちに、心の中にあったもっとも恐ろしい考えに言葉を与えていたのだ。

今のところ、雨はまだ庭の斜面には降っていなかったが、雨音はすでに向こうの川を悩ましていた。しかし、たとえ雨が降っても、この男が気づいたかどうかは疑わしいと彼女は思った。彼は普通の時も、もっぱらただ一つの考えの筋を辿《たど》っているようだったし、今も独り言を言う人間のように、逆立ちの合理性について語っていた。

「聖ペテロの話をしていましたよね。御記憶でしょうが、彼は逆さ磔《はりつけ》になったんです。彼の謙譲《けんじょう》の美徳は、死ぬ時、子供の頃の美しい幻を見たことによって報われたとよく思うんですよ。それに彼は風景を本当の姿で見ました。星々は花のようであり、雲は丘のようであり、すべての人間が神の慈悲に縋《すが》っている光景を」

その時、大粒の雨が彼の上に落ちたが、その効果は言葉に言い表わしようがなかった。雨滴は雀蜂のように彼をチクッと刺して、忘我の境から目醒ませたようだった。彼はハッとしてあたりを見まわし、それから、今までとは違うもっと自然な声で言った。

「大変だ、ハレルはどこです？　ほかの人達は何をしているんです？　まだこちらへ来ていないんですか？」

説明し難い衝動に駆られて、ダイアナは揺れる草木の中を走り、近くの小高い丘の頂上へ上がって、谷間の向こうの宿屋「旭日亭」を見た。自分たちと宿屋の間を流れる川は水《みず》嵩《かさ》が増し、幅も広がり、荒れ狂うそのいっとき、死の川のように越え難く思われた。

彼女にはその川が奇妙な形で、一つの象徴をなしているように見えた。仮借《かしやく》ない現実主義は、自分が狂人と二人きりになってしまったことをいやが上にもはっきりと告げただろうが、川はそれよりもっと大きなものを象徴していた。彼の狂気それ自体は、何か美しい、魂を満たしてくれたかもしれないものから自分を隔てる一種の忌まわしい偶然的事象であり、障碍《しょうがい》であるにすぎないと、なぜかそんな風に思われた。もう一つの暗い川が、彼女と彼女のお伽《とぎ》の国との間を流れていた。

同時に、ガブリエル・ゲイルが恐ろしい叫び声を上げた。彼も彼岸と此岸《しがん》を分かつ大きな川を遠くに見たのだ。

「結局、あなたは正しかった」と彼は言った。「僕がペテロのことを言った時、あなたはユダの話をした。僕は冒瀆《ぼうとく》し、赦されざる罪を犯した。僕はもう裏切り者だ」それから、もっと低く重々しい声音で言い足した。「そう、僕は神を売った男なんだ」

娘の心は現実の冷たい苦痛を味わって、しだいに澄み渡った。狂人は時として、自分が赦されざる罪を犯したと言うと聞いていた。持ち前の勇気もいくらか戻って来て、彼女は何でもするつもりだったが、何をすれば良いのか、まだハッキリとわからなかった。解決を求めてあがいているうちに、問題をある程度、彼女の代わりに解決してくれたのは、ほかでもない連れの男だった。彼は斜面を駆け下りはじめた。

「たとえ川を泳いでも、向う側に戻らなくちゃいけない」と彼は言った。「こんな風にハレルから離れちゃいけなかったんだ。今度は何が起こるか、わかりやしない」

彼女もあとから下りて行ったが、いささか驚いたことに、ゲイルはわき外《そ》れて、厩の方へ猛然と走って行った。何が何だかわからぬうちに、彼は馬と格闘し、引きずり出して、轅《ながえ》に繋いでいた。彼女は彼が男の力を――たとえ、狂人の力であっても――持っているという事実に不合理な悦びを感じた。しかし、彼女自身の勇気と自尊心が蘇っていたので、単なる自殺になりかねないことを黙って見てはいられないという、烈しい反撥《はんぱつ》が湧き起こった。結局のところ、どんなに狂っているにしても、この男が付添い医師のもとへ戻ろうとしているのは、正しいことだ。彼の正気の最後の努力を、彼の病気の悪ふざけが水の泡にするのを放ってはおけなかった。

「どうしても行くのなら、私が手綱を取るわ」彼女はあたりに響き渡る声で言った。「私の方が、馬は言うことをききます」

陽は向こうの丘の蔭に沈み、夜がすでに嵐の闇を深めていた。揺れる馬車が、渦巻く水の中で、車輪の轂《こしき》まで水を跳ね上げている間、彼女には長い藺草《いぐさ》が、あたかもステュクス川のほとりを希望《のぞみ》なくさまよう冥府の霊魂であるかのように、水の流れに靡《なび》いているのがぼんやりと見えるだけだった。しかし、もうその川を暗喩《あんゆ》としてのみ死の川と呼ぶ必要はなかった。死が馬と馬車を激しく叩きつけ、馬の危うい足がかりをぐらつかせ、車に乗った人間を揺さぶっていたからである。耳元に雷が鳴り、恐ろしい道には稲妻のほかにほとんど明かりはなかった。しかも連れは独り言を言う男で、切れぎれに聞こえる言葉は雷よりも衝撃的だった。彼女の理性と現実主義は、この男がいつ自分を八つ裂きにしないとも限らぬことを告げていた。しかし、そうしたあらゆることの下に、何かべつの、それとは相反する信じ難いものがあった。この難局にあって二人が一緒にいることには、そして彼女が示している勇気と壮烈のうちには、何かがあった。それは目の眩《くら》んだ魂の奥深くにあったため、歓喜《よろこび》だということが彼女にはわからなかった。

浅瀬の端に着いたとたん、馬が倒れそうになったが、ゲイルは馬車から跳び下りて、膝まで水に浸かりながら馬を支えた。

嵐の音が一時静まると、川ほとりの宿屋から初めて声が聞こえて来た――声は高く、金切り声と言っても良いくらいで、馬丁の聞いた口論が、嵐が強まるのと同じように確実に強まっていたかのようだった。やがて、ドタンと椅子の倒れるような音がした。ゲイルは鬼神《きじん》もはだしの馬鹿力で馬を岸に引き上げ、手綱を放すと、宿屋に向かって駆け出した。

その間にも、つんざくような悲鳴が、川岸にポツリと立つ陰気な居酒屋の扉から、夜の闇に響き渡った。その声は川そのものの葦の茂る岸辺の向こうとこちらに、すすり泣く谺となって消えて行き、葦はまるで本当に冥府《ハーデース》の川岸にいる浮かばれない亡魂であるかのようだった。雷さえも、それを聞くために鳴りをひそめて、息を呑んでいるようだった。

やがて、雷がまた鳴り出す前に大きな稲妻が、一瞬昼の光が射したかのようにあたり一面に光って、遠くの景色を隅々まで——高い森の枝や小枝を、川縁《かわべり》の平らな野原のクローヴァーを、一本一本手に取るように照らし出した。それと同じ鮮明さで、彼女は一瞬、何か信じ難い、忌まわしいものを見た。それは、しかし、まったく新しい、見たことのないものではなかった——眠っている時、厭な悪夢が繰り返すように、目醒めの世界で繰り返された何かだった。それは「旭日亭」の色塗りした絞架《くびりだい》からぶら下がっている男の黒い影だった。しかし、同じ男ではなかった。

ダイアナは一瞬、自分まで気が狂ったのだと思った。心が緊張のためにプッツリ切れてしまったのであって、そこに見える黒い物は虚空に踊る点にすぎないのだ、とぼんやり想像することしかできなかった。しかし、それらの黒い点の一つは、輪索《わなわ》を掛けて梁《はり》に吊された兄の姿に違いなかったし、もう一つの黒い点、文字通り踊る点は、あの精力的な実業家ジェイムズ・ハレル氏の姿だった。というのも、まさにその時、彼の精力は踊りの形をとっていたのである。彼はあの恐ろしい看板の前で、興奮してピョンピョン跳びはね、ふざけまわっていた。

閃光のあとは真っ暗になり、次の瞬間、ほかならぬゲイルの大声が聞こえて来た。そんなに大きい高い声が出るとは思いも寄らなかったが、その声は暗闇と吹きつける風の中に響き渡った。「よし、よし——この男はもう大丈夫だ」彼女にはまだほとんど何も理解できなかったが、自分たちの来るのが間一髪間に合ったことを理解して、ぞっと寒気《さむけ》に震えた。

彼女は大嵐の轟音と紛乱《ふんらん》のさなかをよろめき歩いて、何とか宿屋の客間に入ったけれども、まだ頭がぼうっとしていた。煙るランプがテーブルに置いてあり、食いとめられた悲劇の登場人物が三人、そのまわりを囲んでいた。彼女の兄である地主はいわば回復期の衰弱状態にあり、肘掛椅子に坐るというよりも寝そべっていた。その前にはブランデーのたっぷり入ったグラスがあった。ガブリエル・ゲイルは今まで指揮を取っていた人間のように立っていて、顔は大理石のように白く、しかし強張っていた。低い、落ち着いた、穏やかな声であのハレルという男に話しかけていたが、人間が犬に話しかける時のように、指を一本立てていた。

「あそこへ行って、窓際に坐ってろ。うんと静かにしているんだぞ」

男は言われるままに部屋の向こう端へ行って腰掛け、窓の外の嵐を見た。ほかの者の話は聞いておらず、聞こうともしなかった。

「一体どういうことなの?」ダイアナがしまいにたずねた。「私はてっきり、あなたが——じつをいうと、ガース先生が、あなたたちは狂人と付添い人だって仄めかしたんです」

「そうなんです、ごらんの通り」とゲイルは答えた。「ところが、狂人より付添い人の方がずっと行儀が悪かったんです」

「でも、狂人はあなたかと思いました」彼女は率直に言った。

「いいえ」とゲイルは答えた。「僕は犯罪者です」

二人は戸口の近くにいて、声も雨風の音に掻き消されていたから、ほとんど二人きりであることは、川の向こうに立っていた時と同じだった。彼女は先に交わした対話も、彼がその時に使った激しい、謎めいた言葉も憶えていたので、疑うように言った。

「川の向こうでそんなことや、もっとひどいことをおっしゃったから、そう思ったんです。御自分が疑われるような、ああいう突飛《とっぴ》なことをなぜおっしゃるのか、わかりませんわ」

「僕の言うことは少し突飛なんでしょうね」と彼は言った。「結局のところ、あなたはそれほど間違っていなかったかもしれないし、僕は狂人たちに一抹《いちまつ》の共感をおぼえるんです――だから、かれらを上手くあしらえるんですよ。ともかく、僕はたまたま、この狂人を上手にあしらえる唯一の人間なんです。話せば長い話で、きっと、いつかお話しすることになるでしょう。この気の毒な男は以前、僕にたいそう尽くしてくれました。その恩返しをするには、彼の面倒を見て、職員たちのひどい虐待から救ってやるしかないと思うんです。あのね、じつを言いますと、僕にはその才能が――一種の心理的想像力があるんだぞうです。僕はかれらが次に何をするか、どんなことを考えるか、大体わかります。いろんな種類の、大勢の連中を見て来ました――自分が神だと思い込んだり、地獄に堕ちていると思ったりする宗教的狂人や、ダイナマイトや裸体生活を信奉する革命的狂人。あるいは哲学的狂人――連中についても、凄い話をお話しできます――みんな、別世界で異なる星の下に住んでいるような振舞いをしますが、たぶん、本当に別の世界に住んでいるんでしょう。しかし、僕が操縦しようとしたあらゆる気狂いのうちで、一番狂っているのはあの実務家でした」

彼は少し苦々しく微笑み、話しつづけるにつれて、その顔に悲劇が戻って来た。

「もう一つの御質問について言えば、僕は自分が疑われるような突飛なことを言ったかもしれませんが、本当は、もっとひどく言われて然《しか》るべき人間なんです。裏切り者のように、職務を放棄したじゃありませんか？　ユダのように、惨めな友人を見捨てたじゃありませんか？　たしかに、あの男は今までこんなひどいことを仕出かしたことはありませんが、最初に宿屋の主人が首を吊った一件には、あいつの悪ふざけが関わっていると心の中で確信していたんです。もっとも、あの宿の主人は本当に自殺する気で、ハレルはいわば手助けしただけだったんだろうと思います。しかし、それがあいつの頭にろくでもない考えを植えつけてしまいました。まさかあなたのお兄さんを襲うなんて、夢にも思いませんでした。さもなかったら――でも、弁解の余地などないのに、なぜ弁解しようとするんでしょう？　僕は自分の意志に従い、揚句に、もう少しで人殺しをするところでした。ですから、あの木の看板から吊るされるべきなのは僕なんです。首吊りなんて生ぬるいというのでなければ、の話ですがね」

「でも、なぜ――」彼女は思わず言いかけて、急に口を閉ざした。まったく新しい世界があるという感覚が波のように湧き立って、彼女を押しとどめたのだ。

「ああ、なぜ――」彼は声の調子を変えて、繰り返した。「しかし、あなたはなぜだったか御存知だと思います。それはあなたのせいではありませんが、あなたはなぜだったかを知っています。番兵がしばしば持場を離れたのはなぜか、御存知です。トロイルス[*5]がトロイを出た理由が、またおそらくアダムがエデンの園を出る羽目になった理由が何か、御存知です。僕はあなたに言う必要もなければ、言う権利も持っていません」

　彼女は外の暗闇を見ながら立っていたが、顔には奇妙な微笑が浮かんでいた。

「いつか話してくださると約束した、もう一つの物語がありましたわね。きっと、今度お会いした時、話してくださるでしょうね」そう言って、別れの手を差し伸べた。

　翌朝、日射しが最初に道に輝いた時、不吉で風変わりな二人組はふたたび旅立った。嵐は谷間に沿って遠くへ行ってしまい、小鳥が雨上がりの歌をうたっていた。彼と彼女が再会するまでには、これよりももっと奇妙な出来事が起こるはずだが、今のところ、彼女は不思議と安らかな気分に戻り、瞑想に耽《ふけ》ったのである。彼女は世界が逆さまだという彼の言葉を思い出した。実際、その一夜のうちに、世界は何度も逆さまになったと思った。しかし、何はともあれ、世界はちゃんと上になるべき側が上になったのだという感覚は、理屈で解きほぐすことができなかった。

＊5　ギリシア神話のトロイの英雄だが、中世には恋物語の主人公となり、人質としてギリシア方の陣地へ渡った恋人クリセイデを思う。

# 二、黄色い鳥

　五人の男が丘の天辺に立ちどまって見下ろしたのは、幻影《まぼろし》と呼ぶに足るほど美しく、しかし、景観と呼ばれて俗化されるには等閑《なおざり》にされすぎた谷間だった。一行は徒歩旅行に出た写生クラブだったが、その場所へ来ると歩くのをやめてしまい、奇態《きたい》なことに、写生もろくにしなかった。まるで静かな世界の果てへ来たようだった。大地のこの一画はかれらに奇妙な効果を及ぼしているようで、その効果はめいめいの人柄によって異なったが、何か心を惹《ひ》くものとして、また漠然と決定的なものとして、全員の心に働きかけた。とはいえ、その性質は名状し難く、また独特だった。ウェールズとの国境《くにざかい》にある西部諸州には、ほかにも森に覆われた谷間が二十はある。それらと較べて、はっきりここが違うと言えるようなものは何もなかった。緑の斜面はそれに較べると黒ずんで見える森の縁《へり》にとび込んでいたが、その森の灰色の柱は、長い曲がりくねった柱廊のように、湾曲した川に映っていた。川筋をほんの少し辿ってゆくと、片方の岸には立木が途切れて、古い庭と果樹園のための壇となっており、その真ん中に背の高い古い家があった。濃い茶色の煉瓦《れんが》で造られ、鎧戸《よろいど》は青く、いささか伸び放題の蔓《つる》がからまっていたが、それは花壇の花というより、石についた苔《こけ》のように見えた。屋根は平らで、煙突は真ん中辺にあり、一条《ひとすじ》の細い煙が空に立ち上っているのは、家がまったく無人でないことの唯一のしるしだった。この風景を見下ろしていた五人のうち、ただ一人だけがこの家を見る特別な理由を持っていた。

画家たちのうちで最年長の男は、色の浅黒い、活動的な、眼鏡をかけた野心家で、のちにリューク・ウォルトンの名で有名になる運命だったが、この場所に妙な形で感動をおぼえた。それは蠅か何かとらえどころのない物のように、彼を苛《いら》つかせるようだった。彼は一つの視点に満足できず、あっちへこっちへ引っきりなしに携帯用の床几《しょうぎ》を動かし、あたかも舞台の上を行ったり来たりしているようで、連れのみんなに冷やかされた。二番目のハットンという体格の良い金髪の男は、いささか牛のような目つきで景色を見つめ、画帳に二、三本線を引くと、ここはピクニックにもって来いだ、僕は昼飯を食べる、と大声で宣言した。三番目の絵描きもこれに賛成したが、この男は絵描きであるだけでなく詩人でもあると言われていたので、仕事をしないで済む機会なら、何にでも一定の熱意を示すだろうとみんなは思っていた。実際、ガブリエル・ゲイルというこの画家は、風景を描くどころか、見る気もないようだったが、ハム・サンドイッチを一口齧《かじ》り、ほかの誰かの水筒からクラレット[*1]を一口飲むと、だらしなく木蔭に仰向けになって、チラチラ光る木の葉の裏の薄明りを見上げた。ある者は眠っているのだと信じ、ある者はもっと好意的に、詩をつくっているのだろうと思った。四番目のガースという、もっと小柄でキビキビした男は、芸術家のグループの名誉会員としか思えなかった。芸術よりも科学に興味があり、絵具箱ではなく写真機を持って来たからである。それでも、風景を知的に鑑賞する心がなくはなかったので、等閑《なおざり》にされた庭と遠い家がある川の一画が写るように、撮影機材を設置しているところだった。その時、今まで身動きもせず口も利かなかった五番目の男が、ひどく唐突に、やめさせようとする仕草をした。まるで相手が殺そうとして鉄砲でも構えたように、写真機を払い除けたのだった。

「やめろ」と彼は言った。「連中が絵に描こうとするだけで、たくさんだ」

「どうしたね？」とガースはたずねた。「あの家が嫌いなのかい？」

「好きだから困るんだ」と相手は言った。「いや、むしろ愛しすぎていて、好きどころじゃないんだ」

口を開いた五番目の男は一行のうちで一番若かったが、少なくとも地元ではすでに多少成功し、名をなしていた。一つには、この地方の風景と伝説に才能を傾けたからであり、

＊1　ボルドー産の赤葡萄酒。

一つには、このあたりの丘では由緒ある家名として聞こえた小地主の一族だったからだ。彼は背が高く、髪は暗褐色で、細長い顔は茶色く、鼻梁《びりょう》の高い鼻は格好が良いというよりも立派に見えた。額には熟考の雲が常住覆いかかっていて、彼を年齢よりもずっと年上に見せた。この五人連れのうちで彼だけは、丘の頂上に来ると、仕事をする身振りも、くつろぐ身振りもしなかった。ウォルトンがそこいらをウロウロし、ハットンが楽しげに食事をはじめ、ゲイルが落葉の寝床に横になって梢《こずえ》を見上げていても、この男は彫像のように立って谷間の向こうの家を見ていたのであり、ガースが写真機を向けるまで、片手を上げさえもしなかった。

ガースはこの男に顔を向けた。硬い角張った造作《ぞうさく》だが、剽軽《ひょうきん》な顔だった。この小柄な科学者は感心なほど気立ての良い男だったのである。

「何かいわくがありそうだね」と彼は言った。「君は何だか打ち明け話をしたい気分のようだ。僕に話してくれたら、秘密厳守は約束するよ。僕は医者だから秘密を守らなきゃならん。とくに精神病患者の秘密はね。だから安心だろう」

ジョン・マロウという年下の男は依然憂鬱そうに谷間の向こうを見つめていたが、その様子には、何か相手の推量が当たっていることを匂わせるものがあり、今にも口を利こうとしていた。

「ほかの連中は気にするな」とガースは言った。「聞こえやしないさ。暇をつぶすのに忙しいからね。おい、ハットン」と声を甲高く上げて呼びかけた。「ゲイル、君たち、聴いてるか?」

「うん。鳥の声を聴いてる」ゲイルのくぐもった声が、落葉の臥所《ふしど》から聞こえて来た。

「ハットンは眠ってるよ」ガースは満足げに言った。「あんな昼飯を食べれば、無理もない。ゲイル、君も眠ってるのか?」

「眠っちゃいない。夢を見てる」と相手は答えた。「長いこと上を見ていると、上も下もなくなって、緑の目眩《まばゆ》い夢になるんだ。鳥は魚のような気がして来るしね。かれらは緑を背景にした、いろんな色の変な形にすぎない。茶色と灰色と――そのうちの一つはまったく黄色く見える」

「キイロカナヅチだろう」[*2]とガースが言った。

「金槌《かなづち》みたいには見えないな」とゲイルは眠そうに言った。「それほど変な形じゃない」

「馬鹿だな!」ガースはぶっきら棒に言った。「競売人の槌みたいだとでも思ったのかい? 君ら詩人は自然にはすごく強いが、概して博物学には弱いなあ。どうだい、マロウ」と連れの方を向いて、「あいつらのことを心配するには及ばないよ、普通の声で話し

＊2 原語は yellow-hammer。ホオジロ属の鳥。和名はキアオジなどとされるが、文脈の都合上、仮に逐語訳しておく。

てくれればね。君のこの家がどうしたっていうんだね？」

「僕の家じゃない」とマロウは言った。「実は、母の古馴染みの家なんだ。ヴァーニー夫人という未亡人でね。見ての通り、あすこはすっかりみすぼらしくなっちまった。ヴァーニー家はどんどん貧乏になって、この先どうしたら良いかわからないんだ。それが問題の始まりなのさ。でも、僕はあそこでもっと楽しい時を過ごしたことがある。あんな時はたぶん二度と過ごせないだろうな」

「ヴァーニー夫人は、そんなに魅力的な人だったのかね？」友人は優しくたずねた。「それとも、勝手ながら、育ちゆく世代がいたと思っても良いのかい？」

「僕にとって不幸なことに、すごく育ちゆく世代なんだ」とマロウはこたえた。「一種の小さな革命を起こして、育ってゆく。僕の背《せい》より高く伸びてるんだ」それから、ふと黙り込んだあと、少し唐突に言った。「君は女の医者を信じるか？」

「どんな医者も信じない」とガースは答えた。「自分が医者だからね」

「うむ、必ずしも女の医者というわけじゃなくて、あの手の医者が問題なんだと思う」とマロウは語りつづけた。「心理学の研究とかいうやつだ。ローラはそれにすっかり夢中になって、ロシア人の心理学者か何かの手伝いをしてるんだ」

「君の話し方はスケッチみたいで、少し大まかだな」とガース博士は言った。「でも、こう推量していいんだろうね。ローラというのはヴァーニー夫人のお嬢さんで、またローラは還《かえ》らぬ幸せな日々と何か論理的な関係があるんだと」

「推量でも何でもして、もう打棄《うっちゃ》っといてくれたまえ」と年下の青年はこたえた。「僕の言う意味はわかってるだろう。でも、本当の問題はここなんだ。ローラはいろんな新しい考えにかぶれて、お母さんを説得し、あらゆる面で上流階級の清貧の誇りを捨てさせようとしたんだ。それが間違っているとは言わない。でも、実際にやってみると、いろいろ妙な不都合が出て来た。一つには、ローラは単に自分の生活費を稼ぐだけじゃなくて、それをこの謎めいたモスクワ人の研究所で稼いでるんだ。もう一つ、彼女は母親に何のかのと言って、下宿人を置かせた。その下宿人が、これまた例の謎めいたモスクワ人なんだ。田舎で静かに休養したいそうでね」

「思うに」と医師は言った。「若い君の生活に、そのモスクワ人が少し出しゃばりすぎる、と感じてるんだね？」

「じつは、あいつ、昨夜《ゆうべ》遅くあの家に引っ越して来たんだ」とマロウは語りつづけた。「僕が今朝、みんなを連れて、この方向へやって来たのは、たぶん、それがほんとの理由なんだと思う。美しい場所だと言ったが、現《げん》にそうだろう。でも、僕はあの家を描きたくないし、訪ねて行きたくもない。それでも、何となく、どこか近くにいたい気がしたのさ」

「それで、僕らを追っ払《ぱら》えないものだから、一緒に連れて来たってわけだな」ガースは微てるかね?」

笑んで言った。「うん、わかるような気がする。そのロシア人の教授について、何か知っ

「悪い噂のようなものは全然知らない」と相手は答えた。「彼は科学の世界でも、政治の世界でも、すごい有名人だ。昔、シベリアの刑務所から脱走したが、手製の爆弾で壁を吹っ飛ばしたそうだよ。じつに興奮する話で、少なくとも勇気のある男には違いない。たしか『自由の心理学』という大著を書いていたな。ローラはあいつの考えにすっかり夢中になってるんだ。まったく、何とも言い表わしようのないことなんだよ。彼女と僕はお互いに大好きだし、彼女が僕を馬鹿と間違えているとも思わないし、僕が馬鹿だとも思わない。でも、最近いつ会っても、文字通り、反対の方向へ行く二人の人間が本街道で出くわしたみたいなのさ。それがどういうことか、わかる気がする。彼女はいつも外へ向かって行こうとしていて、僕はいつも内へ向かおうとしている。僕は世間を見れば見るほど——たくさんの人に会って、たくさんの本を読んだり、問題に答えたりすればするほど確信を深めて、生まれた場所や、少年の時遊んだ場所に帰って来るんだ。巣に帰る鳥みたいに輪を縮めてゆくのさ。僕にはそれがすべての旅の、ことに広い世界を渡る旅の終着点に思える——故郷に帰ることがね。けれども、彼女の心にある考えは違う。彼女はあの古い茶色の煉瓦の家が牢獄のようだとか、丘が自分を閉じ込める壁のようだとか言う。たしかに、あいうところじゃ物事がよろず退屈になるだろうからね。でも、それだけじゃない。そこ

にはまた理屈があって、そいつはどうやら心理学者の友達から仕入れたらしいんだ。ローラに言わせると、彼女自身の谷間や庭でさえも、樹々が育つのは外に向かって発散《レイディエイト》するからなんだそうだ。発散というのは、枝を出すという意味のラテン語にすぎないんだよ。『光を放つ《レイディアント》』という言葉自体、それが幸福の秘密であることを示している、と彼女は言う。まあ、それにも一理はあると思うね。しかし、僕は言うなれば内へ向かって発散するんだ。だから、世界のこの小さな一画の絵を描くんだよ。この谷間を描けさえすれば、さらにあの庭を描くこともできる。そして、あの庭を描けさえすれば、彼女の窓の下に這う蔓を描く資格もあろうってものだからね」

眠っていたハットンが目醒め、大声をあげて欠伸《あくび》をすると、落葉の寝床から起き上がって、ウォルトンの方へ歩いて行った。彼よりも勤勉なウォルトンは、けっきょく腰を落ち着けた丘の反対側で写生していた。しかし、詩人ゲイルは相変らず寝そべったまま、梢を逆さまにながめていた。ガースがさらに話しかけても、大儀《たいぎ》そうに、こう返事をしただけだった。「黄色いやつは追っ払われちゃったなあ」

「誰が何を追っ払ったって?」マロウはやや苛立たしげにたずねた。

「ほかの鳥が黄色い鳥に襲いかかって、追っ払ったんだ」と詩人は言った。

「好ましからぬ異邦人とみなしたんだな、きっと」とガースが言った。

「黄禍《おうか》だね」と言って、ゲイルは夢の中に戻った。

マロウはもう独り語りをつづけていた。

「心理学者の名前はイワノフといって、この田舎の隠れ家で新しい大著を書いているそうだ。彼女はあいつの秘書役をしているんだと思う。その本は限界の除去に関する数学的理論を具体化するもので――」

「やあ！」とガースが叫んだ。「お濠《ほり》をめぐらした君の屋敷は生き返ろうとしているぜ。誰かが窓を開けはじめた」

「君は僕みたいにあの家を見ていたわけじゃないから、知らんだろうが」とマロウは静かに答えた。「左の角の裏側に小窓があって、それはずっと開いてるんだ。予備の寝室の外についている小さな居間の窓だよ。以前はローラの部屋で、今も彼女の物がたくさんある。でも、今はお客に使わせるんだと思う」

「お客というのは、もちろん、下宿人も含めてだね」とガースは言った。

「あいつは変わったお客だからな。部屋代を払っていると良いが」と相手は言い返した。「ついさっき鎧戸を開けたあの大窓は、長い図書室の端にある。あすこにある窓はみんな図書室の窓なんだ。あの哲学者が哲学に耽《ふけ》りたいなら、あいつをあそこに突っ込んどけば良い」

「哲学者殿は風通《ドラフツ》しについて哲学しているようだな」とガースが言った。「そいつかほかの誰かか知らないが、また窓を三つ開けたよ。それに、もう一つの窓と格闘しているようだ」

そう言ううちにも、五番目の窓が勢い良く開いて、その窓を這っていた一本の蔓がプッリと切れて垂れ下がるのが、二人が立っている場所からも見えた。この家を牢獄のように護っていた緑の鎖が切れたかのようだった。まるで墓の封印を破るかのようにも見えた。というのも、マロウはいろいろと偏見は持っていたが、競争相手と見なしているあの革命的理想の存在感と圧力を感じたのである。古い茶色の家の家表《やおもて》には鎧戸が下りていたが、その窓が一つまた一つ、まるでアルゴスの目[*3]が巨人の眠りから醒めるように、開いていった。この家がこんな風に、草木の蕾《つぼみ》が開くように、内側から生命を帯びるのは見たことがない、と彼は認めざるを得なかった。今、最後の三つの窓が朝空に向かって開いた。細長い部屋は、もう空気はもちろんのこと、一杯の光に満たされているだろう。ガースは隙間風《ドラフツ》に耐える哲学者のことを言ったが、それよりもむしろ、異教の祭司が風の神殿に入ったかのようだった。だが、その朝の幻像《まぼろし》めいた光景には、一列の窓が、ふだん閉まっている時刻に開いたというだけではないものがあった。生命が伸び広がるというあの空想が、新しい大気のように、あたり全体を満たしているようだった。まるで新鮮な空気が、窓の中に流れ込むのではなく、窓から流れ出たようだった。太陽はもうかなり高く昇っていた

＊3　ギリシア神話に登場する百目の巨人。

が、夜明けが音もなく爆発するように、家の上の朝霧から現われた。扇のように広がった森の樹々の形さえも「光を放つ」というあの最初の言葉を——彼がほとんどラテン語の洒落《しゃれ》だと思った言葉を——繰り返しているかのようだった。頭上には、まるで一種の遠心力に吹き飛ばされたかのように雲が流れて、日の出の色彩を天頂に運び込んでいた。彼が恐れていたすべての新鮮な物が、抑え難く膨張して、押し寄せて来たような気がした。あらゆるものが大きくなろうとしているようだった。古い庭にただ一つ立っているちっぽけな門柱に目が留まった時も、見ているうちにそれが膨張《ふくら》んで来るように想像された。友人の発した鋭い叫びが、彼を不自然な白昼夢から醒ました。矛盾する言い方だが、それはむしろ白い光の悪夢と呼ぶべきかもしれない。

「おやおや！　あいつは、また窓を見つけたぞ」と医師が叫んだ。「屋根にある窓だ」

果たして、一枚の天窓が上に押し開けられ、陽の光を斜めにうけて光っていた。そして開いた隙間《すきま》から、一人の男の動く姿があらわれた。その距離ではよく見えなかったが、背が高く、痩せていて、黄色い髪の毛が強い日射しを浴びて黄金のようだった。男は何か明るい色の長い服を、おそらく化粧着を着ており、眠りから醒めた者が眠いながらも大喜びしているように、長い手脚を伸ばした。

「おい！」マロウが突然言った。何とも形容し難い表情がその顔をふとよぎって、消えた。

「僕はあの家へ行って来る」

「行くんじゃないかと思ってたよ」とガースが答えた。「一人で行きたいかね？」

彼はそう言いながらほかの連中を見まわしたが、ウォルトンとハットンは丘の向こう側のやや離れた場所で、相変らずおしゃべりをしていた。ゲイルだけは、まるでさっきから身動き一つしなかったかのように、今もこんもりした木蔭に寝て、鳥を見上げていた。ガースは彼の名を呼んだが、いっときの沈黙があって、ゲイルはやっと口を利いた。こう言ったのだ。

「君は二等辺三角形だったことがあるかい？」

「あんまりないな」ガースは自制して答えた。「一体何の話をしているのか、教えてもらえないかね？」

「ただ考えていたことを言っただけさ」詩人は片肘を突いて身を起こしながら言った。「直線に囲まれているのは窮屈《きゅうくつ》かなあと思ったんだ。円の中にいる方がましだろうかってね。円形の牢獄に住んだことのある人はいるかな？」

「どこでそんなイカレた考えを仕入れて来たんだね？」と医師がたずねた。

「小鳥が教えてくれたのさ」ゲイルは真面目に言った。「いや、本当なんだよ」

彼はもうこの時には立ち上がっていて、ゆっくり丘の端へ進み出ると、川ほとりの家を見やった。見ているうちに、その夢見る青い目は、彼が注視している家の窓が開くように、醒めてゆくようだった。

「べつの鳥だ」と彼は小声で言った。「雀みたいな鳥が家の天辺にとまってる。あの場所にしっくり合ってるな」

その言葉には何か真実を仄《ほの》めかすものがあった。例の奇妙な人物は屋根の端すれすれに立っていて、足元には空間があり、まるで空を飛びたがっているかのように両手を左右に広げていたからである。しかし、ゲイルのこの最後の言葉と、それにも増してその奇妙な言い方は、すっかり医師の頭を悩ました。

「しっくり合うって、何に？」彼は少し鋭い調子でたずねた。

「あいつはあの黄色い鳥に似ている」ゲイルは曖昧に言った。「実際、黄色い鳥だよ。あんな髪の毛で、陽を浴びているところは。あの鳥は何と言ったっけ――キイロカナヅチだったかな？」

「自分の頭を黄色い金槌でぶっ叩くといい」とガースはやり返した。「君だって、あいつと同じくらい黄色いぜ。実際、脚も長いし、髪の毛は藁色《わらいろ》だし、ほんとにちょっとあいつに似てるよ」

いつになく神秘的な気分に浸っていたマロウは、不思議そうに両者を見較べた。背が高く金髪の二人の人物、家の上にいる男と丘の上にいる方との間には、多少漠然とした類似点があったからである。

「きっと、少し似ているかもしれない」とゲイルは静かに言った。「言ってみれば、僕はきっと、あいつのようにならないために十分なだけ、あいつに似ているだろう。僕らは二人とも同じ羽根の鳥かもしれない。同じ黄色い羽根のね。でも、僕らは一緒に群れない。あの男は一人で群れたがるからだ。そして黄色であれ何であれ、金槌であることに関して言うと、うん、それもまた寓喩《アレゴリー》なんだ」

「君の寓喩を理解することはお断り申し上げる」ガース医師はそっけなく言った。

「僕は以前、ものを叩きつぶすのに金槌を必要とした」とゲイルはつづけた。「でも、金槌のべつの使い途《みち》をおぼえたんだ。金槌の本当の使い途で、時々、何とかそれができるんだ」

「どういうことだね？」と医師はたずねた。

「打つべき釘の頭を打てるんだ」と詩人は答えた。

実のところ、マロウがヴァーニー夫人宅を訪問したのは、その日、もっと遅くなってからだった。ヴァーニー夫人は午過ぎに近くの村へ行く予定だったし、マロウには、見知らぬ男が秘書と二人きりの時に襲撃をかけたい理由がいくつかあった。友人たちに見知らぬ男を引き離すか引き留めてもらい、その間に秘書から説明を求めるという考えを漠然と抱いていた。そこで、ガースとゲイルをヴァーニー夫人の客間まで引っ張って行った。いや、ゲイルが簡単にどこかへ引っ張って行ける人間なら、そうしたかったのだが、ゲイルにはそういう群れから遠ざかる傾向があり、いつも置き去りにされるのだった。彼は大柄だったが、置き忘れられるこつを心得ていた。木蔭に寝ている彼をほとんど忘れかけていたように、友人たちは彼を忘れた。交際《つきあ》いが悪かったわけではない。それどころか、彼は友人たちが大好きだったし、自分の意見も大好きで、前者に向かって後者を説くのをいつも喜んでいた。知らない人間なら、自分の声の響きが大好きなのだと言っただろうが、彼を好きな友人たちは違った。傾聴するという意味では、彼が自分の声をろくに聞いたことがないことを知っていた。彼の行動が計算し難いのは、彼の考えや話が、本人には大きな事に思われる小さな事から出発するからだった。たいていの人間には印象か不完全な印象にすぎないものが、彼にとっては事件であり、その日の主たる事件だった。ある種の空き部屋や開いた扉が暗示的だと言う時、それが何を意味するかを多くの想像力豊かな人は知っている。しかし、彼はいつもその暗示に基いて行動するのだった。庭の生垣の隙間や道の急な曲がり角には、何か漠然と心を誘うものがあり得ることを、大部分の人は理解している。しかし、彼はいつもその誘いに乗るのだった。丘の形や家の隅が、誰何《すいか》する声のように彼を引きとめた。それが秘密の幾分かを打ち明けるまで、自分の名状し難い空想に何か名前らしいものをつけるまで、彼はそいつと真剣に取っ組み合った。こういうことが彼の人生の活発な冒険だった。それ故に、彼は時として一連の考えを何時間も追いつづけることがあった——鳥が巣に飛び帰るように着実に。しかし、それがいつどこで始まるかはわからなかったため、実際の行動に於《お》いて、彼はむしろ漂う薊《あざみ》の冠毛が茨《いばら》に引っかかったように見えた。

今回も友人たちは彼を見失う、というより置き去りにした。それは庭に面した古風な張出し窓を通り過ぎた直後、家の角を曲がった時だった。その窓の中には小さな円卓が立っていて、その上に金魚鉢がのっていた。するとゲイルは突然立ち止まり、まるでそんなものはいまだかつて見たことがないかのように、金魚鉢に見入った。人間の生活の主目的は、物をいまだかつて見たことがないかのように見ることだ、と彼は常々主張していた。しかし、この場合には、無人の小部屋の薄暗がりのところどころに晩《おそ》い午後の陽光《ひかり》が射し込んだ様子が、どういう具合か、彼の見たものにふさわしい微妙な背景をなしているように思われた。暗緑色の球体の中心が、小さい生きた焔によって生命を帯びていたのである。

「一体全体、何だってあれを金魚なんて呼ぶんだろう？」彼はほとんど苛立たしげに問いかけた。「かれらは黄金よりずっと華麗な色だ。あんな色は赤い夕焼け雲の中に、たまにしか見たことがない。黄金は黄色を暗示する。しかも極上の黄色ではない。今日僕が見たあの鳥の、さわやかなレモン色の半分も美しくない。あの金魚は黄金よりも銅に似ている。そして銅は黄金より二十倍も上等だ。なぜ銅が一番貴重な金属じゃないんだろう？」

彼は一瞬口ごもり、それから、考え込むように言った。

「人が小切手を金《きん》に替える時、かわりに銅を渡して、銅の方が夕陽の豊かな色をたくさん持っていると説明したら、それで通るかしら？」

彼の問いに答はなかった。空っぽの空気に向かって質問したからである。連れの二人は金魚の重要さをさほど感じられなかったので、せかせかと家の表玄関へ行ってしまい、張出し窓の窓際にある金魚鉢のそばに佇《たたず》む彼を置き去りにしたのだ。彼はかなりの時間それを見ていて、やっと背を向けたが、友人のあとを追うのではなく、暮色の深まる庭の小径《こみち》を歩きはじめた。頭の中では、何か金魚鉢から始まる秘教的な物語を思いめぐらしていた。

一方、もっと実際的な友人たちは、この物語の本筋を追って家の中に入り、少なくとも家人の何人かを見つけた。庭や家の出入口には、ただ感傷的な気分だったなら、マロウもそれに惹かれて立ちどまっていたかもしれない物がたくさんあった。果樹園の隅に立っている古いブランコ、芝生の枯れたテニスコートの片隅、枝分かれした梨の木、どれにも物語がまつわっていた。しかし、彼はもっと実際的な激しい好奇心に取り憑かれていたので、昔を回想するだけの感傷には浸らず、この古い家にいる新しい男の謎を追求しようと決心を固めていた。あの男がいるだけで、何もかも変わったと感じており、その変わりようがどの程度かを知りたかった。あの見知らぬ男が通ったところは、懐かしい部屋部屋もがらんどうにされてしまったか、さもなくば見慣れぬ家具に満たされていることを半分予期していた。

実際、これは偶然のことだったが、無人の部屋から部屋へ抜けて行く二人には、何か逃げるものを追いかけているような様子があった。というのも、外の部屋から細長い図書室に入った時、奥の窓辺にいた見知らぬ男は、長い脚を片方踏み出し、窓台を跨いで芝生に出、それによって、外気を愛してやまぬ落ち着きのない心を強調したからである。しかし、二人を避けたがってはいないようだった。日向に立って微笑みながら、少し外国訛《なま》りのある言葉で、いとも愛想良く挨拶したからである。彼はまだ長いレモン色の化粧着を着ていた。その服と、黄色い髪の毛とが、この男を黄色い鳥と較べさせたのだった。黄色い髪の毛の下にある額は広いが高くはなく、鼻は長くてまっすぐなばかりか、前額から一直線につながっていた。それは多くのギリシアの硬貨や彫刻に見られる形だったが、現実生活の中で見ると、不自然で、不吉とも言える均整を有していた。それ以外には、これといって奇抜なところや飾り立てたところはなかった。態度は気取らなかったが、優雅でなくもなかった。彼の境遇や物腰の明るい安楽さと矛盾するものは何もなく、強《し》いて言えば、熱意のこもった、突き出した眼に少しばかり緊張の色が浮かんでいた。知人たちは、彼の顔のいつも変わらぬ特徴としてそれに慣れるまでは、彼の物静かな顔を日蔭で見た時、円《まる》い眼が頭から出っ張っているのに気づいて、時折一種の衝撃を受けたのである。

その眼が最初に出会ったのはガース博士の携帯用写真機らしく、紹介と挨拶が済むと、彼はさっそく写真術の話を始めた。写真が絵画を廃《すた》れさせて広まることを予言し、絵画は色彩の点で優っているという、ガース博士さえも持ち出した反論を一蹴《いっしゅう》した。

「彩色写真がもうじき完成しますよ」と彼はせっかちに言った。「というよりも、むしろ、けして完成することになく、いつまでも改良されつづけるでしょう。それが科学の特徴です。あなた方は画家のチョークや彫刻家の鑿《のみ》で何ができるか、出来映えはともかくとして、大なり小なり決定的に知っています。しかし、こちらは道具自体が常に変化しているんです。そこが望遠鏡の本当の素晴らしさです――望遠鏡らしく伸縮自在だということが」

「それなら」とマロウが険しい顔つきで言った。「僕は画架を叩き切って薪《たきぎ》にする前に、科学的機器としての写真機にもう一つ変化が起こるのを待ちますね」

「それはどういう変化です?」ロシア人は一種の熱意を持ってたずねた。

「あの背の高い写真機の一つが、自分の三本脚で田舎道を歩いて行って、一番好きな景色を選び出すようになるまで待ちます」

「そういうことだって、案外起こり得るかもしれませんよ」と相手はこたえた。「当節、人間は長い電線の先に目や耳を持っていますからね。いわば彼自身の神経が、電話や電信という形で街中に広がっているんです。現代の大都市は、人間の手がそのハンドルを握っている大きな機械となるでしょう。人間はそうすることによってのみ、巨人たり得るのです」

ジョン・マロウは一瞬、男を少し陰険な目で見て、言った。

「そんなに現代的大都市がお好きなら、なぜこんな静かな片田舎に隠れていらっしゃるんです?」

一刹那、異邦人の顔は白い陽の光の中で怯《ひる》み、相好《そうごう》を変えたように見えたが、次の瞬間にはやはり微笑んでいた。とはいえ、もう少し言訳《いいわけ》がましく語った。

「たしかに、都会よりも広々していますからね。正直言って、私は広々したところが好きなんです。しかし、その点でも、都市の科学は最終的に独自の解決法を講じるでしょう。答はたった一言で言い表わせます――飛行術です」

相手が言い返す間もないうちに、語り手は語りつづけ、突き出した眼は輝き、全身が活力に満ちわたった。彼は手で石を宙に放るような仕草をした。

「新しい拡張は上に向かって起こるでしょう」彼は声を高くして言った。「その道は十分広く、その窓はいつも開いています。新しい道が塔のように立ち上がるでしょう。新しい港は我々の頭上の海に、はるか遠くまでそそり立つでしょう――けして果ての見えない海です。それは惑星を征服し、恒星を植民地とすることの始まりにすぎないでしょう」

「思うに」とマロウは言った。「一番遠くの星を征服しても、人はまだ地球のこの古い一画を真に征服してはいないでしょう。そこにある独特の魔法は、そんな奇術のまやかしよりも長持ちすると思います。ここはマーリン[*4]の家だったんです。マーリン自身、呪文によって倒されたといいますが、それはマルコーニ[*5]の呪文ではありませんでした」

「さよう」異邦人はなおも微笑みながら、答えた。「我々はみな、マーリンを倒した呪文を知っています」

マロウはロシアの知識人について多少は知っていたから、相手が西欧の詩や文化の幅広い知識を持っていることに驚かなかった。しかし、ここでは、それが何かもっと深い親密さをほとんど諷刺的に象徴しているように思われ、何がこの魔術師を西部地方の谷間に縛りつけているのかを、嘲《あざけ》るようなささやき声が彼に教えた。

ローラ・ヴァーニーが書類を手に持ち、庭をこちらへ向かって来た。赤毛の、元気溢れるタイプで、その美しさにはある種異教的な豊麗さがあるように見えたが、近くに来て、澄んだ目の思いつめたような真面目さが見えると、印象が変わった。いわば清教徒の目をした異教徒とでも言うべきだった。彼女は表情も変えずお客に挨拶し、一言の説明もしないで教授に書類を渡した。その機械的な態度の何かがマロウを刺激し、決定的に苛立たせたらしい。彼は窓台に置いてあった帽子を取り上げると、無頓着な大声で呼びかけた。

「ローラ、この庭から出る道を案内してくれないか？　道を忘れてしまったんだ」

しかしながら、庭の外門に近い外壁の蔭で彼女に最後の別れらしいものを言ったのは、大分経ってからのことだった。何か苦々しい張りつめた気分でいた彼は、これが最後の別れだということを少し誇張しているようだった。それは彼女だけでなく、いつも彼女の存在に満ちているように感じた、あらゆる物との別れだった。

「君はあの古いブランコも取り壊してしまうんだろうね？」彼は庭を歩きながら、言った。

「そして、誰でも十秒間で月まで連れて行く電気仕掛けの鋼鉄のブランコをつくるんだろう」

「どっちにしても、月は取り壊せないわ」娘は微笑んでこたえた。「それに、そうしたいかどうか、わからないわ」

「そいつは少し反動的だな」とマロウは言った。「月なんてただの死火山で、古臭いロマンチストにしか価値はないんだ。それに、君は僕らの古いローン・テニスのコートを、百マイルも離れた場所でボタンを押せば、機械でテニスができる場所にしてしまうんだろう。電気で梨を生《な》らせる梨の木をつくる計画は完成したかどうか知らないけど」

「でも」ローラは少し困ったような顔でこたえた。「世の中はいろんなものを置き去りにして進んで行くように見えるけれど、そうしたものを失うとは限らないわ。それに結局、世の中は進まなければならないのよ。少なくとも、成長しなければいけません。あなたはそこを誤解しているんだと思うわ。先へ進むだけじゃないの。むしろ、外へ向かって成長して行くと言った方が良いのよ。拡張という言葉が、まさにぴったりだわ。だんだん幅広くなって、つねにいっそう大き

＊4　アーサー王伝説に登場する魔術師マーリンは、恋する女に魔法を教え、その魔法をかけられて死ぬ。
＊5　無線電信を発明したイタリアの電気学者。

な円を描くの。でも、それにさらなる自己実現を意味するにすぎなくて、それ故に静穏と平和であって、それは――」

彼女は誰かが言い返したかのように、急に口をつぐんだが、それは月が彼女の顔に新しい影を投げかけたからにすぎなかった。壁の上に立つ人間の影だった。月光がその人物の頭のまわりに淡い黄色の光輪をまとわせていた。二人は一瞬、屋根の上に立っていたロシア人が、壁の上に立っているのかと思った。それから、マロウが影になった顔を良く見て、驚いてゲイルの名を口にした。

「今すぐ、ここから逃げ出すんだ」と詩人は鋭く言った。「逃げられる者は全員、この家から逃げなきゃいけない。説明してる閑はない」

そう言いながら塀から跳び下り、二人の傍らに立った。彼の友人は、その顔を月光の中であらためて見て、真っ蒼《さお》になっているのを知った。

「どうしたんだ? 幽霊でも見たのか?」

「魚の幽霊をね」と詩人は答えた。「三つの小さい灰色の幽霊――三匹の小さい魚のね。今すぐ逃げ出さなきゃ、駄目だ」

彼はそれっきりうしろをふり向きもせず、先頭に立って庭の向こうの坂を、写生に来た一行が最初に陣取った木立へ向かって、登りはじめた。マロウも娘もあれこれ質問しながらついて行ったが、彼はただ一つの質問にだけ答えた。母親がもう帰宅したかどうか知りたいとローラが言い張ると、ぶっきら棒にこう言ったのだ。「いや、まだです。有難いことにね。村からの帰り道で引きとめておくために、ガースに行ってもらいました。とにかく、お母さんは安全です」

しかし、ローラ・ヴァーニーは良家の娘だったから、命令口調でしゃべる赤の他人がいつまでも引っ張って行くことはできなかった。丘の天辺へ、詩人がその蔭で鳥について瞑想に耽っていた木立のあたりへ来ると、彼女は立ちどまり、理由を聞かせてくれと断固として要求した。

「これ以上一歩も行かないわ」ときっぱり言った。「何か証拠を示してくださるまでは」

ゲイルは蒼ざめた顔に熱情を浮かべて、ふり返った。

「ああ、証拠か！　あなたがどんな証拠を欲しがるかはわかってる。目立つ靴の跡。スコットランド・ヤードにある指紋と注意深く照合される血まみれの指紋。都合良く置き忘れたマッチ箱に珍しい煙草の灰。僕が探偵小説を読んだことがないとお思いですか？　うん、僕には何の証拠もありません——その手の証拠はね。そういう意味じゃ、何の証拠もないんです。僕の理由をお聞かせしたら、あなたはおよそつかみどころのない出鱈目《でたらめ》だと思うでしょう。あなたは僕の言う通りにして、あとで感謝するか、僕に好きなように、好きなだけしゃべらせておいて、安全な場所へ向かってこれだけ来たことを神に感謝するかの、どちらかです」

マロウは彼独特の流儀で、じっと静かに詩人を見つめていたが、やや間を置いて言った。

「理由を君なりに語ってもらいたいな。実際、君はたいてい、もっともな理由を持っているのを知ってるからね」

ゲイルの目は睨《にら》みつける娘の目から友の目へさまよい、それから、前に自分が休んでいた木蔭の枯葉の吹きだまりを見やった。

「僕はあそこに寝そべって空を、いや、むしろ梢を見上げていた」とゆっくりと話し始めた。「ほかのみんなが話していることは聞こえなかった。鳥の声に聴き入って、鳥たちを見ていたからだ。そんな風にずっと何かを見つめていると、どうなるか知ってるだろう。見ているものが壁紙みたいな一種の模様に変わるんだ。この場合は緑と灰色と茶色のおとなしい模様だった。まるで世界全体がその模様になったような気がした。まるで神様がつくったのは鳥の世界だけのような気がした。虚空にかかった梢でできている世界だ」

ローラが抗議をするように何か言って、その声は笑い声のように響いたが、マロウは落ち着いて言った。「つづけたまえ！」

「そのうち、模様の中に黄色い汚点《しみ》があることに気がついたんだ。べつの鳥だということがだんだんわかって来たが、それじゃ、どういう種類の鳥だろう。誰かがキイロカナヅチに違いないと言った。でも、鳥のことには疎《うと》い僕だが、そうじゃないことはわかった。カナリアだったんだ」

娘はもうそっぽを向いていたが、この時、初めて関心を示して、ゲイルの方をふり返った。

「僕は漠然と思った。カナリアがこの鳥の世界でどうして生きて行けるだろう――どうやって出て来たんだろう、と。べつに特定の人間のことを考えたわけじゃない。ただ、どこかで朝空に向かって一つの窓が開いていて、鳥籠の扉が開いているのを一種の幻の中で見たんだ。それから、茶色い鳥たちがみんな寄ってたかって、黄色いのを殺そうとしているのを見て、誰でも考えそうなことを考えはじめた。鳥を自由に放つことは必ずしも親切なことだろうか？　自由とは、正確に言うと何なんだろう？　それはまず第一に、ある物が自分自身である能力《ちから》に違いない。ある点で、あの黄色い鳥は籠の中で自由だった。独りでいる自由があった。自由に歌うことができた。森の中では、あいつの羽は千々《ちぢ》に裂かれてしまうだろうし、あいつの声は永久に詰まらされてしまうだろう。そこで僕は考えはじめた――自分自身であること、すなわち自由とは、それ自体制限なのだとね。我々は脳や身体によって制限されている。もしも限界を突き破ったら、自分自身であることをやめて、たぶん、如何《いか》なるものでもなくなってしまうだろう。そう思った時、僕は君にたずねたんだ。二等辺三角形は自分が牢獄の中にいると感じるだろうか、円い牢獄なんていうものがあるだろうか、と。円い牢獄については、この話が終わる前に、もっと多くのことを聞かされるだろう。

その時、あの男が屋根の上にいるのを見た。両手を空に向けて、翼みたいに広げていた。あの男のことは何も知らなかったけれども、あいつがいかなる危険も顧《かえり》みずに鳥を自由にした男であることは、すぐにわかった。それから、丘を下って来た時、あいつのことをもう少し聞いた。牢獄を爆破して脱走したことを。それで、僕は感じたんだ——一つの事実が彼の一生を解放と逃走の哲学で満たしたんだと。あいつの心の奥には常にあの爆発の瞬間が——崩れた壁の間から真っ白い陽の光が輝いているのが見えた、あの瞬間があるんだと確信した。彼がなぜ鳥を籠から出すのか、自由の心理学に関する本をなぜ書いたのか、わかった。それから、僕は一つの窓の外に立ちどまって、あの華やかな金魚を見たが、それはただ、そういうものが好きだったからだ。金魚はそのあと長い間、いわば僕の考えを一種のオレンジ色か緋色《ひいろ》に染めた。それからしばらくして、また同じ窓の前を通ったら、金魚たちは色が褪《あ》せて、位置も変わっていた。その時はもう暗くて、夕月が昇っていた。影の中に散らばっているのがかろうじて見えた姿は、ほとんど灰色で、輪郭が灰色の光の線になっていた。あれは月光だったかもしれないが、死骸が放つ燐光だったんだと思う。金魚たちは円卓の上にでたらめに散らばっていて、ガラス鉢が割れているのが微《かす》かな光でわかった。僕の夢物語は、戻って来た時には、そんな風になっていたんだ。というのも、あの不思議な魚たちは、僕には、神の燃える指が赤熱した黄金に記した神聖文字で、あるお告げを伝えているように思われたからだ。ところが、二度目に見た時には、その指は恐ろしい灰色の銀の文字で、べつの教訓を記していた。新しいお告げが言ったのは、『あの男は狂っている』ということだった。

きっと、君は僕だってあいつに負けないくらい狂っていると思うだろうが、前にも言った通り、僕は彼に似ていると同時に、似ていないんだ。似ているのは、僕もああいう突飛《とっぴ》な心の突飛な旅に出ることができて、自由を愛する彼の気持ちに共感するからだ。似ていないのは、有難いことに、わが家へ帰って来る道をたいてい見つけることができるからだ。狂人というのは、道に迷って帰れない人間だ。さて、この男はほとんど僕の見ている前で、自由から狂気への大きな一歩を踏み出した。鳥籠の扉を開けた男は自由を愛したんだ。ことによると愛しすぎたかもしれないし、非常に愛したことは間違いない。しかし、金魚鉢が魚にとって牢獄だと思ったから——本当は、生きられる唯一の家だというのに——割った男、その男はもはや理性の世界の外へ脱け出していた。如何《いか》なるものからも脱け出したいという欲望に荒れ狂っていた。まさしく文字通りの、生きた意味で、正気を逸脱していたんだ。それに、魚の灰色の幽霊が教えてくれたことは、もう一つあった。狂気の亢進《こうしん》が非常に速く、急激だったことだ。鳥を危険な世界に送り込むのは、疑問の余地のある親切にすぎなかった。魚を死に追いやることは、荒れ狂う破壊の踊りだ。この次は何をするだろう？

僕は円い牢獄の話をしたね。結局、こういう気分に沿って行動し得る精神にとっては、一つの円い牢獄が現実にある。星をちりばめた空自体、我々が無限と呼ぶ、あの穏やかなアーチが――」

　彼はしゃべっているうちに蹌踉《よろめ》き、空《くう》をつかんで、草の上にバッタリ大の字に倒れた。と同時に、マロウは木に叩きつけられ、娘も倒れかかって彼とぶつかり、ひしとしがみついた。その仕草は、目も昏《くら》む旋風の中で、彼の多くの問いに答えていた。立ち上がって我に返った時、三人は初めてはっきり気づいたのだが、谷間には凄まじい、張り裂くような轟音の谺がなおも鳴り響いており、赤い稲妻のごとく目を眩《くら》ませた光の上に、闇が今下りたばかりだった。一瞬、閃いた光は大きな日の出のような、そそり立つ火柱だった。マロウの記憶の表面に浮かび上がって来た、それにふさわしい唯一の言葉は、「光を放つ」という言葉だった。

　この時刻にしては馬鹿にあたりが明るいな、とマロウはいつしかぼんやりと考えていたが、明るいのは二、三ヤード先に、優しい炎が自らを舐めるように勢い良く燃えていたからだった。その朝彼がつくづくと見た青い木の門柱が、燃える雷霆《いかづち》のように空《くう》を切って、そこまで飛ばされ、焼けてくすぶっているのだった。あの家から逃げ出した三人は、かろうじて危険のないところまで来ていたのだった。やがて、彼は青く塗った木が黄金色の炎を揺らめかせているのをふたたび見ると、初めて震えだした。

　次の瞬間、ほかの友人たち、ウォルトンとハットンの青ざめた顔が炎の中にあらわれた。

かれらはその晩泊まる遠くの宿屋へ行って休んでいたが、道を急いでやって来たのだ。

「何が起こったんだ？」とウォルトンが叫んでいた。

「爆発だな」ハットンがややぼんやりと言った。

「膨張だよ」マロウはそうこたえて、自分を抑え、陰気な笑みを浮かべようとした。

この頃には、遠くの家々から、もっと大勢の人々が駆けつけて来た。ガブリエル・ゲイルはふり返って、小さな群衆とでもいうべきものに顔を向けた。

「あれはただの牢獄の号砲です」と彼は言った。「囚人が逃げ出した合図ですよ」

## 三、鱶《ふか》の影

今は亡きシャーロック・ホームズ氏の示唆《しさ》に富む事件調査について、我々は創意豊かな作者にいくら感謝してもし足りないほどであるが、その中で、ホームズ氏はただ二回だけ、ある説明を本質的に不可能だとして排《しりぞ》けているように思われる。しかも、奇妙なことだが、どちらの事例に於《お》いても、優れた作者自身がその後彼《か》の不可能事を可能と見なし、まぎれもない真実とさえ認めるに至った。第一の事例に於いて、名探偵は、空飛ぶ物が犯した犯罪はついぞ知らないと明言している。ところが、飛行術の発達、ことにドイツの飛行術の発達以来、愛国者にして戦史家であるサー・アーサー・コナン・ドイルは、空飛ぶ物が犯した数多《あまた》の犯罪を目睹《もくと》して来た。また、もう一方の事例に於いて、探偵は如何《いか》なる行為も霊魂や超自然的存在の所業《しわざ》に帰するべきではないと暗に仄《ほの》めかしているが、現在のサー・アーサーはいとも積極的に、情熱さえ籠めて、さような行為者の存在を証言するのである。*1

おそらく、彼が現在の心境と哲学をもって書いたならば、『バスカヴィル家の猟犬』は本当に幽霊の猟犬となったかもしれない——少なくとも、心霊主義に相伴《あいともな》うかに見える楽天主義が、地獄の猟犬の如きものを信ずることを彼に許すならば。しかしながら、これら二つの説明がいずれも必然的に一つの役割を果たした物語を語るにあたっては、この偶然に着目するのも無駄ではないかもしれない。科学者はその事件を飛行術によるものと言い張り、心霊主義者は霊魂のせいにしたがった。しかし、霊魂や空飛ぶ人間が暗殺者として役立つと祝福して良いかどうかは、疑うべきかもしれないのだ。

今も記憶に残っているかもしれないが、その当時、一大騒動を起こした謎の事件がある。それはサー・オウエン・クラムという裕福な奇人で、主に学問芸術の庇護者として知られていた人物の死をめぐるものであった。この事件の異様な点は、彼が柔らかい砂が一面に広がる浜の真ん中で刺されており、砂の上には彼自身の足跡以外、如何なる足跡もついていなかったことだった。傷は自分でつけたものではあり得ないことがわかっていたし、一体どうすればそんな傷がつくかを示唆することさえ、次第に難しくなった。さまざまな説が提示され、その中には、先程述べた通り、飛行術に熱中する人々の説から心霊研究に熱中する人々の説まであった。かくもあざやかな仕事を行うことは、科学にとっても心霊主義にとっても名誉と見なされていたようである。この怪事件の真相はいまだに語られたことがない。そこにはたしかに、超自然的とは言わないまでも、少なくとも超常的な要素が含まれていた。しかし、話をわかりやすくするために、我々は事の発端となった場面へ戻らなければならない。海辺にあるサー・オウエンの邸宅の芝生で、くだんの老紳士は、お気に入りの話相手だった若い学生たちの論争に、一種愛想の良い審判として加わっていた。この場面はやがてエイモス・ブーン氏の奇妙な沈黙と孤立、そしてついにはいささか風変わりな退場という次第に至るのである。

エイモス・ブーン氏は以前宣教師をしたことがあり、今もそんな服装を——ともかく、ほかの何かには見えない服装をしていた。がっしりした身体つきで、顎鬚を伸ばし、鍔広《つばひろ》の帽子とフロックコートに身をつつんで、風変わりであると同時に野暮ったい感じだった。もう宣教師ではなかったが、相変らず旅行家ではあった。顔は褐色で、長い顎鬚は黒かった。額には思索の皺《しわ》が刻まれ、目には少し緊張の色があった。片方の目が時折、もう片方よりも少し大きく見えて、そのために、ある点では至ってありふれた顔つきが不吉な感じを帯びていた。宣教師をやめた理由は、心が広くなったからだと本人は言ったただろう。心だけではなくて、道徳も締まりがなくなったと言う者もいたし、彼が住んでいた南洋諸島は、そういう倫理的解放の例を少なからず見て来たと言う者もあった。しかし、これはお

＊1　晩年のドイルは心霊主義に傾倒した。その方面の著作に『霧の国』がある。

そらく、彼が野蛮人の習慣に対して、ごく人間的な好奇心と同情を抱いたことを、わざと曲解したものであろう。そうしたことは、通常の偏見を抱く者の目から見れば、白人が蛮人化するのと見分けがつかなかったからである。ともかく、大きな聖書一冊だけを持って一人旅をしているうちに、彼は聖書を仔細に研究することをおぼえ、最初は託宣や戒律を探し求めていたが、のちには誤りや矛盾を探し求めた。というのも、聖書粉砕者は、聖書崇拝者を逆さまにしたにすぎないからである。彼はダビデやサウルが必ずしも神の恩寵に値する振舞いばかりしてはいなかったことを証明するという、さほど骨の折れぬ仕事に励み、いつも結論として、自分はペリシテ人《びと》の方が好きだと露骨に断言するのだった。「ブーンとペリシテ人」という言葉は、その時彼を囲んで議論し、冗談を言い合っていた若者たちの間で、すでにおどけた決まり文句となっていた。

その時、サー・オウエン・クラムは二、三の若い友が科学と詩について論争するのを面白がって、司会役を務めていた。サー・オウエンは小柄な落ち着きのない男で、頭が大きく、ごわごわした白い口髭を生やし、霜を置いた髪の毛を白鸚哥《しろいんこ》のとさかのような扇形にしていた。彼のせわしない仕草には何かのたくるような、扁平足を思わせるものがあり、口さがない若者は蟹の動作にたとえたが、それは喜んでどんな方向にも向かおうとする、一種全般的な熱意と合致していた。彼は典型的な素人愛好家であり、同じくらいの無定見と熱烈さを持って、次から次と色々な趣味に手を出した。自然史の博物館に全財産を寄付する旨の遺言書を性急に書いたかと思うと、今度はたちまち風景画の製作に没頭するという具合で、彼の取巻き連はおおむね、一人一人が、彼の変化に富む経歴の一時期を代表していた。この時、詩人としても通っている若い画家が、ごく詩的ないくつかの意見を正しいと主張し、それに対して、生物学が趣味だという新進の医師がにこやかに反論していた。両者を一致させるような論拠を見つけることは難しかっただろうし、両者に共感できる共通の基礎を持つと言い得る者は、サー・オウエンを除いては、まずいなかったろう。しかし、その時重要だったことは、青年たちの議論がブーン氏に及ぼした奇妙な影響だった。

「花という主題は陳腐だが、花は陳腐ではない」と詩人は主張していた。「罅《ひび》の入った壁に咲いた花について、テニソンが言ったことは正しかった。でも、たいていの人間は壁の花なんか見やしない。壁紙の花は見るがね。もしも花一般を論じれば、それは退屈さ。しかし、花を一つひとつ見れば、つねに驚くべきものだ。流れ星に特別な神の摂理があるとすれば、昇る星、しかも生きている星にはそれ以上の摂理がある」

「でも、僕にはそれが見えないんだ」科学者はにこやかに言った。彼は赤毛の、頭の切れそうな顔をした青年で、鼻眼鏡をかけており、名前はウィルクスと言った。「遺憾ながら、我々はだんだんそんな風に物を見なくなるようだね。いいかい、一つの花は他の花と同様、器官や何かを持つ生長物にすぎない。その内部は動物のそれと較《くら》べて綺麗でもないし、醜くもない。昆虫も花とほぼ変わらない環《かん》と放射形の構造物だ。僕はそれに興味を持つけれども、君らが怪物だと思っている蛸だの、ほかの海の生物にも、同じように興味を持つんだ」

「でも、どうしてそんな風に言わなきゃならないんだい？」と詩人がやり返した。「逆の言い方をしても、論理的であることに変わりはないだろう？ 花が蛸のように平凡だと言わないで、蛸が花のように素晴らしいと言ってみたら、どうだい？ クラーケン[*2]や烏賊《いか》や、あらゆる海の怪物はそれ自体花々だと――神の創りたもうた恐るべき薄明の庭に咲く、恐ろしく素晴らしい花々だと言ったら、どうだい？ 僕が金鳳花《きんぽうげ》を好きなように、神は鱶《ふか》が好きであり得ることを僕は疑わない」

「神について言えば、親愛なるゲイル君」相手はそう語り始めて、それから、言葉遣いを改めたようだった。「僕はただの人間だ――いや、ただの科学者であって、君は海の生物より下等だと考えるかもしれない。そして、僕が鱶に対して抱く興味は、それを切り刻むことだけだ。むろん、鱶に切り刻まれないで済むと仮定しての話だがね」

「鱶に出くわしたことがあるのか？」エイモス・ブーンがいきなり割って入って、たずねた。

「世間で出会ったことはないよ」[*3]詩人は少し動揺しながら、金髪の下にある顔を赤らめて、それでも礼儀正しく答えた。彼はひょろ長く、しまりのない身体つきをした男で、ガブリエル・ゲイルといい、絵の方が詩よりも広く知られていた。

「君らは水槽にいるやつを見たんだろうな」とブーンは言った。「しかし、私は海の中で見た。やつらが海の領主であり、人々に偉大な神々として崇められている場所で見た。私も、ほかのどんな神より、この神々を崇めたい気持ちだ」

詩人ゲイルは黙っていた。彼の心はいつも単なる想像の画面に共感して動いたからで、彼はたちまち沸き立つ紫の海と水に飛び込む怪物たちを、幻を見るように見ていたのである。しかし、そばに立っていたもう一人の青年が、それまでは少し上品ぶって口を利かなかったのだが、穏やかに口を挟んだ。この男はサイモンという神学生で、幾重にも層をなすサー・オウエンの過去のうち、信仰に凝っていた時代の沈殿物だった。ほっそりした身体つきで、黒髪には光沢《つや》があり、唇は固く結んでいたが、目は素早く、良く動いた。用心してか軽蔑してか、医学的唯物主義への攻撃は詩人に全部まかせていた。この詩人は、いつでも誰とでも果てしない論争を始めることを躊躇《ためら》わなかったからだ。それが今話に割り込んで、ポツリと言った。

「鱶しか崇拝しないんですか？　少し幅の狭い宗教のようですね」

「宗教だと」エイモス・ブーンはぞんざいに言った。「君らが宗教について何程のことを

＊2　ノルウェー沖に現われるという怪物。

＊3　鱶の原語 shark には「詐欺師」の意味がある。

知っているんだ？　皿をまわして、サー・オウエンが一銭入れてくれると小屋を建てて、副牧師が未婚の叔母さんたちの会衆に向かって話せるようにするだけじゃないか。こういう連中は宗教らしいものを持っている。連中はそれに犠牲を捧げる——獣や、赤ん坊や、自分たちの命を。君らがもし本当の〝宗教〟をチラリとでも見たら、恐怖で真っ青になるだろう。ああ、そいつは海にいる魚じゃない。むしろ、魚のまわりにある海なんだ。海はそいつがその中を動く青い雲であり、あるいは、そいつのまわりに掛かっている緑の帷《とばり》かカーテンであって、その縁は雷を鳴らしながら引きずって行くんだ」

全員の顔がブーンの方を向いた。彼には何か言葉以上のものがあったからだ。その庭は海岸を見下ろす白堊《はくあ》の崖の縁近くにあり、夕闇が一面に広がっていたが、夕日の残光は今も芝生の一部に照たっていて、緑というより黄色に染め、水平線を背にして、ほとんど黄金のように輝いていた。海は暗い藍色《あいいろ》と菫色《すみれ》だったが、岸近くでは、毒々しい薄緑色に変わっていた。ぎざぎざの長い雲が、たまたま太陽を横切ってたなびいており、南洋帰りの、鍔広の帽子を被った鬚もじゃの男は突然それを指差した。

「私の知っているある場所では、あの雲の形は鱶の影と呼ばれるだろう。千人の男がひれ伏して、断食もすれば、闘うことも、死ぬことも厭《いと》わないだろう。山の峰が動いているような、大きな黒い背鰭が見えないか？　ところが、君ら若僧はまるでゴルフの一打ででもあるかのように、あれを論ずるんだ。君らの一人は、あれを誕生日のケーキみたいに切ってやると言うし、もう一人は、ユダヤ人の神エホバが、ペットの兎みたいにあいつを撫でておやりになると言うんだ」

「まあ、まあ」サー・オウエンが少し神経質に道化《おどけ》て言った。「心の広い君の冒瀆《ぼうとく》の言葉は聞かせてくれたもうな」

ブーンは彼を陰険な眼差しで一目見た。文字通り一目だった。片方の眼がしだいに大きくなり、キュクロプスの眼のように光ったのだ。その姿は燃える焔のような芝生を背に黒々と立ち、鬚の逆立つ音が聞こえて来そうだった。

「冒瀆だって！」彼はそれまでと違う、急にかすれた声で言った。「冒瀆の言葉を吐くのがあなたでないように、気をつけるがいい」

そうして、誰かが何かをする閑もないうちに、黄金色の芝生を背にした黒い人影はクルリとふり向き、家から歩き去った。あまりにせっかちな歩きぶりだったので、他の者は、彼がまっすぐ歩いて行って、崖から落ちはしないかと一瞬心配した。しかし、彼は木の階段に通じる小さな木の門を見つけた。下の漁村へ向かって、つまずきながら小径《こみち》を下りて行く足音が聞こえた。

サー・オウエンは眠気がさしたような麻痺状態をハッと振り払うかに見えた。「あの男は少し変わり者でね」と彼は言った。「行かないでくれたまえ、諸君。彼のためにおひらきにしないでくれ。まだ時間は早いからね」

しかし、暗くなって来たのと、ある種の社交的な不愉快のために、芝生にいた面々はもう散り散りになりかけていた。やがて、主人のもとには二、三のとくに親しい客だけが残った。サイモンとゲイル、そしてさいぜん議論の相手になったウィルクス博士は、居残って晩餐をしたためた。暗いので一同は家に入り、やがて、緑のシャルトルーズの壜が置いてあるテーブルを囲んで、坐った。サー・オウエンは金のかかる奇行をしただけでなく、金のかかる習慣《しきたり》を守っていたからである。しかし、おしゃべりな詩人は黙り込んで、杯中の緑の液体を、緑の深海ででもあるかのように見入っていた。主人はその日の他の平凡な話題を活発に取り上げた。

「賭けてもいいが、みんなのうちで一番勤勉なのは私だよ」と彼は言った。「一日中浜で画架に向かっていたんだ。このろくでもない崖を描いて、チーズではなく白堊《チョーク》らしく見えるように骨を折ってね」

「お姿は見かけましたが、お邪魔をしたくなかったんです」とウィルクスが言った。「僕はふだん満潮の時に一時間ほど標本を探すんです。たいていの人は、蝦《えび》を捕っているか、健康のために浅瀬を歩きまわっているんだと思うでしょう。でも、先程話していた博物館の、少なくとも水族館部門の立派な中核になるだけの標本を集めましたよ。それ以外の時はたいてい展示品を整理しています。ですから、怠け者だとおっしゃるのはあたっていません。ゲイルも海岸にいました。例によって何もしていませんでした。今は何も言いませんが、この方がずっと異常ですよ」

「僕は手紙を書いていました」とサイモンが几帳面な口ぶりで言った。「でも、手紙は必ずしも小さなことではありません。時には、重大な問題なんです」

サー・オウエンは彼を一瞬チラリと見、そのあと沈黙が訪れたが、ドスンという音とグラスが鳴る音によって、その沈黙は破られた。ゲイルが突然何か思いついたように、テーブルに拳をふり下ろしたのだった。

「ダゴンだ！」彼は嬉しくて我を忘れたように叫んだ。

一座の者の大部分はあまりピンと来ないようだった。おそらく、「ダゴン」と言ったのは、この男の流儀で「糞っ《ダム》」を詩的に、専門的に言ったのだと思ったのかもしれない。しかし、サイモンの黒い瞳は輝き、彼はすぐにうなずいて、言った。

「うん、もちろん、君の言う通りだよ。だから、ブーン氏はあんなにペリシテ人が好きなんだ」

一同が物問いたげに注視したのに答えて、サイモンはよどみなく言った。「ペリシテ人はクレタ島から来た民族で、おそらくギリシア起源でしたが、パレスチナ沿岸に定住して、一つの信仰を持ち込みました。それはポセイドン崇拝だった可能性が高いのですが、かれらの敵イスラエル人は、ダゴン崇拝だと書き記しました。今ここで問題となるのは、彫刻や絵に表わされたこの神の象徴がつねに魚だったらしいことです」

この新しい話題が持ち出されたために、一座の話はふたたび詩人と専門的科学者との論争になりそうだった。

「僕の観点からすると」と科学者は言った。「あのブーン殿にはいささか失望したと白状せざるを得ないね。彼は自分が僕みたいな合理主義者だと言ってるし、南太平洋で科学的な民俗研究をしたらしい。だが、少し精神が不安定のようだし、ある種の呪物について、妙に大騒ぎしたね。そいつはただの魚にすぎないのに」

「それは違う！」ゲイルがほとんどむきになって叫んだ。「魚を呪物にするのは、まだいい。魚を祀《まつ》った恐ろしい巨《おお》きな祭壇で、自分自身とほかのみんなを生贄《いけにえ》にするのは、まだいい。何をしようと、それをただの魚だなんて言って、空の星を吹き飛ばす冒瀆の言葉を吐くよりは、まだましだ。そいつは、花をただの花だと言うのと同じくらい悪いことだ」

「それでも、ただの花にすぎんよ」とウィルクスは答えた。「こうしたものを、外部から冷静で合理的な見方で見ることの利点は、すなわち――」

彼はふと口を閉ざし、何かを見ているように、そのまま身動きもしなかった。ある者は、その青ざめた鷲《わし》のような顔がさらに青ざめ、鋭くなって来たようにも思ったのである。

「あの窓のところにあるのは何だ？」とウィルクスは言った。「この家の外に誰かいるのか？」

「どうした？　何が見えたんだい？」主人は急に興奮して、たずねた。

「ただの顔です」と医師はこたえた。「しかし、そいつは——そいつは人間の顔のようではなかった。外へ出て、調べてみましょう」

医師は急いで部屋からとび出し、ガブリエル・ゲイルもすぐそのあとにつづいた。詩人はいつものらくらした態度だったが、もう立ち上がり、椅子の背に手をかけていた。ところが、そのまま身を硬張《こわば》らせて、そこに棒立ちになった。彼も見たのだ。ほかの二人の顔も、やはりそれを見たことを示していた。

暗い窓ガラスに押しつけられて、それでもただ青白く光って闇の中から突き出していたのは、一つの大きな顔だった。最初のうちは、パントマイムに登場する緑の小鬼《ゴブリン》の仮面のようにも見えた。しかし、まったく人間の顔とは違い、両眼が大きく真ん丸で、ちょっと梟《ふくろう》のようだった。しかし、そのまわりにかすかに光って見える外皮は羽ではなく、鱗だった。

次の瞬間、それは消えた。たとえ危機に際しても、映画のように素早く映像を作り出す詩人の心は、自分の見たものがどんな生き物であるかについて、すでに一連の想像をしていた。大きな魚が海の水泡《あわ》や、漁村の平らな砂や、尖塔や、屋根の上を翼で飛んで来るさまを無意識に考えていた。湿った海の空気が不思議なやり方で濃くなり、もっと緑の深い、もっと液体的な大気となって、その中を海の怪物たちが泳ぎまわり、街路を行ったり来たりするさまを半ば想像していた。この家自体が海底にあり、小鬼《ゴブリン》の頭をした大きな魚たちがまわりに寄って来て、難破船の船室の窓を覗くように鼻をこすりつけるという空想をした。

その時、大きな声が家の外で、はっきりした口調で叫ぶのが聞こえた。

「あの魚、脚があるぞ」

一瞬、その言葉は事件の異様さに最後の仕上げをするかに思われた。しかし、ウィルクス博士が息を切らして、また戸口に現われると、その笑い顔と共に一同は現実に帰って、言葉の意味を悟った。

「あの魚には脚が二本あって、それを使っていたよ」とウィルクスは言った。「僕が来るのを見たとたん、兎のように駆け出したが、人間が何か悪戯《いたずら》していることはわかった。この心霊現象はこれで終わりだ」

彼は言葉を切り、何かを疑っているような鋭い微笑を浮かべて、サー・オウエン・クラムを見た。

「一つだけ、非常にはっきりしているのは」と彼は言った。「あなたに敵がいるということです」

しかしながら、この魚人間の謎も、山程の話題がある仲間内では、やがて一番の話題でさえなくなった。かれらはその後も自分の趣味を追求して、互いに意見をぶつけ合った。人あたりは良いが無口なサイモンまでもだんだん議論に引き込まれて、素っ気《そけ》ない、いくぶん冷笑的な話術の妙を示した。サー・オウエンは素人愛好家の情熱を傾けて、絵を描きつづけた。ゲイルは絵描きの無頓着さを傾けて、絵を描くのを怠けつづけた。ブーン氏はたぶん相変らず悪《あ》しき聖書と善きペリシテ人にかまけていたであろうし、ウィルクス博士は博物館と海の極微動物にかまけていた。その時、あの不可解な惨事が起こって、海辺の小さい町を地震のごとく揺るがし、全国の新聞紙上にその名を広めたのだった。

見事な草地が盛り上がって、その先は、海岸の上にそそり立つ大きな白堊の断崖となっているところを、ガブリエル・ゲイルは登っていた。頭上の空に今しも襲撃をかけようとしている夜明けにふさわしい気分だった。後光のような日の光につつまれた雲が、燃える車輪から飛び出したかのように、もう頭上を渡っていた。断崖の縁まで来た時、ゲイルはあの珍しい、啓示のような光景の一つを見た——太陽が、光り輝く風景の中で一番輝いているのみならず、すべての光の唯一の焦点であり、湧き出る泉のように見える天空の示現を。潮は引いていて、海は繊細な青緑の帯にすぎず、その上に凄まじい光が滲《にじ》んでいた。青緑の帯の手前には、まだ濡れそぼったオレンジ色の砂が広がり、砂の手前には、もっと冴えない黄色か茶色の荒地があって、あたりが明るくなるにつれて色褪せていった。絶壁からその淡い黄金色の平地を見下ろすと、真ん中に二つ、黒い物が横たわっているのが見えた。一つは小さな画架で、まだ立っており、そばに折りたたみ式の床几《しょうぎ》が転がっていた。

もう一つはぺったりと大の字に倒れている男の姿だった。

その姿は動かなかったが、目を凝らして見つめていると、もう一つの人影が崖の蔭からあらわれて、倒れている男の方へ平らな砂浜を歩いて来た。じっと見守っていると、あのサイモンという男とわかり、そのとたん、動かない人物はサー・オウエン・クラムであるのが見分けられたようだった。ゲイルは慌てて崖の階段を砂浜まで下りて行き、やがてサイモンに面と向かって立った。二人共、足元の死体に目をやる前に、いっとき互いを見合ったからである。彼の胸には、それが死体だという冷たい確信がすでにあった。それでも、厳しい口調で言った。「医者を呼ばなくちゃ。ウィルクス博士はどこにいる?」

「無駄だと思うな」サイモンはそう言って、海の方を見やった。

「ウィルクスは、この人が死んでいるという恐れを確認するだけかもしれない」とゲイルは言った。「しかし、どうして死んだかについて、何か言うことがあるかもしれない」

「本当だ。僕が呼んで来よう」サイモンはそう言って、自分の足跡を辿りながら、崖の方へ急ぎ足で戻った。

実のところ、ゲイルがその時ぼんやりと見ていたのは、足跡だった。彼自身が来た時の足跡はかなりはっきりしていて、サイモンが行き来した足跡もそうだった。第三の、もう少しうねりくねりする足跡は、まぎれもなく不幸なサー・オウエンの靴の跡で、画架の立っている場所まで続いていた。それっきりだった。砂は柔かく、どんなに軽い足で踏んでも掻き乱されたし、渚からは大分離れていた。しかし、死体のそばに人間がいた形跡は、ほかにまったくなかったのである。だが、死体の顎の下には深い傷があり、自殺に使った武器も見あたらなかった。

ガブリエル・ゲイルは、実践上は必ずしもそうでなかったかもしれないが、理論上は常識の信者だった。こういう場合は、こうしたことが実際の糸口になる、と繰り返し自分に言い聞かせた――傷とか、凶器の有無、足跡の有無といったことが。けれども、また彼の心には、つねに彼の支配を免れて悪戯《いたずら》する部分があった。彼の記憶に無意味な物事をあたかも象徴のように刻みつけ、さらに、それらを謎として彼を悩ませる部分が。彼はあまりそれを相手にしなかった。それは自覚的というよりも潜在意識的だったが、彼が見る生き生きした映像の部分部分は、他人が見るそれとはめったに同じでなかったし、分別のある人間が見るようなものでもなかった。今、彼の眼前にある悲劇には、その時も、またのちのちまでも彼を悩ませた一、二の細かい点があった。クラムは幾分身体をよじり、海岸に足を向けて仰向けに倒れていたが、左足から二、三インチ離れたところに海星《ひとで》がいた。彼の目を理由もなく釘づけにしたのがその生き物の輝くオレンジ色にすぎなかったのか、それとも、死体が海星さながら、五本ではなく四本の手脚を広げて大の字になっていることに、漠然と反復の観念を見出したためだったのかは、わからなかった。それに彼は、自分の心理のこの美的な気まぐれを分析しようともしなかった。人の足跡がない砂浜の謎は、解けてみれば、きっとしごく単純なものだろうが、あの海星が秘密を握っているのだ——そう言いつづけていたのは、彼の心の抑えられた部分だった。

面《おもて》を上げると、サイモンが戻って来るのが見えた。サイモンは医師を、それも二人の医師を連れていた。サー・オウエンの多種多様な関心を反映する友人たちの中には、医師が一人ならずいたからだ。もう一人はガース博士という角張った剽軽《ひょうきん》な顔の小男だった。ゲイルの旧友だったが、詩人の挨拶は少し上《うわ》の空だった。しかし、ガースとその同職者はひとまず死体の検分に取りかかったため、それ以上のおしゃべりは無用だった。警察が来るまで本格的な検屍はできなかったが、生きているという希望を——もし、そんなものが残っていたとすれば——消し去るには十分だった。死体の上にしゃがみ込んでいたガースは、顔も上げず、仲間の医師に話しかけた。

「この傷には何かおかしなところがあるようだな。まるで下から切りつけたように、ほとんどまっすぐ上に向かっている。しかし、サー・オウエンは非常に背の低い人だったから、もっと背の低い誰かに刺されたというのは、面妖だな」

ゲイルの潜在意識が、痛烈な嘲《あざけ》りをこめた奇妙な声で爆発した。

「何だ。海星が飛び上がって、殺したんだとは思わないのかい？」

「もちろん、思わないとも」ガースは無愛想だが機嫌良く言った。「一体、君、どうしたんだ？」

「気が狂ったんだと思う」詩人はそう言うと、岸辺へ向かってゆっくり歩き始めた。

時が経つにつれて、彼は自分の病の診断《みたて》が正しかったと思いはじめた。あの砂浜の光景は夢の中にまで現われるようになったが、ただ海岸に死体があるというだけの自然な悪夢としてではなかった。あの意味ありげな海の生物の方が、死体よりも鮮やかに見えた。彼は最初、大の字になった死骸を崖の上から見下ろしたのだが、幻の中では立っているものとして――まるで壁に立てかけたか、壁に描いたか彫刻したようにさえ見えたのだ。時によると、砂の地面が暗黒時代の装飾に使われた古い金の地《じ》となり、苦悶に硬張った殉教者の姿がそこに刻まれていたが、足元にはいつも赤い星がランプのようにくっきりと光っていた。時によると、それはもっと東方的な神聖文字で、ぎこちなく踊りをおどる石の神像のようだったが、五つのとんがりのある星はいつも下の同じ場所にあった。時によると、赤色砂岩に刻みつけたような粗《あら》い線画で、もっと古代のものにも見えたが、あの星はいつもその中でもっとも赤い点だった。時折、人間の姿がミイラのように乾いて黒ずんでいるのに対し、星は文字通り生きていて、まるで何かを語ろうとしているかのように、燃える指を揺らしていた。また時には、星を空の然《しか》るべき位置に戻そうとするかの如く、姿全体が上下逆さになっていることもあった。

「花は生きている星だ、と僕はウィルクスに言った」彼は独りごちた。「海星はそれにもまさって、文字通り、生きている星だ。しかし、こいつは気が変になって行くみたいだぞ。

僕が断固反対するものが一つだけあるとすれば、それは気が変になることだ。僕がもし一ぺんでも綱渡りの平衡を取りそこねて、奈落に落ちてしまったら、気の狂った兄弟たちの役にどうして立てるだろう」

彼はしばらく坐り込んで虚空を見つめながら、この小さく頑固な空想を、もうすでにある方向へ動きはじめたもっと深い考えの、もっと着実な流れに組み込もうと試みていた。ついに、一つの可能性の光明《ひかり》が彼の目に射し初《そ》めた。それはわかってしまえばごく単純なことで、彼はもっと早く思いつくべきだったと感じたらしく、フフッと自嘲するように笑いながら、立ち上がったのである。

「もしもブーンが行く先々に鱶を連れて行って、僕がいつも海星をお伴にして人前に出るとしたら」と独り言をつぶやいた。「僕らは世間を、ウィルクス博士が造ろうとしている水族館よりももっと大きくて、ましな水族館に変えてしまうだろうな。村へ行って、少し調べてみよう」

小船の船長や漁師と何度か話をしたあと、夕暮れに砂浜を横切って村から帰って来た時、ゲイルはもっと満足気な表情をしていた。

「僕は初端《はな》から信じていた」と彼は思った。「足跡の問題は、この事件のうちで一番単純なことだと。しかし、けして単純じゃないこともある」

その時、面を上げると、遠くの砂の上にポツンと黒い影が、横から射す夕光を背にして見えた。エイモス・ブーンの奇妙な帽子とずんぐりした姿だった。

ゲイルはブーンと顔を合わせるべきかどうか、しばらく考えているようだったが、やがてそこから遠ざかり、崖の階段の方へ向かって行った。ブーン氏は、見たところ、みすぼらしい蝙蝠傘《こうもり》で砂の上にでたらめな線を引くことに専心しているらしかった。子供の砂の城の図面を引いているようだったが、そのような知的な目的や口実はないらしかった。ゲイルはこの男が同じように無意味で自動的な身ぶりをしながら、うろついているのを何度も見たことがあった。しかし、詩人は岩の階段を上へ、上へ登って行くうちに、幻を見て眩暈《めまい》がするような不合理な感覚が蘇るのをおぼえた。彼は警告するかのように、ふたたび自分に言い聞かせた――自分の一生の義務《つとめ》は、大勢の想像力豊かな人間が呑み込まれた虚空の上を綱渡りすることなのだと。それから、ふたたび切り立った断崖が、海のように水を湛《たた》えているかに見える平地に落ち込んでいるのを見おろした。すると、砂に引かれた長い大まかな線が、壁画のように平板な一つの形を成しているのが見えた。よく子供がそんな風にして、砂に家ほどもある豚を描くのを見たことがあった。しかし、この場合、茶色い砂を引っ掻いて描いた絵には、何か旧石器時代の線画のように古代風なものがあるという、先刻からの感じを振り払うことができなかった。それにブーン氏は豚ではなく、鱶を描いていたのだ――ギザギザの歯と角《つの》のように持ち上がった鰭とが目立つ魚を。

しかし、この異様な装飾的図形をながめていたのはゲイル一人ではなかった。階段を登りきって、崖っ縁についている短い手摺のところへ来ると、三つの人影が手摺に凭《もた》れて下を見ていたので、事態がどのように決着しようとしているのか、すぐに察せられた。空を背にした輪郭を見ただけでも、二人の医者と一人の警部であることが認められたからである。

「やあ、ゲイル」とウィルクスが言った。「デイヴィス警部を紹介させてくれたまえ。近頃大活躍の刑事さんだ」

ガースがうなずいて言った。「警部殿はもうじき犯人を逮捕するらしいよ」

「警部殿は仕事に戻らなければなりませんので、仕事についてのおしゃべりはやめましょう」とその警官は機嫌良く言った。「私は村へ戻ります。どなたか一緒においでになりますか?」

ウィルクス博士は同意して随《つ》いて行ったが、ガース博士は詩人に引き留められて、ちょっと立ち止まった。詩人はいつになく真剣に彼の袖をつかんだのだ。

「ガース」と彼は言った。「僕はお詫びがしたい。このまえ会った時は考えごとをしていて、古い友達にするべき挨拶もちゃんとしなかったからね。君と僕は、一つ二つ風変わりな事件で一緒にかかり合いになったことがあるから、今度の件について話したいんだ。あそこのベンチに腰掛けないか?」

二人は絵のような景色の岬に置かれた鉄製のベンチに腰を下ろし、ゲイルはさらにこう言った。「君らは何か知ってるみたいだが、どうしてそこまでわかったのか、ざっと教えてくれないかね」

ガースは黙って海を見つめていたが、しまいに言った。

「あのサイモンって男を知ってるだろう?」

「うん」と詩人は答えた。「そっちから手がかりをたぐったんだね?」

「調べてみると、すぐにわかって来たんだがね、サイモンは彼が言うよりも多くのことを知っていたんだ。あいつは君より先に現場にいたが、君が現われる前に見たもののことを、中々認めようとしなかった。真実を言うのを恐れているからだと我々は考えたが、ある意味でそうだった」

「サイモンはあまりしゃべらないからな」ゲイルは考え深げに言った。「自分のことをあまりしゃべらない。だから、自分のことを考えすぎるんだ。ああいう男はつねに物事を隠したがる。必ずしも悪いことをするからじゃないし、悪気《わるぎ》があるわけでもないんだが、ただ病的にそうなんだ。学校で虐《いじ》められても、けして言わない種類の男さ。何かを怖がっている間は、そのことを話せないんだ」

「どうして君に察しがついたのか知らないが」とガースは言った。「発見の筋道は、まずそんなところなんだ。初めのうち、連中は、サイモンが黙っているのは罪を犯したからだと考えていたが、それは罪以上の何かへの恐怖からだった。悪魔的な運命とそれに巻き込まれることへの恐怖だよ。じつはね、夜明けに君よりも早く崖の上へ登って行った時、サイモンはあるものを見た。以来、そいつがずっと彼の病的な精神を悩ましていたんだ。彼はあのブーンという男が、絶壁の端に、暁《あかつき》を背に黒々と立って、まるで空を飛ぼうとでもするみたいに、不気味な仕草で両腕を振っているのを見た。あの男は独り言を言っているか、もしかすると、歌でもうたっているのだとサイモンは思った。そのうち、奇妙な男は村の方へ立ち去って、薄暗がりのうちに見えなくなった。ところが、サイモンが崖の端へ行ってみると、サー・オウエンの死体が眼下の遠い砂浜に、画架の傍らに横たわっていたんだ」

「それ以来ずっと」とゲイルは言った。「サイモンにはいたるところに鱶が見えるんだろう」

「これも御名答だ」と医師は言った。「それ以来、日避けに射した影だの、月にかかった雲だのが、まぎれもなく鰭をピンと立てた魚の形をしているんだそうだ。だが、そんなものは非常にまぎらわしい形だ。ああいう神経状態の人間には、天辺が三角形をしているものは、何でもみんな鱶に思えるんだろう。しかし、ブーンがある種の呪いか魔法によって、遠く離れた場所から人を殺したとあいつが思い込んでいる間は、あいつから何も聞き出せなかったというのが本当のところなんだ。我々の唯一のチャンスは、ブーンが自然な方法でそれをすることができたと示すことだった。で、結局、それを示したのさ」

「すると、君たちの説はどういうものなんだい？」と相手はたずねた。

「まだ大雑把《おおざつぱ》で、説とも言えないんだがね」と医師はこたえた。「正直なところ、ブーンはべつに超自然なんかに頼らなくても、崖の天辺から砂浜にいる男を殺すことができたんじゃないかと思ってるんだ。こんな風に考えてくれ――ブーンは野蛮人の秘密に精通していた。ことにオーストラリアの方へ向かって点々と連なる島々の連中だよ。ところで、そういう野蛮人は無知蒙昧と言われるけれども、じつは多くの巧妙な術や独特の道具を発達させていることを我々は知っている。相当の距離から人を殺せる吹矢を持っているし、獲物に銛《もり》を打ったり、投縄を掛けたり、縄で釣ったりする。わけても、オーストラリアの蛮人は、投げた者の手に戻って来るブーメランを発明した。ブーンが離れた場所から貫通力のある発射体を放って、ことによると、そいつを取り戻す何らかの方法を知っているというのは、そんなに信じ難いことだろうか？　ウィルクス博士と僕はあの傷を調べてみたが、じつに奇妙な傷であることがわかった。何か先細りの鋭利な道具でつけた傷で、少し湾曲していた。上の方に湾曲しているだけじゃなく、少し外側に向かって湾曲していて、まるでクルリとひとまわりしようとしているかのようだった。このことから、君は何か奇妙な形の、もしかすると奇妙な性質を持った異国の武器を想像しないかね？　それに忘れないでもらいたいが、こうした説明によれば、一般に謎とされている別のことにも説明がつく。殺人者がなぜ死体のまわりに足跡を残さなかったかが説明できるだろう」

ゲイルは黙って考え込むように海を見つめていたが、やがてボソリと言った。

「非常に賢い議論だね。しかし、足跡を残さなかった理由なら、知ってるよ。君が言うのより、ずっと単純な説明だよ」

ガースはしばし彼をじっと見つめて、それから、真面目に言った。

「それじゃ、今度は訊いてもいいかい。君の説はどういうものなんだ?」

「僕の説は理論の迷路にしか思えないだろう」とゲイルは言った。「みんながきっとそう言うだろうが、それは夢をつくる材料でできている。たいていの現代人は奇妙な矛盾を抱えている。たくさん理論を持っているが、理論が実際生活に於いて演ずる役割がけしてわからないんだ。人間の気質だとか、環境だとか、偶然だとかについて始終しゃべっているが、たいていの人間は自分の理論によってつくり上げられている。たいていの人間は、ある生活の理論が唱えられたり、想定されたりするが故に、人を殺したり、結婚したり、ただブラブラしていたりする。だから、僕には君ら医者や探偵みたいに、キビキビした、鋭い、実際的なやり方で説明を始めることなんか、到底できっこない。僕はまず一人の人間の心を見る。時によると、それに特定の人間をほとんど結びつけないこともある。一つの精神状態を叙述することによってしか、この仕事を始められないんだ——しかし、そいつは叙述できるようなものじゃないんだがね。我々の人殺しか、気狂いか、いや、何と呼んでもかまわないが、彼は間違いなく、自分に何らかの要素があると思い込んで、それに影響されている。彼の物の見方は狂気というべき単純さに達していて、その意味で野蛮さと言っても良い。しかし、彼が目的だけでなく、手段まで野蛮なものにするかどうかは、僕には何とも言えない。まったく、ある意味で、彼の物の見方は野蛮なものの見方に喩《たと》えられるだろう。彼はすべての生物と、すべての物体までも、赤裸《むきだし》の姿で見た。物を被いつつむものが、時として、その一番現実的な部分であることを理解しなかった。『衣服をつけ、慥《たしか》なる心にて』[＊4]というあの古い言葉がいかに正しいか、君は気づいたことがあるかい？　人は社会的尊厳という象徴を身にまとっていない時は、正気じゃないんだ。人間は裸の時、人間ですらない。しかし、これは下等な意味では、もっと下等な物についても、無生物についてさえあてはまる。オーラというものについて山程の戯言《たわごと》が語られているが、これこそ、その背後にある真実なんだ。あらゆるものが光輪を持っている。あらゆるものが、それが意味するものの一種の雰囲気を持っていて、それ故に神聖になるんだ。彼が研究していた小さい生き物だって、それぞれ光輪を持っているのに、彼は見ようとしない」

「しかし、ブーンはどんな小さい生物を研究していたんだね？」ガースが少し不思議そうにたずねた。「人喰い人種のことかね？」

「ブーンのことを考えていたんじゃない」とガブリエル・ゲイルは答えた。

＊4　「マルコ伝」第五章十五節。

「どういう意味だ？」相手は急に興奮して、言った。「だって、ブーンはもう警察につかまったも同然なんだぜ」

「ブーンは善人だよ」ゲイルは平然と言った。「あいつはひどく愚かで、だから無神論者になった。いずれわかるだろうが、世の中には知性のある無神論者もいる。しかし、ああいう出来そこないの、馬鹿な種類の方がずっとありふれているし、ずっとましなんだ。しかし、あいつは善人だし、あいつの動機は善だ。野蛮人の優越性について独創的な世迷《よま》い言を言ったのは、自分が負け犬だと考えていたからだ。今じゃ鱶だのなんだのといって、多少イカレているかもしれない。でも、それは旅が彼の知性にとって重荷になりすぎたからなんだ。旅は心を広げるというが、そもそも心を持っていなければしようがない。ブーンは郊外の礼拝堂向きの心を持っていたのに、その前を、金ピカの自然崇拝と紫の生贄のパノラマが通り過ぎた。あいつは自分が立っているのか逆立ちしているのかもわからないんだ——ほかの大勢の人間と同様にね。けれども、もし天国にあの手の無神論者が大勢住んでいて、自分はどこにいるんだろうと思って頭を掻いていたとしても、僕は驚かないよ。しかし、ブーンは丸括弧《まるかっこ》の中の挿話で、ただそれだけだ。僕が言っている男が要点で、しかも鋭い点なんだ。彼がかかわったのは、人身御供に関する出鱈目な神秘主義とは全然違うものだ。人身御供はじつに人間的な弱さだ。彼がかかわったのは暗殺だった。直截で、秘密で、地獄のように非人間的な頭脳《あたま》からそのまま出て来たものだ。僕がそれを知ったのは、お茶を飲みながらあいつと初めて話をして、あいつが花に何も綺麗なものを感じないと言った時だった」

「おいおい、待ってくれよ！」ガース博士は抗議した。

「雛菊《ひなぎく》を解剖しただけで、その人間は絞首台への道を進まなければならない、とは言ってない」詩人は寛大に譲歩した。「だが、これだけは言っておく——あいつがああ言った時の気持ちでいることは、その道を辿って行くと絞首台へ通じる論理の一本道に乗っていることだ。神は万物の内にいる。ところが、この男は万物の外にいたいと望んだ。万物がただそれ自身として、命を失い、虚空にかかっているのを見ようとした。それはブーンや『ヨブ記』のような意味での懐疑主義とは違うどころか、ほとんど正反対のものだ。あっちは神秘に圧倒された人間だが、この男はいかなる神秘も存在しないと言う。それは通常の意味でいう神学の問題じゃなく、心理学の問題なんだ。たいていの善良な異教徒や汎神論者は、自然の奇蹟について語るだろう。しかし、この男は奇蹟が、驚くべきことという意味でさえ、存在することを否定する。事物に照《あ》てられたあの恐ろしい乾燥した光が、しまいには道徳的神秘も、老人への敬意や所有権への敬意も、錯覚として枯らしてしまい、生命の神聖さも迷信ということになってしまうのがわからないかい？　街を行く人々は、多かれ少なかれ器官をさらけ出している有機体にすぎなくなる。そう思うやつにとっては、もはや人間の肉体に触れることに何の恐ろしさもないし、神が人の目を通して自分を見ているのもわからない」

「奇蹟を信じちゃいなかったかもしれないが、奇蹟を行いはしたようだな」と医師は言った。「砂の上で人間を打ち倒して、自分が立っていた場所を示す足跡も残さないというのは、奇蹟を行うんでなければ何をしていたんだね？」

「浅瀬を歩いてたのさ」とゲイルは答えた。

「渚からあんなに離れたところでかい？」

ゲイルはうなずいた。「その点は僕も不思議に思ったんだが、そのうち、砂の上で見たある物から一連の考えが湧いて来て、船乗り連中に潮のことを訊いてみた。じつに単純な話さ。死体が見つかった日の前の晩は上潮で、海の水がふだんより上がって来た。クラムが坐っていたところまでは来なかったが、かなり近くまで来た。そういうわけで、現実の魚人間が海から現われたんだ。そうやって、鱶の神が現実に生贄を貪《むさぼ》り喰ったんだ。あの男は休日に遊ぶ子供のように、浅瀬の泡を掻き分けて来た」

「そいつは誰なんだ？」ガースはたずねたが、震えていた。

「毎日夕方になると、一種の蝦捕り網を持って、浅瀬へ海の生き物を漁りに行ったのは、誰だい？　野心的な博物館と科学者としての経歴のために、あの老人の金を相続したのは誰だい？　桜草も癌と同じ生長物にすぎないと庭で僕に言ったのは、誰だい？」

「君の言わんとすることを理解せざるを得ないな」と医師は憂鬱そうに言った。「ウィルクスという、あの有能な青年のことを言ってるんだろう？」

「ウィルクスを理解するには、いろんなことを理解しなきゃいけない」と友人は語りつづけた。「いわば、あの犯罪を再現してみなければいけないんだ。あすこを見たまえ――暗くなって来た海と砂のあの長い線を。夕陽の名残りが血のように赤い条《すじ》を引いているだろう。あいつはあそこへ毎日、同じような血走った夕暮れに、大小の生き物を探して、水底を浚《さら》いに来た。そして、本当の意味で、彼の網にかかるものはすべて魚だった。*5 彼は自分の博物館を一種の整然たる宇宙として構築していた。化石から飛魚《とびうお》まで、あらゆる物を時代順に陳列してね。それに莫大な金を費やし、無頓着に借金をこしらえた。例えば、蠟細工や混凝紙《こんくり》で素晴らしい模型を作った。小さい魚を拡大したり、絶滅した魚を復元したりしてね。そんなものはサウス・ケンジントン*6でも高価《たか》くて買いきれないし、むろんウィルクスにも買いきれなかった。しかし、彼はクラムを説得して、遺産を博物館に寄付するようにさせた。それは、御承知の通りだ。彼にとって、クラムは描けもしない絵を描き、わかりもしない科学のことをしゃべくる阿呆な年寄りにすぎなかった。彼が持って生まれた

＊5　網にかかるものはすべて魚だ（何でもござれ、転んでもただは起きぬ、の意）という諺がある。
＊6　同所にある自然史博物館のこと。

唯一の役割は、死んで博物館を救うことだった。ところで、ウィルクスは毎朝、仮面や模型の入ったガラス・ケースを磨き終わると、崖の下へまわって来て、地質学者が使う金槌で白堊の地層にある化石をひとしきり掘ってみたんだ。それから、金槌をあの大きな粗布の袋に戻して、長い蝦捕り網を外し、浅瀬を渡り始めた。君には、ここであの暗く赤い砂浜に目をやって、情景を思い描いて欲しいのさ。情景を思い描かなければ、何も理解することはできない。彼はあの寂しい海岸の浅瀬を何マイルも歩いて行った。砂浜に打ち上げられたあれこれの風変わりな生き物を見ることに、もうずっと慣れっこになっていた。ここには海胆《うに》がいる、あすこには海星がいる、それから蟹が、それからまたべつの生き物がいる。前にも言ったが、彼は天使でさえも鳥類学者の目で見るような段階に達していた。だとすると、人間を、あんな風に見える人間を、どう思うだろう？　あの気の毒なクラムはさだめし蟹か海胆みたいに見えたと思わないかい？　あの人の矮小《ちい》さい、背中の丸まった姿をうしろから見たら――逆立った頬髯は扇みたいだし、蟹股《がにまた》でウロウロ歩く脚と、せわしない、ねじ曲がった足が床几の三本脚ともつれ合って、まるで海星みたいに五本の脚があるように見えたに違いない。『海辺によくある物』*7みたいに見えたのがわからないかい？　そしてウィルクスはこの標本さえ採取すればよかった。そうすれば、ほかの標本は全部無事で済むんだ。彼の網にかかるものはすべて魚だ。だから……

あいつは手に持った長い竿《さお》を思いきり伸ばして、大きな灰色の蛾でも捕まえるみたいに、老人の頭に網をかぶせた。うしろへ引っ張ると、老人は床几から転げ落ちて、砂に背中をつけて、足をバタつかせた。きっと、いつにもまして、大きな昆虫みたいだったに違いないよ。殺人者はそれから身をのり出した。片手を竿にかけ、もう片方の手には地質学者の金槌を持っていた。その道具の後ろ側についている鶴嘴《つるはし》で、急所だと良く知っているところを打った。傷が湾曲していたことに君も気づいたが、それは金槌の尖った側が鶴嘴の形をしていたからなんだ。しかし、あの傷の異常な位置と、あんな打撃をどうやって上向きに加えたかという謎は、二人の奇妙な姿勢に原因があった。殺人犯は逆さになっている頭を打った。そういうことは通常、被害者が逆立ちでもしていなければ起こらないが、そんな姿勢《かっこう》で暗殺者を待つ人間はめったにいないからね。しかし、あの大網を振りまわして引き摺った時、網にかかっていた海星が一つ、ちょうど死人の足元に落ちたんだろうと思う。とにかく、あの海星と、あれが浜のあんなに上の方へ飛んで行ったという偶然の出来事があったせいで、僕の心は潮の満干《みちひ》という方向に、そして殺人犯が水中を動きまわっていた可能性に向かったんだ。犯人がもし足跡をつけたとしても、波が洗い流してしまった。もし、あの赤い五本指の小さな怪物がいなかったら、僕はけしてそんなことを考えようとし

＊7　博物学の入門書を書いて人気のあったJ・G・ウッドに同名の著書（一八六〇年刊）がある。

なかったろう」

「それじゃ、こう言いたいのか？」とガースはたずねた。「鱶の影にまつわる騒ぎは、事件と何の関係もない、と」

「鱶の影は大いに関係があるよ」とゲイルはこたえた。「殺人者は鱶の影に隠れ、鱶の影から人を襲った。もしもあの奇抜な鱶の鰭《ひれ》の影という隠れ場所がなかったら、人を襲ったかどうか疑問だと思うよ。その証拠に、気の毒なブーンがダゴンの前で踊るという伝説を、彼自身がわざわざ強調し、誇張している。魚の顔が窓から覗いた、あの変な出来事を憶えているかい？　ただの悪ふざけをしようという人間に、どうして魚の面が手に入れられるかね？　あれはじつに本物そっくりだった。なぜなら、ウィルクス博物館のためにこしらえた面の一つだったからだ。ウィルクスはそれをあの大きな粗布の袋に入れて、あらかじめ玄関広間に置いといたんだ。簡単なことじゃないか？　男が家の中で騒ぎ立てて、外へ見に行って、すぐさま仮面を被り、窓から覗き込む――彼がやったのはそれだけだ。さらにサー・オウエンには敵がいると警告までした事実から、何をもくろんでいたかわかる。彼はこの偶像崇拝的で神秘的な人殺し沙汰を目一杯利用して、自分のしごく合理的な殺人が気づかれないことを望んだ。そして、御覧の通り、成功したのさ。ブーンは警察につかまっていると言ったね」

ガースは慌ててとび上がった。「どうすればいい？」

「君なら、どうするべきかわかるだろう」と詩人は言った。「君は善良で正しい人間だし、実際家でもあるからね。僕は実際家じゃない」彼は申しわけなさそうに立ち上がった。「ごらんの通り、この手のことを探り出すには、実際的じゃない人間が必要なんだ」

そして彼はふたたび絶壁から眼下の深淵を見下ろした。

# 四、ガブリエル・ゲイルの犯罪

ロンドンの高名な医師バターワース博士はワイシャツ姿で四阿《あずまや》に坐っていた。暑い日だったし、外の日のあたる芝生で今までテニスをしていたからである。博士は顔も身体つきもしっかりしていて、五体健康で上機嫌な雰囲気を行く先々に持ち歩いた。それは少なからず職業《しごと》の上の助けとなったが、そのことを真剣に考えてもいなかったし、意識してもいなかった。彼は健康が衛生に堕してしまった人間の仲間ではなかったからだ。やりたければテニスをしたし、やめたくなればやめた。この時もそうで、一服パイプをふかしに木蔭へ入ったのだった。彼は冗談を楽しむように競技を楽しんだ。それはけして選手になれないことを意味していると解する向きもあったが、いつでも競技ができるという意味だと本人は解していた。そして彼はたいそう冗談を楽しみ、そのキョロキョロする目が出会うもっとも些細な、取るに足らない冗談さえも楽しんだのだ。今この時、彼の目は外の明るい庭の中で面白い細部、面白い対照を為しているあるものに遭遇した。四阿の暗い入口を枠にして、ちょうど照明のあたっている舞台の情景のように、庭の小径《こみち》がずっと奥まで見通せた。小径の両脇は、いとも華やかでけばけばしいチューリップの花壇が縁取《ふちど》っており、その花壇には、幾分ペルシアの書物の彩飾の縁取りに似た豪華な堅苦しさがあった。中央の小径の真ん中をこちらへ歩いて来たのは、周囲との対照によってほとんど真っ黒く見える人影で、黒い山高帽を被り、黒服を着て、黒い蝙蝠《こうもり》傘を持っていた。伝説の黒いチューリップが生身の身体を持ったようでもあり、庭に咲いている背の高い頭でっかちな花々の歩くパロディのようでもあった。次の瞬間、そうした空想はすべて医師の白昼夢から消え失せた。山高帽の下に見知った顔を認めたからである。博士はその対照が単にグロテスクなだけではないことを知り、訪問者の深刻な目つきに一驚を喫《きっ》した。

「やあ、ガース」彼は温かい調子で言った。「掛けたまえ。君自身のことを何もかも話してくれ。まるで葬式に行くような顔をしてるじゃないか」

「葬式に行くんだ」ガース博士は黒い帽子を椅子の上に置きながら、こたえた。小柄な、赤毛の、利口そうな顔をした男だったが、顔色は蒼ざめて、何かに悩んでいるようだった。

「つまらんことを言ってしまったなら、謝る」とバターワースはすぐに言いつくろった。

「本当に、ちょっと参っているようだね」

「一風変わった葬式に行くんだよ」ガース博士は陰気に言った。「特別な備えをして、早まった埋葬を確実にする類《たぐい》の葬式なんだ」

「一体全体、どういう意味だね？」彼の同業者は目を丸くして、たずねた。

「一人の男を生きながら埋葬しなけりゃならない、ということさ」ガースは無気味な冷静さで言った。「しかし、その種の埋葬には、一人じゃなく二人の医師の証明書が必要なんだ」

バターワースは日のあたる地面を見つめ、音もなく口笛を吹いて頬をすぼめた。「ああ……そういうことか」

それから、急に言い足した。「それはむろん、つねに悲しい仕事だが、君と個人的な聯《かか》わりがあるようだね。友達なのかい？」

「一番の親友だと思う、君をべつとすればね」とガースはこたえた。「それに、現代の青年の中で一番善良な、頭の良い男の一人だ。こんなことになりやしないかと心配はしてたんだ。でも、ここまでひどいことにはなるまいと思っていた」彼は一瞬口をつぐみ、それから、ほとんど爆発するように言った。

「可哀想なゲイルなんだよ。あいつ、少しやりすぎたんだ」

「何をしたんだね？」とバターワース博士は言った。

「あいつを知らない人に説明するのは、ちょっと難しい」とガースは言った。「ガブリエル・ゲイルは詩人で、絵描きで、そのほかの奇天烈《きてれつ》なものでもあるんだが、また狂人の治療法について、独自の奇天烈な理論を持っている。要するに、素人が気狂い医者の看板を出したわけだが、今度は医者が狂っちまったんだ。恐るべき悲劇だが、自分から招いたことだ」

「どういうことか、まだ理解できんな」もう一人の医者は辛抱強く言った。

「つまりだね、彼はある理論を持っていた」とガースは言った。「共感と称するもので、イカレた人間を治せると思っていた。しかし、そいつは普通に言う共感じゃなかった。連中の考えを追って、途中まで連中と一緒に行く――いや、可能なら最後までずっとついて行く、という意味だった。僕はよく、あの可哀想な男に冗談を言ったものだ。もしも狂人が、自分はガラスでできていると考えたら、君は一生懸命努力して、少し透明になったように感じようとするだろうってね。ともかく、それがゲイルの考えだった。自分は物事をある程度まで、本当に狂人の観点から見られるし、狂人自身の言葉で相手に話しかけられる、というのがね。そんな風に絶壁の縁《ふち》を歩くのは危険だと、本人も認めていたが、さっきも言ったように、とうとう少しやりすぎてしまった。僕自身はずっとあいつの理論を疑っていた」

「それはそうだろう」バターワース博士はこの話を聞くと、自分のしっかりした正常な心を引き締めて、言った。「足の悪い男を治すには、医者もずっと足を引きずって歩かなきゃならんとか、盲人を助けるためには目をつぶらなきゃならんというようなものだ」

「もし盲人が盲人の道案内をしたら——」相手は陰気に同意を示した。「うん、あいつも今度は溝《どぶ》に落ちてしまった」

「なぜ今回だけ、そうなったんだね？」とバターワースはたずねた。

「もし精神病院へ入らなかったら、あいつは牢屋に入るだろう」とガースは険《けわ》しい顔で言った。「だから、僕はこんなに急いで、証明書を出そうとしてるんだ。そんなこと、したくないのは山々だがね。しかし、今回のゲイルの狂い方は、今まで一度もなかったほどひどいんだ。もちろん、あいつは前から気まぐれで、奇人だったが、どこかにごく正常なところがあったことは否めない。こんなことは今までけしてしなかったから、本当にもう終わりだと思っているのさ。一つには、あいつはまったくとんでもない暴行をして、刺股《さすまた》で人を殺そうとしたんだ。しかし、あの男を知っていた僕にとって、それよりもずっと辛《つら》いのは、彼がまったくおとなしくて、含羞《はにか》み屋で、悪気《わるぎ》のない人間を殺そうとしたことだ。有体《ありてい》に言えば、ケンブリッジを出て副牧師になりかけの、どちらかというと不器用な青年なんだ。こいつは全然ガブリエルらしくない。彼は一番狂った時でも、そんなことはしない。彼が肉体でとは言わなくとも、精神で格闘した男たちは、知的なハッタリ屋や催眠術師だった。誰かが立ち向かわなければならない種類の人間だった。唇の薄いウィルクス博士や、ロシア人の教授みたいな連中だった。ゲイルが哀れなソーンダーズ青年みたいな人間にひどいことをする姿なんて、想像もできない。足の悪い子供を蹴とばす姿を想像もできないのと同じだ。ところが、僕はあいつがそうするのを見たんだ。これは、彼が正気じゃなかったというよりほかに説明がつかない。

もう一つ、彼が正気じゃなかったことを確信させる事情があった。ここしばらく、誰にとってもこたえる陽気が続いたろう。暑いし、嵐は来るし、空気が電気を帯びているみたいだしね。しかし、あいつがああいう嵐のせいでおかしくなるのは初めて見たんだ。僕は彼がひどく馬鹿なことをするのを見て来た。庭で逆立ちするのも見たが、それは嵐の影響なんか受けていないことを示すためにすぎなかった。ところが、今回は、こういう変な亜熱帯的な大嵐に耐えられなかったんだと思う。それで嵐の話題が出ただけでも、どこかおかしくなったんだ。というのも、この悲劇はおよそ些細なことから起こったんだ。この恐ろしい不自然な事件は、天候の話からはじまった。

フランバラ卿夫人が、いささか湿っぽい園遊会で、一人のお客に言った。『あなたは悪天候を連れていらっしゃったわね』こんな言葉は誰が誰に向かって言っても不思議はないが、夫人はそれをおそろしくぎこちない、含羞《はにか》み屋のハーバート・ソーンダーズ青年に言った。あの、ひょろっと背が高くて、身体つきに締まりのない、足の大きい若者の一人で、育ちすぎて服もおツムも小さくなってしまったような男だ。たとえどんな些細なことでも、自分に向かって特に言葉をかけられるのを、およそ好まない性《たち》の人間だ。だから、ソーンダーズはただ口をポカンと開《あ》いて、喉をゴロゴロ鳴らしていたか、黙っているかしていたんだが、どういうわけか、夫人の言葉は初端《はな》からゲイルの神経に障《さわ》ったらしい。それから少し経って、ゲイルはまたフランバラ夫人と会った。べつの招宴の席だったが、そこでも雨が降っていて、彼は突然、喜劇に出て来る陰謀家みたいに、遠くにいるソーンダーズの背の高い不格好な姿を指さして、言った。『彼はやはり悪天候を連れて来ますね』そのあと、ごく自然なことだが、狂人を本当に狂わせてしまうらしい偶然の一致が起こった。あの一揃いの偶然の一致が次にたまたま起こったのは、ある素晴らしい上天気の午後、ブレイクニー夫人の家でだった。空は雲一つない澄み渡った青空だったので、ブレイクニー老はぶらぶら歩きまわって、初めて来たお客全員に庭や温室を見せた。だが、そのあと、みんなはお茶を飲みに家の中へ入り、お茶は家の中央にある大きな青緑の客間で供された。この時、たまたまソーンダーズが遅れてやって来て、席に着くと、一同大いに笑って、彼をきまり悪がらせたんだ。なぜかというと、例の天気の冗談がここでも繰り返されて、人人はそれが今度は当たらなかったのを見て、すっかり喜んだからだった。やがて、一同は出て行って入口近くの部屋に移り、ガブリエル・ゲイルも戸口へ向かって歩いて行った。ところが、二本の柱の間に外の窓の一つが見えると、あいつは強張《こわば》った腕でそちらを差し示したまま、その場に釘づけになってしまった。その仕草を見ただけで、どこかおかしいなと思ったんだが、指差した先を見ると、僕もびっくりしないではいられなかった。青い夏空の見えていた窓が、雨で真っ黒になっていたからだ。雨は家のまわり中で、まるで百年も降っていたかのように、陰気に滴り、ポタポタと音を立てていた。しかも、つい十分前には、庭全体がヘスペリデスの園[*1]のような黄金の庭に見えたんだ。このどこからともなくやって来て家を襲った俄嵐《にわかあらし》を、ゲイルは突っ立ったまま見つめていた。それから、ゆっくりふり返って、忘れようにも忘れられない表情で、二、三ヤード離れたところに立っている男を見た。その男はハーバート・ソーンダーズだった。

おわかりだろうが、僕はあまり魔女の蠱術《こじゅつ》だの地水火風を操る魔術師だのを信じるような柄《がら》じゃない。しかし、雲一つない真昼の空が、一人の男が来たとたんにたちまち雲に蔽われ、その男は、冗談にせよ、雨男と言われている――これには本当に何かおかしなものがあるような気がしたんだ。もちろん、単なる偶然だったには違いないが、僕が心配したのは、すでに少々ガタが来ている友人の心理に影響を与えかねないことだった。彼とソーンダーズは二人共じっと立ったまま、同じ広窓から外を覗いて、大雨に暗くなった庭と揺れて捩《ね》じ曲げられる木々とを見つめていたが、ソーンダーズの無邪気な、気立ての良さそうな顔は、当惑の表情を浮かべているだけのようだった。実際、お世辞を言われた時そうするように、含羞《はにか》んで曖昧に微笑《わら》っていた。というのも、あの男はお世辞を言われると、いつも平手打ちでもされたような顔をする人間の一人だったからだ。彼はそこに例の冗談の繰り返しを認めただけらしかった。きっと、イギリスの気候が冗談をつづけているとでも思ったんだろう。その顔に較べると、ガブリエルの顔はまるで悪鬼の形相だった。少なくとも、その顔が稲妻の最初の白い閃光をうけて、垂れ込める暗闇の中から白々と浮き上がった時は、そう見えたんだ。それからあとは雷と吠えたける雨音が聞こえただけだったが、僕には、彼がそこに立って、あの説明し難い興奮に身体を揺らしているのがわかった。雷鳴の中で、こう言う彼の声が聞こえた。『これじゃ神になったような気がするだろう』

　窓の真下を小径が通っていた。そこは庭に付いている牧草地の外れで、ブレイクニー家の人たちは刈った干草をその小径に取り込んでおいたんだ。雲がますます垂れ込めて来る低い空を背にして、中位の大きさの干草積みが、黒山のように堆《うずたか》かった。そこに置いてあった二叉の刺股には、黒い輪郭にたしかに何か恐ろしいものがあって、それが可哀想なゲイルの心をとらえたのかもしれない。ゲイルはいつも奇妙な光景を見ると、それが天兆《しるし》であるかのように引きつけられる傾向があったからだ。ともかく、その時、この家の主人夫婦やほかのお客が急いでそこを通り過ぎた。老人は干草が駄目になったのを嘆いていたが、奥方はそれよりも、手の込んだ装飾を施した庭椅子の運命を気にしているようだった。その椅子は牧草地の隣の芝生に、今は嵐の中で大枝が揺れ、ねじれている大きな林檎の木の下に出しっ放《ぱな》しだったらしい。

＊1　ギリシア神話。西の果てにある園で、そこではニンフ達が黄金の林檎を守っている。

ガブリエル・ゲイルは、正気ならば誰よりも騎士道精神に溢れる男だから、すっとんで行って、御婦人の椅子を取って来たことだろう。しかし、この時はただ目をギラギラさせて、不運なソーンダーズを睨《にら》みつけるほかは何もできなかった。ソーンダーズは自分の社交上の義務に気づいて震えていた。やるべきことをするのも怖いし、しないのも怖いという自意識の苦悶を味わっていた。だが、しまいに決然と前に進んで、扉をガチャガチャって大きく開けると、降りしきる雨の中へ飛び出して行った。すると、ゲイルもあとを追って、開いた扉のところへ行くと、ソーンダーズに向かって何か叫んだ。鳴り響く雨音に消されて、その場にいた人たちの大部分には聞こえなかったろうと思うが、たとえ聞こえたとしても、理解できなかったに違いない。僕には聞こえたし、理解《わか》りすぎるほど理解ったと思った。ゲイルが嵐の中で叫んだのは、『椅子を呼んだらどうだ。そうすれば、君のところへ来るだろうぜ』という言葉だったんだ。

一秒かそこら経つと、彼はあとから思いついたように言った。『ついでに、あの木もここへ来るように言ったらいいじゃないか』むろん、返事はなかった。ソーンダーズは生来の無器用さもあり、荒れ狂う雨風に心を乱されたこともあって、一瞬道に迷ったらしく、林檎の木よりも少し左方《ひだりかた》にある牧草地の、もっと急勾配な径をよろめきながら登って行った。僕にはそのひょろ長い姿と角張ったぎこちない両肘の輪郭が、空を背にして見えただけだった。そのあと突然、乱暴な、何ともわけのわからない出来事が起こった。たまたま手前の方に刈った牧草の束があって、縄が半分巻きつけてあった。ゲイルは戸口から跳び出すと、その縄を取り上げて、滅茶苦茶に急いで、それを結んでいるようだった。次の瞬間、先が輪になった縄が、投縄のような具合に、大きな弧を描いて空をサッと飛んで行った。暗い丘の背にいたヨロヨロする人影が姿勢を変えて、何か見えない障碍物《しょうがい》にでもぶつかったように、うしろへグッと反《そ》りかえるのが見えた。縄がピンと張って、その人影を引き戻そうとしていたんだ。

僕は助けを呼ぼうとしてまわりを見たが、自分一人しかいなかったのに驚き、少し不安になった。主人夫婦やほかの客は、ソーンダーズが親切に椅子を取りに行ってしまうと、召使いを呼びに行ったり、べつの扉や窓をしっかり閉めに行ったり、嵐の害を受けそうなほかの建具類の様子を見に行ってしまった。だから、今外で起こっている、無意味で一見馬鹿馬鹿しい悲劇を見守っている人間は、僕以外にいなかったんだ。ゲイルはソーンダーズを袋みたいに縄の先に引っ張って、窓がいくつも並んでいる建物の一面を通り過ぎると、家の角を曲がって姿を消した。しかし、僕は新たな恐怖に駆られて、ゾッとした。あいつは急いで通り過ぎる時に、干草の山から刺股を引ったくって、物語に出て来る悪魔の刺股のように振りまわしながら、姿を消したんだ。僕は走って追いかけたが、濡れた石に滑って怪我し、足を引き摺って行かなければならなかった。荒れ狂う嵐は、あの狂人と彼の奇怪な仕草をすべて呑み込んでしまったようで、その踊りがどんな風に終わったかを人々が知ったのは、大分あとになってからだった。ハーバート・ソーンダーズは一本の木に縛りつけられ、まだ生きていたし、傷も負っていなかったが、殺されかけて危うく難を逃れたという様子だった。刺股の叉が恐ろしい勢いで木に突き刺さっていて、ちょうど彼の頸《くび》を挟み、鉄の首輪みたいにそこに釘づけにしていたんだ。ガブリエル・ゲイルはそれから一日近く見つからなかった。嵐がおさまり、日が射して来た頃、近くの牧草地をぶらついて、蒲公英《たんぽぽ》の綿毛を吹いていた。彼があんなに穏やかな様子をしていたことは、めったにない」

短い沈黙があった。「もう一人はどうしてる――ソーンダーズは？」バターワースは眉を顰《ひそ》めてちょっと考え込んでから、そう尋ねた。「大怪我をしたのかね？」

「ショックを受けて、いまだにフラフラしてるよ。無理もない」とガースは答えた。「安静療法だか何だかを受けに行かなきゃならなかったが、今は良くなったと思う。ただね、何も悪いことをしないのに、あんな風に狂暴に襲われて殺されかけた人間が、すごく好意的で、相手を赦す気持ちになっているなんてことは、とても期待できないだろう。だから、我々の友人を医学的根拠で無罪放免にさせられなければ、殺人未遂で訴えられるだろう。じつを言うと、今あいつを外の車に待たしてるんだ」

「わかった」ロンドンの名医は急に威儀を正して立ち上がると、上着のボタンを掛けながら言った。「今すぐ診《み》てやって、片をつけた方がいいな」

ゲイルと二人の医師の会見は近くのホテルで行われたが、しごく短く異常なものだったので、立ち去った時、医師たちのふだん非常に冷静な頭は、風車のようにクルクル回っていた。というのも、ゲイルは、あの蒲公英の話のような、ただ子供っぽい無邪気な軽薄さすら見せなかったからである。彼は辛抱強く、ユーモアと思いやりのある優しい態度で話に耳を傾けたので、二人の医師は彼よりも大分年上だったが、まるで年下の人間のように扱われている気がしたのだった。君自身のために何らかの安静療法が必要だ、とガースが物穏やかに切り出すと、ゲイルは思いきり笑って、こちらが遠回しに言おうとしたことを先取りして言った。

「神経質にならないでくれ、君。瘋狂院に入るべきだと言いたいんだろう。善意で言ってくれるのはわかってるよ」

「僕が君の友達なのは知ってるね」とガースは真剣に言った。「君の友達なら全員、僕と同じことを言うだろう」

「まったくだ」とゲイルは微笑んで言った。「ところで、それが友達の意見だとすると、敵の意見も聞いた方がいいんじゃないかな」

「どういう意味だ?」と相手はたずねた。「敵の意見?」

「一人の敵と言うべきだろうか」ゲイルは落ち着いた調子で続けた。「僕があの無法な仕打ちをした男の意見だよ。本当に、僕がお願いするのはそれだけだ。僕を無法な振舞いのせいで閉じ込める前に、ハーバート・ソーンダーズ本人に、そのことをどう思うか訊いてみてくれ」

「君が言いたいのは」バターワースが少しじれったそうに口を挟んだ。「絞め殺されかけたうえに、刺股で突き刺されたのが良かったかどうか訊け、ということだな？」

「うん」ゲイルはうなずいて言った。「絞め殺されかけたうえに、刺股で突き刺されたのが良かったかどうかを、彼に訊いてもらいたいんだ」

ゲイルは何かべつの、単に実際的な問題を考えているかのように、眉根を少し寄せて、それから、こうつけ加えた。

「今、彼に電報を打ってやろう……何て言おうか……『投縄を首に掛けられるのはお好きですか？』とか、『どのへんが刺股なんです？』とか、その種の面白いことがいいな」

「それなら、電話すればいい」とガースが言った。

詩人は首を振った。「いや。あの手の男は字を書く方がずっと楽に感じるんだよ。電話口じゃ吃《ども》るだけだろう。それでも、君らが想像するようなことは言わないだろうが、吃ることに違いはない。しかし、電報局の小仕切りに顔を突っ込んで物を書くなら、告解室にいるのと同じくらい楽に感じるだろう」

二人の医師は少し当惑したが、病院に入れるのは待ってくれというこの提案を暗黙のうちに了承して別れると、頼まれたことをさっそく実行した。今は母親の家に戻っているソーンダーズに、慎重な言葉遣いの電報を打って、ガブリエル・ゲイルの異常な行動について、如何《いか》なる印象と見解を抱いているかを訊ねた。返事は驚くほど早く返って来た。ガースは開封した電報を手に、面喰らった面持ちで、バターワースのもとへやって来た。電報の文言は次の通りだったからである。

「私の命を救う以上のことをしてくれたゲイルさんの御親切には、いくら感謝しても足りません」

二人の医師は無言で顔を見合わせた。そして、ほとんど一言もしゃべらずに自動車に乗り、ふたたび丘を越えて、ゲイルがまだ滞在しているブレイクニー家へ向かった。

車は丘陵地帯を横切り、広く浅い谷間へ下りて行った。そこには、あの危険人物ガブリエル・ゲイル氏を匿《かくま》っている家があった。そのような場所を舞台にしたそのような物語が想像力に暗示するあらゆる皮肉を、ガースは思い出し、バターワースは想像することができた。ブレイクニー夫妻の家は川のすぐ向こう側に、高く、遠目にも顕《しる》く立っていた。古風に映るが、古くは見えない家の一つだった。たしかに、美しさを感じさせるほど古くはなかったが、往時を微《かす》かに憶えている者には、ヴィクトリア朝中期まで残っていたヴィクトリア朝初期の最後の伝統を思い出させる、あらゆるものを具《そな》えていた。高い柱はたいそう青白く見え、長くて装飾のない窓が天井の高い部屋部屋を陰鬱に覗き込んでいた。柱と平行に掛かっているカーテンはくすんだ赤で、ユーモアのあるバターワースは、そんなに遠く離れているのに、重くてまったく無用の房がカーテンについていることを保証した。信じ難い犯罪や狂気の舞台だったにしては奇妙な家だった。それよりももっと信じ難い、あるいは謎めいた赦し——ゲイルは赦されたというのだから——の舞台だったにしては、なおさら奇妙な家だった。家のまわりには整然とした庭と、草を刈った牧草地や、刈っていない牧草地があった。植え込んだ樹々や深い小径や藪《やぶ》があって、それらすべてが、あの騒然たる夜には、恐るべき稲妻と風に曝《さら》されていたのだ。今は風景全体が夏の黄金色の静けさのうちに露わになり、頭上の蒼天《そら》はいとも深く、ひっそりとして、宙に浮かんでブンブン唸っている蠅の音が、雲雀《ひばり》の声のように遠くまで聞こえるのだった。あの醜悪な笑劇の小道具は、日射しの中に、こうして堅固な、客観的な姿で輝いていた。ガースはこちらを見つめる無表情な窓々を見た。この前見た時、それらの窓には滝のように雨が流れ、風が吹きつけて、狂人と被害者が外で狂った踊りをおどっていたのだ。被害者が縛りつけられた二股の木には、刺股が突き刺さったところに今も二つの黒い穴が空いており、それが髑髏《しゃれこうべ》のうつろな眼のように見えて、木全体を角の生えた小鬼《ゴブリン》のように見せていた。積み上げた干草もあり、小さな暴風《サイクロン》の目眩《めくるめ》く踊りにでも掻きまわされたように、今も幾分乱雑に散らかっていた。そして、その向こうには、隣の牧草地のまだ刈っていない草が、高い緑の壁をなして聳《そび》え立っていた。このおとなしいジャングルないし小型の森の真っただ中から、一条《ひとすじ》の細い煙が空に立ち上っていた。まるで草を焼いたごく小さな火から上がる煙のようだった。蒸し暑い夏の風景の中に、人間らしい生きたものはほかに何も見えなかったが、ガースにはその煙の意味するものがわかったらしい。野原のはるか先に向かって、大声で呼びかけた。「おおい、君なのか、ゲイル？」

煙が立ったところのすぐ向こうで、丈高い草の中から、空を向いた二つの足と逆さになった二本の長い脚が垂直に伸び上がると、定められた信号術に則《のっと》っているかのように、こちらへ向かって両腕を振るような仕草をした。脚はそれからぴょんと跳んで草の中にもぐり込むかと見え、脚の持主が然《しか》るべき側を上にして、緑の海からゆっくりと立ち上がる、というより迫《せ》り上がって、謎めいた優しい表情でこちらをじっと見た。細長い葉巻を吸っていたが、煙の火元はこれだった。

ゲイルは二人を迎えて報せを聞いたが、べつに得意気な様子もせず、ましてや驚いた様子はなかった。草の塒《ねぐら》を捨てて、やはりこの謎の事件で一役を演じた庭椅子に二人と腰掛けたが、少し微笑っただけで電報を返した。

「さあ」と彼は言った。「これでも僕が狂ってると思うかい？」

「うむ」とバターワースが言った。「どうも、あの男の方が狂ってるんじゃないのかな」

ゲイルは初めて本気になり、身をのり出して言った。「違うよ。でも、もう少しで狂うところだったんだよ」

それから、彼はまたゆっくりと椅子の背に寄りかかって、芝生の雛菊《ひなぎく》をぼんやりとながめ、二人がそこにいることを忘れてしまったかのようだった。ふたたび口を開いた時、その声は講演者のように明瞭だったが、少し平板な調子だった。

「もう少しで狂いそうになる青年は、非常に大勢いる。でも、ほとんどの者は狂いそうになるだけで、ふつうは正常に戻るんだ。異常な時期がある方が正常だと言っても良いくらいだ。それは、外側にあるものと内側にあるものの大きさが調整できない時に起こる。話によく聞く少年たち、クリケットや学校の菓子屋にしか関心のない、身体の大きい健康な学校生徒の多くは、秘密やふくれ上がる病的性質ではち切れそうになっているんだ。しかし、この青年の場合は、それが外見にもやや象徴的に表われていた。それは彼の身体が服に合わないほど成長したり、足が靴に合わないくらい大きくなっていることに似ていた。内部が大きくなりすぎて、外部に合わないんだ。彼には二つの物をどう結びつけたら良いかわからないし、たいてい結びつけようともしない。ある意味では、彼自身の心と自我は巨大で宇宙的なものに思え、その外にあるものは、何もかも小さくて遠くにあるように思われる。しかし、べつの意味では、世界は彼にとって大きすぎ、彼の思考は隠さなければならない脆弱《ぜいじゃく》なものなんだ。そういう不釣合いな隠したがりの例はいくらでもある。柄《がら》の悪い学校では、少年たちが信じ難い暴行をしながら、それを一切語らないことは知ってるだろう。女の子は秘密を守れないというのが間違いかどうか知らないが、秘密を守れることが、しばしば男の子を破滅させるんだ。

さて、そういう危険な時に、恐ろしく危険な瞬間がある。主観と客観との間に最初の関係がつくられる時、脳と現実の物事との間に初めて現実の橋が渡される時だ。それがどんなものであるかは、時と場合による。なぜなら、それは自己意識を強める一方、ひょっとすると自己欺瞞《ぎまん》も強めるかもしれない。あの青年はそれまで一度も、人から注目されたことがなかったのに、フランバラ夫人がたまたま、彼が悪天候を連れて来たと言った。それはちょうど、彼の心の中で、平衡と可能性の感覚全体が乱れて来た時だった。たぶん、僕が最初に彼のことを疑ったのは……ところで」ゲイルは唐突にたずねた。「僕が狂っているんじゃないかと最初に疑ったのは、何がきっかけだったんだい？」

「そうだね」ガースがゆっくりと言った。「君が窓から嵐を見つめていた時だろう」

「嵐？　嵐なんて吹いていたっけ？」ゲイルはぼんやりと訊いた。「ああ、そういえばそうだったな」

「しかし、一体全体」と医師はこたえた。「窓から嵐以外の何を見つめていたっていうんだ？」

「窓の外なんか見ちゃいなかったよ」とゲイルは答えた。

「やれやれ、どうにかしてくれ」ガース博士は抗議した。

「僕は窓を見つめてたんだ」と詩人は言った。「よく窓を見つめるんだ。ステンド・グラスの窓はべつとして、窓を見る人はめったにいない。でも、ガラスはダイヤモンドと同じで、じつに美しい物だし、透きとおっているというのは一種の超越的な色彩だ。おまけに、あの場合はべつの物があった。雷嵐よりもずっと荘厳で、ゾクゾクするようなものが」

「へえ、雷嵐より荘厳なものとは、一体何を見ていたんだね？」

「雨粒が二つ、窓ガラスを伝って落ちるのを見ていたんだ」とゲイルは言った。「ソーンダーズも同じだった」

自分をまじまじと見つめる二人を尻目に、ゲイルは語りつづけた。「うん、そうさ。本当だよ。詩人も言ってるだろう」と言って、いつになく厳粛に詩を暗誦した。

小さな水滴が
　小さな砂粒が
　魂をよろめかせ
　星々も立っていられなくなる

「もう千回も言ったじゃないか」彼はますます真剣に、熱をこめて語りつづけた。「僕はいつも気がつくと何か小さな物を、小石とか海星《ひとで》とかを見ている。僕が何かを学ぶやり方はそれだけなんだ。しかし、ソーンダーズを見た時、彼が窓ガラスの同じ場所から目を離さないのに気づいて、僕は全身ゾッとした。僕の想像があたっていたのがわかったからだ。彼はある種の控え目な微笑みを浮かべていた。

知ってるだろうが、病膏肓《やまいこうこう》に入《い》って救いようのない賭事師は、時々二つの雨粒の競走に賭ける。しかし、この遊びにはこういう特徴がある――抽象的で、公平で、依怙贔屓《えこひいき》のない感じを与えることだ。もし闘犬に賭けるなら、スコッチ・テリアに同情して、アイリッシュ・テリアを嫌うということがあるかもしれない。あるいは、その逆の場合もね。玉突きをする人間の顔つきとか、競馬の騎手の制服の色が気に入ることだってあるかもしれない。従って、結果が君の同情に反することもあり得て、君は自分の限界を実感する。だが、透明な虚空に引っかかっている、あの二つの透きとおった球体の場合は、抽象的公平さの均等な秤《はかり》に似たものがある。君はどちらが勝っても、それが自分の選んだ方だと感ずる。ある種の秘《ひそ》かな誇大妄想にかられて、そいつが自分の選んだ方だと容易に信じ込んでしまうんだ。それほど均等に引っかかっている物を、自分が操っているんだと想像することはたやすい。それで僕は、自分がソーンダーズと同じことを考えているかどうか確かめようとして、言ったんだ。『神になったような気がするだろう』嵐のことを言っていると思ったのかい？　嵐だって！　馬鹿な！　嵐を見て、自分が神だと思い込む人間がいるものか。もしその人間に少しでも分別があるなら、自分が神ではないと感じることはあるかもしれないがね。しかし、ソーンダーズはあの時、微妙な危機に陥っていて、自分が神だと信じようと半分試みているのがわかった。自分が本当に天気を変えたのだし、あらゆるものを変えられるかもしれない――そんな風に考えようと半分試みていた。そして雨粒の賭けのような遊びは、まさに彼を焚《た》きつけるものだった。彼はまるで全能者が落ちて行く二つの星を見ているように、そして、自分がそれらに宿る摂理であるかのように感じていた。

病的状態にはつねに二面性があることを思い出してくれたまえ。昔の健全な俗語で、狂人は「自分のそばに」いるという言い方をした。彼のうちの一部分は、自分を狂わせようとけしかけ、一部分はまだ妄想を信じきっていない。彼は雨粒の遊びのように容易な自己欺瞞を喜ぶだろう。また無意識のうちに、あまりにも決定的な試験は避けるだろう。信じられないこと、たとえば、木が踊りをおどるというようなことを望むのを避けるだろう。それを避けるのは、一つにはその通りになるのを恐れるからで、一つには、その通りにならないことを恐れるからだ。それで僕は突然、脳髄の細胞一つひとつで凄まじく確信した――あいつは今すぐ劇的に、自分に歯止めをかけなければいけない、木に踊れと命じて、踊らないのを見なければいけない、と。

椅子と木に命令して動かせ、と彼に向かって叫んだのは、その時だった。彼が自分の人間としての限界を、痛切に、ただちに知らなければ、何か無限の、人間ではないものが、もうじき彼をつかまえてしまうのがわかっていた。彼は耳を貸さず、庭に駆け出して行った。椅子のことなんかすっかり忘れていた。まるで野生の山羊《やぎ》みたいにぴょんとひとっ跳びして、急勾配な牧草地を駆け上がった。それで、僕にはわかった――あの男は現実から解き放たれ、この世の外に出てしまったんだ。心の内にも外にも嵐が吹きすさんで、荒地を滅茶滅茶に駆けめぐり、その田野の散歩から戻って来たら、もう二度と同じ人間にはなれないだろう。彼はあの孤独な道で跳ねたり踊ったりするだろう。おそろしく幸せだろう。彼を止めるものは何もない。何かが彼を止めなければならない、と僕はもう腹を決めていた。それは何か唐突で、印象的で、現実の事物の限界を示すものでなければいけない。獣が繋《つな》ぎ縄の限界まで来た時に感じる、喉を絞めつけるようなショックを与えるんだ。その時、縄を見つけたので、そいつを投げて、あの男を荒馬みたいにうしろからひっつかまえた。なぜか僕の想像裡には、異教世界のケンタウロスが手綱《たづな》をかけられて、後ろ足で立ち、天に向かってのけぞっている姿が浮かんだ。というのも、ケンタウロスはすべての異教的なものと同様、自然でもあり不自然でもあるからだ。自然崇拝の一部でありながら、怪物でもあるからだ。

僕はあの手荒い仕事をやり遂げて、自分が正しいことを確信していた。今はソーンダーズ自身も、僕が正しかったことを確信しているがね。彼があの道をすでにどこまで進んでいたかは、僕だけしか知らなかった。そして、僕にはわかっていた。あの男を救うには、彼には物質も地水火風も支配できないのだと――木々を動かすことも、刺股を抜き取ることもできないのだと――一本の縄と一対の叉を相手に二時間格闘しても、まだ縛られているのだと、強烈な、実際的な、苦痛を伴うやり方で悟らせるしかないことが。たしかに、あれは少し無暴な荒療治だった。まったく、治療法だったということ以外に何も良いところはない。けれども、ほかに治療法はなかったと深く信じている。宥《なだ》めたり賺《すか》したりしても、彼はいっそう心のうちを押し隠して、いっそう思い上がるだけだったろう。機嫌を取ったらどうかといえば、そいつはユーモア感覚を失いつつある人間には、最悪のやり方だ。駄目だ。彼はあの時自分について、あることを信じはじめていた。しかし、それが間違いだと証明することは、まだ可能だった」

「君は」とバターワース博士は眉を顰めて言った。「この一件に、その神学的なイメージが関わっていたと思うのかね？　彼はそのイメージを、自分は全能の神だから、雨や雷を呼べるという形にしたと思うのかね？　もちろん、それにやや似た宗教的妄想の例はあるが」

「忘れちゃいけない」とゲイルは言った。「彼は神学生で、聖職者になるはずだった。だから、疑いだとか霊感だとか予言のことなんかを考え込んで、しまいにそれが間違った方向に働きはじめたのかもしれない。最悪のものはつねに最善のもののすぐそばにある。無神論よりもずっと性質《たち》の悪いものがあって、それは悪魔崇拝だ。べつの言い方をすれば〝神であること〟だ。しかし、神学とは切り離した単なる哲学の問題としてみると、こいつは君らが思うよりもずっと、あらゆる思惟《しい》の中枢に近いんだ。だから、たいそう人の心に入り込みやすいし、見えにくく、防ぎにくい。僕があの狂った青年に共感を抱いたというのは、そういう意味なのさ。結局のところ、あれはごく自然な誤りだからね」

「おいおい、ゲイル君」友人のガースは抗議した。「君の逆説好きも、少し度を越して来たな。若い副牧師の卵が、自分は空を支配し、木々を根こぎにして、雷を呼べると思っている。君はそれを自然な誤りだというんだからな」

「君、野原に仰向けになって、空を見つめて、踵《かかと》で宙を蹴ったことがあるかい？」と詩人はたずねた。

「人前でやったことも、職業的にやったこともないな」と医師は答えた。「患者への接し方として、あまり良いとは考えられていないからね。だが、仮にそれをやったとしたら？」

「君がもしそんな風に考えて、原始的なものに立ち戻ったとしたら」とゲイルは言った。「あるものを支配できて、べつのものを支配できないのはなぜだろうと不思議に思うだろう。結局のところ、君の両脚だって、空に振れば、うんと遠くにあるように見えるからね。脚を振りまわすことはできるが、木々を振りまわすことはできない。人間が物質宇宙全体を自分の身体だと考えることは、抽象的にいって、それほど不自然なことかどうか、僕にはわからない。ある意味では、一切万物が斉《ひと》しく自分の心の外にあるように見えるからだ。だが、人間が地獄にいるのは、万物が自分の心の内にあると思う時なんだ」

「僕はあんまり、そういう形而上学的なことは考えない方でね」とバターワースが言った。「僕にはどうも理解しかねるようだ。人間が自分の心の外にいるというのも、気が触れているという意味ならばわかるし、ソーンダーズが病的で、気が触れかけていたというのは正しいと思う。それから、身体の外にいるということに関していえば、脳味噌を吹き飛ばすとか、肉体が死体として取り残されるという意味でなら、わかる。実際君は、率直に言うと、彼が心の外にいるのを治そうとして、もう少しで身体の外に叩き出すところだったようだね。あれはたしかに無茶な荒療治だった。弁護の余地はあったのかもしれないが、専門家の証人として法廷に出て、あれを弁護しなければならないとしたらゾッとしないよ。僕は結果に頼るしかないし、ソーンダーズはたしかに良くなったようだ。しかし、万物を心の内に持つことがどうして地獄なのかといった、君の神秘的な説明についていうと、正直なところ、僕はもう随《つ》いて行けない。僕はどちらかというと自分が唯物論者であることをおそれているんだ」

「おそれるだって！」ゲイルはまるで怒ったように叫んだ。「唯物論者であることをおそれるだって！ 君は、どういうものを本当におそれるべきか、良くわかっていないんだ！ 唯物論者なら大丈夫さ。かれらは少なくとも大地を認めて、自分がそれを造ったなどと想像しないだけ、天国に近い。恐ろしい疑いは唯物論者の疑いじゃない。恐ろしい疑いは、命奪《いのちと》りな、地獄に堕ちる疑いは、観念論者の疑いなんだ」

「君は観念論者だとずっと思っていたがな」とガースが言った。
「僕は観念論者という言葉を哲学的な意味で使っている。僕が言うのは、物質も他人の心も、自分の自我以外のあらゆるものを疑う、本当の懐疑主義者のことだ。僕自身、そういう考えを持った経験がある。僕はほとんどあらゆる形の地獄のような痴愚を経験したことがあるからね。僕がこの世で役に立つ点は、ただそれだけなんだ。あらゆる種類の白痴だったことがあるということさ。でも、信じてくれ。最悪の、もっとも惨めな種類の白痴は、万物を創造し、包含しているように見える男なんだ。人間は被造物だ。その幸福はすべて被造物であることのうちに、あるいは、〝大いなる声〟が我々に命じた通り、子供になることのうちにある。人間の楽しみはすべて進物《しんもつ》や贈り物をもらうことにある。子供は深い理解力を持っていて、それが『思いがけないもの』であるが故に貴《たっと》ぶ。しかし、思いがけないものというのは、あるものが我々自身の外から来ることを暗に意味するし、感謝というのは、それが我々以外の誰かから来ることを意味する。それは郵便受けに突っ込まれる。窓から放り込まれる。塀ごしに放り込まれる。そういう限界こそ、ほかでもない、人間の喜びの設計図を描く線なんだ。

僕も自分が天地創造を夢見たという夢を見た。星々を贈り物として自分に与えた。太陽と月を自分で手渡した。僕は万物の背後に、そして始まりにいて、僕なしには、つくられる物は何もつくられなかった。あの宇宙の中心にいた者なら誰でも、それが地獄にいることだと知っている。それを治す方法は一つしかない。ああ、人々が悪の原因について、この世になぜ苦痛が存在するかについて、あらゆる種類の殊勝《しゅしょう》らしい言葉や偽《いつわ》りの慰めを書いてきたことは知っている。道学者たちのそういうおしゃべりな猿小屋に僕らが仲間入りすることを、神よ、禁じたまえ。だが、それにしても、この真理は本当なんだ。客観的、実験的に本当なんだ。あの全能の悪夢を癒《いや》す治療法は苦痛以外にない。なぜなら、人は苦痛を支配できるものなら、我慢なぞしやしない。人間はそのことを知っているからだ。あらゆるものが自分の内から来るのではないことを実感させたいなら、逃げられるなら、きっとそこから逃げるという場所に人を置かなければならない。君がここで寓話のように演じられるのを見た、あの狂った喩《たと》え話ないし奇蹟劇の意味はそれなんだ。我々の行動は果たして寓話以外の何物かであるかどうかを、僕は疑う。真理は喩え話以外の形で語り得るかどうかを、僕は疑う。昔々、一人の男がいて、自分が空に坐っているのを見た。彼の僕《しもべ》である天使たちは、雲や炎の色とりどりな衣をまとって、四季の見事な光景の中を行ったり来たりしていたが、彼はすべての上にいて、その顔は天を満たしているようだった。そして――神よ、冒瀆《ぼうとく》を許したまえ――僕はその男を木に釘づけにしたんだ」

彼は常ならぬ興奮を抑えながら、立ち上がっていた。その顔は陽光の中で青ざめていた。というのも、彼は実際に喩え話で語ったのであり、彼が考えていたことはその庭から、いや、その話からも遠く離れていたのだ。彼の記憶の中には、べつの嵐に襲われたべつの庭の斜面が、暗く山のように盛り上がっていた。廃墟となった僧院の骸骨のようなアーチが、無気味な光を背に、痩せさらばえた姿で立っており、激しく流れる川の向こうに、屋根の低い、うらぶれた宿屋が葦《あし》の茂みに囲まれて立っていた。そして、その灰色の風景全体が、彼にとっては楽園の――それも失われた楽園の、紫の一画だった。

「それが唯一の方法だ」とゲイルは繰り返して言った。「心がすべてだと考える神秘家の異説に対する、唯一の答だ。それは君の心臓を破ることだ。硬い石があることを神に感謝したまえ。厳しい事実を神に感謝したまえ。茨《いばら》や、岩や、砂漠や、長い年月を神に感謝したまえ。少なくとも、僕は今、自分がこの世界で一番優れてもいないし、一番強くもないことを知っている。少なくとも、僕は今、自分が万物を夢に見たのではないことを知っている」

「君、すごく変な顔をしてるぞ」と友人のガースが言った。

「僕は今、そのことを知っている」とゲイルは言った。「なぜなら、夢見ることでそれが叶《かな》うならば、ここにいなければならない人がいるからだ」

ふたたび、青空に唸《うな》る蠅の音も聞こえそうな、全き沈黙が訪れた。ゲイルがふたたび口を開いた時、その口調は前と同じ考え込むような調子だったが、二人の医師はある名状し難い直感によって知った――彼の心の中で一つの扉がいっとき開いていたが、今はバタンと音を立ててふたたび閉まり、二度と開かないことを。彼は長い沈黙ののちに言った――

「我々はみんな木に縛りつけられ、刺股で釘づけにされている。そして、こうしたものがしっかりしている限り、星は空にあるし、丘は我々の命令で溶けてしまったりしないのを知っている。木に釘づけにされたあの捕囚《とりこ》が夜明けまでもがいた揚句、ついに大いなる輝かしい報せを、自分がただの人間にすぎないという報せを受け取った時、まるで全自然界からの賛歌のように、健やかな安堵と感謝の巨波《おおなみ》が湧き上がった。それを想像できないかい?」

バターワース博士は、抑えているがいくらか面白がっているような表情で、テーブルごしにゲイルを見ていた。詩人の目はランプのように輝き、散文を話す人からはあまり聞けない調子で語っていたからである。

「僕がもし専門知識と経験をたくさん積んでいなかったら」バターワース博士はそう言いながら立ち上がった。「やっぱり、君には少し疑わしいところがあると思うだろうな」

ガブリエル・ゲイルは肩ごしに鋭い目で見て、声の調子がふたたび変わった。

「そんなこと、言わないでくれ」と少しぶっきら棒に言った。「僕はその種の危険をほんとに冒してるんだ」

「わからないな」とバターワースは言った。「君が言うのは、医師に精神異常の証明をされる危険かい?」

「好きなだけ、証明したまえ」ゲイルは軽蔑《みくだ》すように言った。「そうしたからって、僕がい？ そんなことがあるものか。陽射しの中に埃が舞い、壁に影がさす限りは――平凡な物を見て、何て非凡なものなんだろうと考えることができる限りは。看守の鼻の格好だとか、ほかの何でもいい、考える人間の心に悦びを与えるようなものをおつくりになった神様を、そこそこの敬虔《けいけん》の念をもって讃えることができないと思うのかい？ 顚狂院は、正気でいるには素敵な場所だろうと想像するんだ。知的でない人間が大勢いて、最新の哲学書について無意味なことをしゃべり立てている知的なクラブにいたり、君を〝奉仕〟に携《たずさ》わらせて、ほかの誰かの玩具を取り上げる手伝いをさせたがる、あの真面目な、肩肘張った〝運動〟のどれかに加わったりするよりも、気持ちの良い、静かな、世間離れした顚狂院に住む方が、ずっと良い。僕はものを考えるために、この先どんなところへ彷徨《さまよ》って行こうと、かまわない――考えが彷徨いすぎたり、間違った道を彷徨って行かない限りは。しかし、さっき君が言ったことは、本当の危険と関係があるんだ。それはガースが考えていた危険と関係がある。狂人たちを立ち直らせているうちに、僕自身が世の中に見捨てられた人間になりはしないかとガースは言った。その時に考えていた危険だよ。もしも僕の言うことが理解できないと人々が言ったら――人間は人間であることが一番良くて、自分に神の名誉を与えるのは危険だというような単純な真理がわからないと人々が言ったら――自分にはそれがわからない、おまえの頭から出て来た神秘主義なのではないかと言ったら、その時、僕はふたたび危険に陥る。自分が全能の神だと考えるよりも、もっと無法で性質《たち》の悪いことを考える危険に陥る」

「やっぱり、理解できんな」と医師は微笑みながら言った。

「僕は自分だけが正気の人間だと考えるだろう」とガブリエル・ゲイルは言った。


　ずっとのちになって、ガースの耳に一種の後日談が聞こえて来た。刺股と林檎の木の狂った喜劇のエピローグである。ガースはゲイルと違って、合理的なもの、少なくとも合理主義的なものへの嗜好をもっと明らかに有していたから、種々の科学クラブや科学者の集まりにいる懐疑論者たちと討論することがよくあった。そうした連中はまことに立派な人種だが、しばしばまぎれもない石頭であり、時によると、むしろ木頭人《でくのぼう》だと思うのだった。ところで、その名前は今重要でないとある田舎で、靴職人が嘆かわしい、へそ曲がりな振舞いをして、会衆派教会の信者になってしまったため、村の無神論者の職がいわば空席になっていた。その職務を代行したのはポンドという、もっと羽振りの良い人物で、立派な帽子屋だったが、それよりも、むしろクリケットの名手として知られていた。彼はしばしばクリケットの試合場で、もう一人の優れたクリケット選手と争った。それは教区の牧師だった。実際、この二人は霊的な思索の場でよりも、クリケットの試合場で頻繁に競い合った。くだんの聖職者は、主としてそういうスポーツに堪能《たんのう》なために、絶大な人気を博すタイプだったからだ。人々が少しも牧師らしくないといって讃《ほ》める種類の牧師だった。大柄でたくましい、快活な男で、赤ら顔で、態度物腰はキッパリしていた。まだ若かったが、男の子ばかりの騒々しい一家の父親で、当人も多くの点で少年そっくりだった。しかし、当然のことながら、この牧師と村の無神論者との間には、時折、論争とは呼べぬまでも、ある種の冷やかし合いが行われることがあった。科学的唯物論者は針でチクチク突っついたが、聖職者を気の毒がるには及ばなかった。針は厚皮動物には効き目がないからである。牧師は何層もの堅固な物質に取り巻かれていて、陽気で分別のある自分の暮らし方と関わりのないものには動じない人物だった。しかし、ただ一つだけ、奇妙な出来事がポンドの記憶に残っていて、彼はそれを唯物論者が怪談を語るような腑《ふ》に落ちない調子で、ガースに話した。クリケットの好敵手同士は、いつも通り親しげにやり合っていたが、親しさは表面《うわべ》だけにすぎなかった。牧師は疑いなく真摯なキリスト教徒だった。もっとも、筋骨隆々型のキリスト教徒と言われるもので、ある行為がキリスト教徒の行いではないと言うより、クリケットではないと言うことに、より深く心を動かされたと言っても、彼を譏《そし》ることにはなるまい。しかし、この時も、またほかの時も、牧師はたいてい、やや底の浅い冗談で論敵をからかうことに終始していた。例えば、帽子屋は帽子の手品をどれだけ頻繁にできるかという、言い古された問いのような冗談である。おそらく、この警句を何度も聞かされて、立派な自由思想家殿はだんだん腹が立って来たのかもしれない。あるいは、牧師がもっと真面目な問題を扱う時の、もっと深刻で積極的な口調に、同じ効果をもたらす何かがあったのかもしれない。この時、聖職にある紳士はふだんの呑気な調子以上のもので、自分の人生哲学を主張したのだった。「神はあなたがゲームをすることを望んでおられる」と牧師は言った。「神が望み給うのは、それだけです。ゲームをする人々だけです」「あなたにどうしてわかるんです？」ポンド氏は突《つ》っ慳貪《けんどん》に、いつになく苛《いら》ついて、言った。「神が何を望むか、どうしてわかるんです？ 神だったこともないのに？」

沈黙があった。無神論者はふだんとは少し違う様子で、牧師の赤い顔を見つめていた。「ありますよ」聖職者は奇妙な、静かな声で言った。「私は以前、神だったことがあります。十四時間ほどの間でした。でも、やめたんです。あまり気疲れしますのでね」

こう言い残して、ハーバート・ソーンダーズ師はクリケットのテントに戻り、ボーイスカウトの子供たちや村の娘たちと混じって、いつものように楽しく浮かれ騒いだ。だが、無神論者ポンド氏は、まるで奇蹟でも見たように、しばらく目を丸くして坐っていた。のちになってガースに打ち明けたのだが、一瞬、ソーンダーズの目が、赤い上機嫌な顔から、仮面ごしに覗くように外を覗いたのだという。何か恐ろしい、ぞっとする——と同時に空虚なものを一瞬思い出したかのようだった。相手の男はその何かを、漠然とこんな風に思い描くことしかできなかった——どこかの袋小路にある平たいガランとした建物に、装飾のない窓がついている。そしてその窓の一つから、白痴の青白い顔が覗いている、と。

# 五、石の指

徒歩旅行中の三人の青年が、南フランスのカリヨンという小さな町の外れで一服した。案内書を御覧になると、この町は現在大学の所在地となっているが、古い立派なビザンチン教会の修道院で有名だと書いてあるに違いない――それから、ボイグが研究をした場所としても有名だと。少なくとも、その名を出せば、読者は興奮をおぼえて然《しか》るべきである。数知れない新聞や小説で、その名をごらんになっているはずだから。ボイグと聖書は、定期的に宗教会議で和解させられる。ボイグは子供部屋で始まり、癲狂院でおおむね終わる長い心理小説の無数の主人公の心を広くし、少しばかりまごつかせる。新聞や雑誌の記者は、ガリレオのような先駆者が受ける仕打ちのことを何度も殴り書きする際、何かべつの例を考えようとして、ふと手を休め、いつもブルーノ[*1]かボイグを持って来て、文章をそつなくまとめるのだ。しかし、穏健な正統派も同じように魅惑されていて、不可知論の熱情を感じながら、こう言いつづける――ボイグの発見以来、類質論[*2]の教義、あるいは人間の良心の教義は、もはやかつて立っていたところにとどまってはいない、と――かつては一体どこに立っていたのか知らないが。ボイグが偉大な発見者だったことは言うまでもない。大衆はもう長い間、そのことを根拠に、熱烈な敬意と感謝の念をもって彼を見て来たのだから。また、彼が何を発見したかも言うには及ばない。大衆がそんなことにこれっぽっちでも好奇心を示すことは、けしてないだろうから。漠然と知られているのは、それが化石か、石化に必要な長い年数に関わるものだということ、そして、それが宗教に敵対するとされている、あの無秩序な、あるいは主体の明らかでない進化の力を一般に暗示していたことである。しかし、ボイグが生前にした発見のいずれも、死んだ時、彼に関してなされた発見ほど、新聞の言う意味でセンセーショナルでなかったことは間違いない。そしてこの、より私的で個人的な事柄こそが、今我々の関心事なのである。

　三人の旅行者は一時間だけ解散し、昼食をとりに向こうの小さなカフェで落ち合うのを決めたところだった。かれらが各々どんな風に時間を過ごし、趣味に耽《ふけ》ったかを申し上げれば、その人となりをあらまし要約することになるだろう。アーサー・アーミテージは黒髪の謹厳な青年で、金がたくさんあり、その金を良心的な不断の修養に、ことに美術と建築のことに費していた。彼の真面目な、鷲《わし》のような横顔は、早くもビザンチン教会の修道院に向けられていて、それを周到に調べるつもりだった。まるで調べるというより試験でも受けるように、あらかじめ下準備をしておいたのだった。その隣にいる男は自らも美術家だったが、そういう美術的情熱は示さなかった。彼は時間の大部分を詩人として空費する画家だったが、アーミテージは始終天才を見つけ出す人間で、ある意味で、両分野に於《お》けるこの男の庇護者となっていた。彼の名はガブリエル・ゲイルといった。ひょろ長くて身体つきにしまりのない、少し大儀《たいぎ》そうな男で、黄色い髪の毛をしていたが、いかなる庇護者であっても、この男を庇護するのは容易でなかった。

　彼はたいてい漫然と好き勝手なことをしていた。頻繁にやりたがるのは、何もしないことだった。この時も、まず例のカフェへ向かってぶらぶら歩いて行こうとする嘆かわしい傾向を示した。そして葡萄酒を一、二杯飲むと、町中《まちなか》にではなく町の外へぶらぶら歩いて行って、キョロキョロと動く目で流れる雲を見ながら、町の上の険しい赤裸《むきだし》の斜面をさまよい歩いた。独り言を言っていたが、そのうち話し相手が見つかった。急な傾斜面の、すぐ足元にあったアトリエのガラス屋根をうっかり踏み抜いてしまったからだ。しかし、それは美術家のアトリエだったので、両者の喧嘩は幸い、現実主義美術の将来に関する議論

＊1　ジョルダーノ・ブルーノ（一五四八―一六〇〇）　イタリアの哲学者・天文学者。地動説を擁護し、異端として火刑に処せられた。

＊2　キリストと父なる神が同質であるとする理論。

となって終わった。そして昼食に現われた時、彼が風情ある歴史的な町カリヨンについて知っていたことはそれだけだった。

第三の男の名はガースといった。ほかの二人よりも背が低く、醜男《ぶおとこ》で、多少年上だったが、痩せて尖った顔についている目はもっとずっと生き生きしていた。歩き方もずっとキビキビしていたし、世間知に関していえば、あとの二人は彼が預かる赤ん坊だった。ガースはまことに有能な開業医で、基礎科学の研究が趣味だったから、彼にとってはこの町全体が、大学も、アトリエも、修道院も、カフェも、ボイグの天才が司《つかさど》る神殿にすぎなかった。しかし、この場合、ガース博士の実際的な本能は彼を正しく導いたように思われる。彼は好古家がロマネスク様式のアーチに、詩人が流れる雲に見出した如何《いか》なるものよりも、いっそう驚くべきものを発見したのである。昼食前の一時間のうちに彼がした冒険がそれであり、この物語はそれを中心に進めてゆかねばならない。

カフェのテーブルは並木道の敷石の上に出してあって、向かい側には城壁の古い丸い門があり、その向こうに、さいぜん上って来た道が白く輝いていた。しかし、町を囲む切り立った丘々は非常に高くて、壁よりもずっと上にそそり立っており、滑らかな岩の斜面がもっと巨大な城壁を為していた。岩は裸で、ところどころにサボテンがかたまって生えていた。その傾斜した石の荒野には、一条《ひとすじ》の小川のやや浅い石の川床があるほかには、裂け目一つなかった。下の方の、流れが谷間に落ちるところに、古い修道院の聖堂の黒ずんだ丸屋根が聳《そび》えていた。そして、そこから粗削りな石でできた風変わりな階段が、水の流れに沿って丘を少し上って行き、石造りの小屋としか見えない、小さな一軒家の前で途切れていた。それよりもやや高いところに、ゲイルが上《うわ》の空で彷徨《さまよ》っていた時にぶつかったアトリエのガラス屋根の光が、この小さな町のまわりに聳え立つ岩の荒地の中で、人間が住んでいる最後の場所を示していた。

アーミテージとゲイルがすでにテーブルに着いていたところへ、ガース博士がせかせかと歩いて来て、いささか唐突に腰を下ろした。

「君たち、報せを聞いたか？」と彼はたずねた。

その口調は少し鋭かった。好古家と画家が、夢のような実際的でない趣味と話題にうつつを抜かしている態度に、ほんの少し腹が立ったからである。その時、アーミテージはこう言っていたのだ――

「うん、僕が今日見たものは、まごうかたなき暗黒時代の最古の彫刻だと思う。しかも、ビザンチン時代の作品みたいにぎこちなくはないんだ。ゴシック様式に通常見られる、真にグロテスクなものの片鱗がある」

「そうかい。僕が今日見たのは、現代の最新の彫刻だよ」とゲイルがこたえた。「あれこそ、まごうかたなき暗黒時代だと思うな。あのアトリエには、本当にグロテスクなものが十分すぎるほどある。ほんとだよ」

「君たち、報せを聞いたのか、おい？」医師はたまりかねたように言った。「ボイグが死んだんだぞ」

ゲイルはゴシック式建築の話をしかけたのをやめて、真面目に、一種漠然とした敬意をこめて、言った。

「安ラカニ眠ルベシ。ボイグって誰だい？」

「いやはや、まったく」と医師はこたえた。「赤ん坊でも、ボイグの名前は聞いたことがあると思ってたがな」

「でも、君はたぶん、パラドゥーの名前を聞いたことはないだろう」とゲイルは答えた。「我々はそれぞれ自分の小宇宙に生きていて、そこにはそれ独特の階級や等級があるんだ。ことによると、君は一番進んだ彫刻家の名前を聞いたことがないかもしれないし、おそらく、最近のラクロスの名手やチェスのチャンピオンのことを聞いたことがないかもしれない」

この二人の性格を良くあらわしているが、ゲイルは自分の頭にある一連の考えが尽きるまで、抽象的な話題について夢中で語った。一方、アーミテージは何かもっと差し迫ったものがあることをちゃんと感じて、黙り込んだ。それでも、自分の書いた覚え書きを無意識に見下ろしていたが、進んだ彫刻家の名前が出ると面《おもて》を上げて、たずねた。

「パラドゥーって誰だい？」

「今朝僕とおしゃべりした男だ」とゲイルはこたえた。「彼の彫刻は誰が見ても進んでいる。あいつは素晴らしい奴でね、僕よりもよくしゃべるし、話上手だ。物も考える。彫刻以外なら何でもできるんじゃないかと思うね。彫刻となると、あいつの理論が邪魔をするんだ。僕は彼に言ったんだが、この新しい現実主義の概念は――」

「現実主義は措《お》いといて、現実に注意した方が良くないかね」ガース博士が厳しい顔で言った。「いいかい、ボイグが死んだんだぞ。しかも、もっと悪いことがある」

アーミテージが、友達の詩人に似たぼんやりした様子で、覚え書きから視線を上げた。

「僕の記憶が正しければ、ボイグ教授の発見は化石に関することだったね」

「ボイグ教授の発見は、化石化ではなくて石化に必要な年数が従来言われていたよりも長いことを示唆《しさ》するものだった」医師は生真面目に答えた。「それによって、生物学的な諸々の起源をうんと遠い昔に追いやったんだが、そうすると、自然淘汰説が成り立つのに必要な年代が経過したことになる。ここで『やんやの喝采』と言うのは、君には馬鹿馬鹿しく思えるかもしれないが、科学界にはたまたまこういうことを判断する能力があるから、驚きだけでなく讃嘆の念に打たれたんだ」

「実のところは、自分たちが石になれないと聞かされて、石みたいに固まっちゃったんだろう」と詩人は言った。

「君のおふざけにつきあってる暇はない」とガースは言った。「僕は何とも醜悪な事実に直面しているんだ」

アーミテージが議長のような穏やかな態度で、仲裁に入った。「ガースにしゃべらせてあげなきゃいけないよ。さあ、博士、一体どういうことなんです？　最初から話してください」

「いいとも」医師は断音符《スタツカート》のついた調子で、歯切れ良く言った。「最初から話すとしよう。僕はほかでもない、ボイグその人への紹介状を持って、この町へ来たんだ。彼が気前良くこの町のためにつくった地質学博物館へ特に行きたかったから、まずそこへ行ってみた。するとボイグ博物館の窓は全部割られていて、暴徒が投げた石が部屋のあちこちに転がっていた。石はガラスの陳列台から一、二フィートのところにとどいていて、陳列台の一つは粉々に壊れていた」

「地質学博物館への寄付だな、きっと」とゲイルが言った。「気前の良い後援者が通りかかって、貴重な展示品を窓ごしに投げ込むわけだ。君が言うところの科学界で、どうしてそれをやっちゃいけないのかわからないな。美術界ではよくやることだと思うんだが。パラドゥーの胸像や浅浮彫りは、酒場《パブ》に投げ込まれた大岩で――」

「パラドゥーなんぞ――楽園《パラダイス》へでも行っちまえ、と言おうかね？」ガースは無理もないが苛立って言った。「どう説明してもわからないのか？　君の言う思想でも主義でもない何事かが本当に起こったんだ。地質学博物館だけじゃなくて、どこもかしこも同じだった。

僕はボイグが最初に住んでいた家のそばを通りかかった。そこには当然のことながら記念牌がかかっていたが、その記念牌は泥だらけになっていた。僕は市場を横切った。そこにはつい最近、彼の像が建てられたんだ。像には彼の弟子や彼を讃える人々が捧げた月桂樹の冠がまだかかっていたけれども、まるでいざこざでもあったように、冠は半分引きちぎられていたし、石を投げつけられたのは明らかだった。手の一部が欠けていたからね」

「パラドゥーの彫像に違いない」とゲイルは言った。「物を投げつけられるのも無理はない」

「そうは思わないな」医師はやはり硬い声でこたえた。「パラドゥーの像だったからじゃなくて、ボイグの像だったからだよ。博物館や記念牌と同じだ。そう、ここではその問題で、フランス革命みたいなことが起こってるんだ。フランス人はそういう人種だからね。ルナン[*3]が生まれたブルターニュの村で、彼の像を建てることに反対して、暴動が起こったのを憶えているだろう。知ってると思うが、ボイグはもともとノルウェー人で、ここに住みついたのは、地層と、あそこの川の水に含まれているという鉱物成分が、彼の調査に最良の活動現場を提供したからにすぎない。じつはね、牧師たちが彼の理論一般に腹を立てただけじゃなくて、彼はこの地方の野蛮な迷信とも衝突したらしいんだ。あの川は聖なる

＊3　エルネスト・ルナン　（一八二三―九二）フランスの思想家。『イエスの生涯』の著者。

流れで、蛇を一瞬のうちに凍らせてアンモナイトにしたという迷信でね、もちろん、ありきたりな作り話さ。同じ話はホイットビーの聖ヒルダ*4についても言い伝えられているからね。しかし、この場所には、それを激しい議論の的にした特殊な事情がある。神学生が医学生と争っているんだ。かたやローマのため、かたや理性のために闘っているのさ。それから、ここには隠者ピエールという一種の狂人がいて、あの丘の上の庵《いおり》に住んでいるが、時々両腕を振りまわしながら出て来て、町中を熱狂させるんだそうだ」

「その話は僕もちょっと聞いたよ」とアーミテージが言った。「修道院を案内してくれた坊さんは、あそこの院長だと思うんだけど——とにかく、じつに博学で雄弁な紳士だった——その人が、丘に住んでいる聖なる人の話をしていた。もうほとんど聖人の列に加えられているんだとか」

「もう殉教していればいいのに。しかし、殉教者がいるとすれば、その男ではなかった」とガースは陰気に言った。「話を順序立てて続けさせてくれたまえ。僕は市場を通り抜けて、ボイグ教授の私邸を探した。その家は市場の隅に建っていた。行くと、鎧戸《よろいど》が閉まっていて、家は無人のようだった。ただ一人年老《としと》った召使いがいるにはいたが、初めのうちは何もしゃべろうとしなかった。実際、ボイグの味方も敵も、田舎の人間らしく、外国人には中々何も言おうとしなかったよ。しかし、僕がどういう筋の紹介を受けて来たかをやっとこさわからせると、老人はしまいに泣き崩れて、旦那様は亡くなりましたと言うんだ」

語り手がここで間《ま》を入れると、初めていくらか興味を感じたらしいゲイルが、ぼんやりとたずねた。

「お墓はどこにあるんだい？　君の話は本当にちょっと不思議で、劇的で、どうしても彼の墓が出て来なけりゃ済まないね。君は巡礼の末に、ナポレオンの墓みたいな大理石と黄金の立派な記念碑を見つけて、それから、墓穴まで冒瀆《ぼうとく》されているのを見とどけなきゃいけないよ」

「墓はない」とガースは厳しく答えた。「いずれ、たくさんの記念碑が立つだろうがね。彼の像は今、自分の町で侮辱を受けているが、すべての町に像が立つ日が来るだろう。しかし、墓はできないだろう」

「なぜ、できないんです？」アーミテージが目を丸くしてたずねた。

「死体が見つからないからさ」と医師は答えた。「どこにも、彼の影も形も見つからないんだ」

「それじゃ、どうして死んだとわかるんです？」と相手はたずねた。

いっときの沈黙があり、やがて医師は前よりも大きい、力強い声で言った。

＊4　七世紀イギリスの聖者。

「そのことだがね。死んだと考えるわけは、殺されたと信じているからなんだ」

アーミテージは手帳を閉じたが、テーブルをなおもじっと見つめていた。「話を続けてください」

「ボイグの年老った召使いは」と医師は語りつづけた。「変わり者の、無口な、黄色い顔をした爺さんだったが、いろいろ聞いてみると、しまいにボイグに助手がいることを白状した。爺さんはその男を少し妬《ねた》んでいたらしい。教授の右腕とも言うべき科学研究の協力者で、ベルトランという男なんだが、すこぶる有能な男で、あの偉人の信頼を受けるに足り、彼の志《こころざし》に深く共鳴している。彼はボイグの仕事を可能な限り引き継いでいるし、ボイグの死ないし失踪について、わずかながら知り得るだけのことを知っている。町の向こうの丘の麓《ふもと》に、ボイグの本や道具が一杯置いてある小さな家があってね、そこでようやく彼を見つけた時、僕には初めてこの邪悪な謎めいた一件の性質がわかって来た。ベルトランは物静かな男だ。ただ、少し空威張《からいば》りする癖はあるが、それは助手にありがちなことで、大目に見てやるべきだ。あいつの話を聞いていると、大発見は師匠のものであるのと同じくらい、彼のものでもあったように思えるくらいだが、それはべつだん害にはならない。なぜなら、そういう気持ちがあれば、彼は師匠の名声を自分の名声のように守ろうとして闘うだろうからね。しかし、実際のところ、彼は発見に関わっているだけじゃない。というより、あの発見に関わっているだけじゃない。あの物静かな青年のキラキラ光る黒い眼と頭の切れそうな顔を見ていると、ほかにも何か発見しようとしていることがすぐにわかった。実際、彼はもう単なる科学の助手ではなく、科学の学徒でさえない。僕の見当違いでなければ、素人探偵の役を演じているんだ。

君らの芸術的な素養は、詩人を見つけたり、いや、彫刻家を見つけたりするのにもたいそう役立つかもしれんが、失礼ながら、殺人犯を見つけるには、科学的な素養の方が良いと思うね。僕の見たところ、ベルトランはじつに手際の良い仕事をしていて、これまでに彼が見つけたことのあらましを申し上げよう。ベルトランが最後に見た時、ボイグは水の流れに沿って丘を下りて行くところだった。彼はちょうどゲイルの友達の彫刻家のアトリエから出て来たところで、ボイグはそこで毎朝一時間、彫刻のモデルになっていたんだ。論理的な議論に必要だからというよりも、論理的な方法のために、ここで言っておいた方が良いだろうが、ともかく彫刻家はボイグと喧嘩していたわけではなくて、それどころか、進歩的で革命的な人物としてたいそう尊敬していた」

「知ってる」ゲイルは突然、頭を雲の中から出して来たように、言った。「パラドゥーはこう言ってるよ。現実的美術は現代科学のエネルギーに基礎を置かなきゃいけないって。しかし、その誤謬は――」

「君の理論にもぐり込む前に、事実を全部言わせてくれ」医師はきっぱりと言った。「ベルトランはボイグがむきだしの丘の斜面に坐って、煙草を吸うところを見た。あの丘の斜面がいかにむきだしかは、ここから見てもわかるだろう。あそこを歩いている人間は、何時間か経っても、やはり蠅が天井を這っているようにしか見えないだろう。ベルトランが言うには、彼は実験室で行っている実験が山場にさしかかったので、呼び戻された。ふたたび丘を見た時には師匠の姿はなくて、その日以来、今日まで彼を見ていないんだそうだ。

丘の麓には、あの隠者の庵へ行く階段の下には、町の一番外れにある修道院の大きな建物の入口がある。そちら側から中に入ると、とっつきにあるのは広い中庭で、そのまわりに回廊と、聖職者や半聖職者の学生たちの部屋や庵室がある。施設のこの部分はいまだに聖職者の領分だが、一方、その向こうにある科学や何かの学校は今じゃまったく俗世間だ。それについては政治的な妥協があったが、今はその話をする必要はないだろう。しかし、重要だから心に留めておいて欲しいのは、この事実だ——僧院部分はちょうど町の外郭《がいかく》にあり、もう一つの部分は、いわばそこから町中へ行く道を塞いでいることだ。ボイグがその世俗的な障壁を通り抜けたならば、死んでいようと生きていようと、何よりも彼のことで興奮している群衆の目に触れないはずはない。というのも、大学全体が大騒ぎで、ボイグを敵視する暴動だけではなしに、彼を支持する暴動まで起こっていたんだからね。丘の斜面で、あるいは内側の障壁よりも手前で、彼に何かが起こったんだ。素人探偵君は丘の斜面を、あるいはそこの問題になり得るところ全部を、くわしく調べにかかった。途方もない大仕事だが、顕微鏡で覗いて見るように、精細に調べつくした。だが、結果としてわかったのは、あの岩だらけの荒野は、仔細に調べても、ここから見るのと同じようなものだということだった。洞窟もなければ穴ぼこもない。裂け目も罅《ひび》割れもないのっぺりした石の表面が何マイルもつづいている。サボテンの茂みが二つ三つあるが、あんなところには鼠一匹隠れられやしない。隠れ場所は見つからなかったが、それでも一つ、手がかりが見つかった。手がかりとは、あの小川の浅瀬で拾った紙切れで、濡れて汚れて、字も薄くなっていたが、師匠の字で書いた言葉がかすかに読み取れた。文章の一部分だけだったが、そこにこんな言葉があった。『お知らせしなければならないことがあるので、明日貴君のところへ行きます』

ベルトラン君は坐り込んで、つらつらと考えた。手紙は水の中にあったから、町で投げ捨てたものではない。川は丘を遡《さかのぼ》らないという高度に科学的な理由からだ。もっと高いところにあるのは、彫刻家のアトリエと隠者の庵だけだ。しかし、ボイグは訪ねて行くという手紙を彫刻家に書いたりはしないだろう。毎朝アトリエに行ってたんだからね。おそらく、訪ねて行く相手は隠者だったと思われる。してみると、彼がどんなことを言わなければならなかったのか、推測がつくだろう。ベルトランが誰よりも良く知っていたことだが、ボイグは最新の事実や追認によって、大発見をいやが上にも完璧にしたところだった。だから、もっとも狂信的な敵に争いを諦めるよう警告するため、そのことを言いに行ったのだということも十分あり得る」

空を見上げて一羽の鳥をじっと注視していたゲイルが、また唐突に口を挟んだ。

「ボイグへの攻撃の中に、彼の人格への攻撃もあったかい?」

「あの狂人どもも、それは攻撃できなかった」ガースは少し熱くなって言った。「ボイグはもっとも上等な種類の北欧人で、子供のように単純で、子供のように無邪気だったと僕は信ずる。それでも連中は彼を憎んだ。そして連中の憎しみが我々の調査線上に現われはじめたことは、君にもわかるだろう。彼は勝利をおさめた時、真実を告げに行って、それっきり二度とお日様の下に現われなかったんだ」

アーミテージの遠くを見る眼差しは、丘の中腹にポツンと立った庵にじっと注がれていた。「まさか本気で言ってるんじゃないでしょうね。人々が聖者のように言う男、僧院長殿だか何だかの友達が暗殺者にほかならないと」

「君は僧院長殿とロマネスク彫刻の話をしたが」とガースはこたえた。「化石について話していたら、彼の性格のべつの面が見られたかもしれないな。こういうラテン系人種の司祭は結構洗練されていることが多いが、それと同じくらい辛辣であることは、賭けてもいい。もう一人の、丘に住んでいる男に関していえば、彼はいわゆる隠遁生活を営むことを長上に許されたわけだが、それ以外のことも大いに許されている。大きな行事なんかがあると、この町へ下りて来て説教をすることを許されているが、その時は、あたりが狂乱の巷《ちまた》になることは請け合っても良い。あの男が一種の気狂いであることは大目に見ても良いが、殺人狂であることを信じるのは少しも難しくないね」

「ベルトラン君とやらは疑念に基づいて法に訴えたんですか?」アーミテージが、少し間を置いてたずねた。

「ああ、そこから謎が始まるんだ」と医師はこたえた。

彼はいっとき眉を顰《ひそ》めて黙り込んでから、また語りはじめた。「そう、彼はたしかに警察に公式に訴えて、予審判事は大勢の人間を取り調べたりした揚句、嫌疑は不成立だと言い渡した。その理由は死体を始末する難しさ、たいがいの殺人事件で一番厄介な問題だった。さて、例の隠者はたしかイヤサントといったと思うが、当然召喚されたけれども、彼の庵が丘の斜面と同じくらいむきだしで、カチカチであることを示すのは造作《ぞうさ》もなかった。あの石の壁に死骸を隠したり、あの岩の床に墓穴を掘ったりすることは、誰にもできそうになかった。それから今度は、君の言う僧院長、カトリック学部のベルナール神父の番になった。神父は、同じことが大学の中庭を囲む庵室や、彼の監督下にある他のすべての部屋についても言えることを、判事に納得させた。それらの部屋はみんな空っぽの箱みたいで、家具は一つ二つあるかないかだった。実際、ふだんよりも少なかっただろう。なにせいくつかの家具は、前に話した篝火《かがりび》の示威行為のために壊されてしまったからね。ともかく、弁明する側はそういったことを、たぶん上手に申し立てたんだろう。ベルナールはすこぶる有能な男で、ロマネスク建築のほかにもいろんなことを知っているし、イヤサントは狂信家には違いないが、口達者な演説家として知られているからだ。ともかく、弁明は成功して、嫌疑は不成立に終わった。しかし、ベルトラン君は時機を待って、ふたたび提訴するつもりにちがいない。死骸を隠すのが困難だという、この問題は――おや！　当の御本尊がやって来たぞ」

ガースがびっくりして話をやめたのは、通りを急ぎ足に歩いて来た一人の青年が、ふと立ち止まり、三人が坐っているカフェのテーブルに近づいて来たからだった。青年は葬式のように陰気なフランス風のよそ行きに身をかためていた。黒くて高いシルクハットに、昔の襟飾りに似た硬張《こわば》った黒の頸巻、それに顎の両端から突き出している風変わりな黒鬚の角は、ガボリオ[*5]の小説に出て来る人物のような古めかしい感じがした。しかし、仮にガボリオの小説から出て来たのだとすると、ルコック以下の者ではなかった。実際、彼の青白い顔についている黒い眼は、生まれついての探偵の目と呼べるものだったのだ。この瞬間、青白い顔は興奮してふだんよりも青ざめ、医師の椅子のうしろにふと立ちどまると、小声で言った。

「とうとう見つけましたよ」

ガース博士は好奇心に目を輝やかせて、ガバと立ち上がった。それからふだんの態度に戻って、ベルトラン氏を友人に紹介し、前者に言った。「我々には遠慮なく物を言ってもかまわんと思いますよ。我々は真実への関心以外、何の関心も持っちゃいませんから」

「その真実を見つけたんです」フランス人はそう言って、唇を固く結んだ。「人殺しの坊主どもがボイグの死体をどうしたか、もうわかってるんです」

「聞かせてもらえますか?」アーミテージが重々しく言った。

「三日後には、誰の耳にも入りますよ」と青ざめたフランス人は言った。「当局がこの問題を再検討しようとしないので、我々はそれを要求するために市場で公の集会を開くんです。暗殺者たちも間違いなくそこに来ますから、私はやつらを弾劾するだけでなく、面と向かって有罪を宣告してやります。ムッシュー、あなたも木曜日の二時半、そこにいらして下さい。そうすれば、世界でもっとも偉大な人間の一人が、敵にどんな風に殺されたか、おわかりになるでしょう。今はただ一言だけ言っておきます。偉大なエドガー・ポーが貴国の言葉で言ったように、『真実は必ずしも井戸の中にあらず[*6]』です。時には、あまりにも明白すぎて見えないこともあると信じています」

眠り込んでしまったような様子だったガブリエル・ゲイルが、尋常《ただ》ならぬ生気を帯びて目醒めたようだった。

＊5　エミール・ガボリオ（一八三二—七三）フランスの小説家。名探偵ルコックを主人公とした一連の作品がある。
＊6　「モルグ街の殺人」中の言葉。

「本当だ」と彼は言った。「それは、この一件全体に当てはまる真実だ」

アーミテージは穏やかに面白がっている表情で、ゲイルの方をふり返った。

「まさか君も探偵をやるっていうんじゃないだろうね、ゲイル」と彼は言った。「君がお伽《とぎ》の国から出て来て、スコットランド・ヤードの手伝いをするなんて、想像したこともないよ」

「きっとゲイルは死体を発見できると思ってるんだ」ガース博士が笑いながら言った。

ゲイルはゆっくりとだらしなく席から立ち上がり、ぼんやりした調子で答えた。

「うん、そうだ。ある意味ではね。僕は死体を発見する自信がある。実際、もう見つけているといってもいいんだ」


アーサー・アーミテージ氏の人となりを多少とも知る人には言うまでもあるまいが、彼は日記をつけており、外国旅行の印象を、雰囲気を髣髴《ほうふつ》とさせる共感と適格なる言葉《モ・ジュスト》によって書き留めようと努力していた。しかし、あの大変な群衆の集まり、いや、むしろ二つの群衆の集まりを叙述する段になると、ペンが手から落ちたと言おうか――少なくとも途方に暮れたように、ページの上を行き迷ったのだった。その集まりは二、三日前、彼が独りでぶらつきながら彫像の様式を批評したり、空を截《た》つ聖堂の輪郭を嘆賞したりした、絵のような市場で開かれた。彼は生まれてからずっと民主主義のことを読んだり書いたりしていた。しかし、初めてその現実と遭遇した時、民主主義は地震のように彼を嚥《の》み込んでしまった。地方の市場にいるこのフランスの群衆と、ハイド・パークやトラファルガー広場で見たイギリスの群衆との間には、現実の驚くべき違いがあった。このフランス人たちは自分の感情《きもち》を片づけるためにそこへ来ているのではなく、敵を片づけるために来ているのだった。この種の公の集会が開かれた結果として、何事かが為されるだろう。それは殺人かもしれないが、ともかく何事かなのである。

こうした好戦的な狂暴さがあるにもかかわらず、いや、むしろそれ故に、フランスの群衆はまた一種の軍隊式規律を有していた。人の群れは自発的に非常線に配置され、粗雑なやり方だが、指導者たちの命令に従った。ベルナール神父はそこにいた。ローマ皇帝の仮面のような青銅色の顔をして、十字軍に身を投ずる狂信家たちの群れが熱心にその言うことを聞いていた。傍らには荒々しい説教師イヤサントがいたが、この男は骨でこしらえたような顔で、洞穴のような目の窪《くぼ》は、眼玉を十分隠せるほど深くて黒々としており、彼自身が墓穴から掘り出された死人のようだった。もう一方には、陰気に青ざめたベルトランと鼠のように活発な赤毛のガース博士がいて、反聖職者派の群衆が背後で気勢を上げ、二人の目は勝利に輝いていた。アーミテージがこうしたことをしっかり心に留められるほど落ち着きを取り戻す前に、ベルトランは彫像の台のそばに置かれた椅子にぴょんと跳び上がり、ほとんど言葉を発せず、たった一つの劇的な仕草で、故人の敵討ちに来たことを宣言した。

　それから言葉がつづいた。効き目のある恐ろしい言葉が矢継ぎ早に放たれたが、アーミテージは夢の中にでもいるように聞いていた。やがて彼が待っていた箇所にさしかかった――どんな夢見人でも夢から醒めるような箇所に。彼は称賛の散文詩を、英雄ボイグへの賛歌を、すでに知っている彼の悲劇の物語を聞いた。死骸の隠匿が不可能であることに関する当局の判決を、これも今まで聞いた通りに聞いた。そのあと、彼も群衆全体も、それまで知らなかったことを聞かされて、跳び上がった。いやむしろ、こういう謎に於いてはつねにそうだが、知っていて理解できなかったことを聞かされたのだ。

「かれらは弁解する。庵室には何もなく、かれらの生活は簡素だと」とベルトランは言っていた。「たしかに、こうした迷信の奴隷たちが人間の自然な喜びから切り離されているのは本当だ。しかし、かれらにも喜びはある。おお、信じてくれ、かれらにもお祭はある。愛を喜ぶことはできなくとも、憎しみを喜ぶことならできる。そして、みんな忘れてしまったようだが、師匠がいなくなったその日、神学生たちは学院の中庭で彼の似姿を焼いたのだ。似姿をね」

　ささやきともならないが、叫びよりも激しい戦《おのの》きが群衆の中を走り抜け、男たちは、そのあとの言葉に随《つ》いて行くこともできないうちに、全体の意味を悟った。

「かれらはブルーノの似姿を焼いたろうか？　ドレ[*7]の似姿を焼いたろうか？」ベルトラン

は真っ青な狂信家の顔で語っていた。「ああした真理の殉教者たちは、かれらの教会とかれらの神の栄光のために、生きながら焼かれたのだ。ああ、そうだ。人類は進歩して、かれらも向上したから、ボイグを生きたままでは焼かなかった。しかし、彼の死体を焼いて、彼を殺した方法の痕跡を消滅させたのだ。真実は必ずしも井戸の中に隠されてはおらず、かえって高い塔の上にある、と私は言った。そして私が師匠の遺骨を探して、あらゆる岩の裂け目やサボテンの茂みを調べている間に、じつは大っぴらに、空の下で、中庭のどよめく群衆の前で、彼の死体は人間の目に見えるところから消えたのだ」

地獄のような最後の喝采と怒号の大騒ぎがようやく静まった時、ベルナール神父は自分の声を聞かせることに成功した。

「この血迷った言いがかりに対しては、こう申し上げるだけで十分でしょう――我々を告発する無神論者たちは、無神論者の政府にいくら訴えても、自分たちの味方につけることができないのです。しかし、告発は私よりもむしろイヤサント神父に対するものなので、神父に答えていただきましょう」

隠遁の説教師が口を開くと、ふたたび両陣営から、旋風《つむじかぜ》のような騒ぎが巻き起こった。

＊7　エチエンヌ・ドレ（一五〇九―一五四六）フランスの学者。異端の疑いをかけられ、火刑に処された。

しかし、隠者の声音《こわね》それ自体に、騒音を貫いて、これを静める一種の力があった。そのような髑髏《しゃれこうべ》の顔からそのような声が出て来るのは、何か奇妙だった。というのも、それはまさしく数多の会衆や巡礼を揺り動かした、朗々とした胸を打つ声だったからである。ただ、この危機に際して、彼の声には恐るべき迫真の調子があり、それはいかなる弁論術も越えていた。しかし、喧騒が収まる前に、アーミテージは何か妙な胸騒ぎがして、いきなりガースの方をふり向くと、言った。「ゲイルはどうした？　ここへ来るって言ってたのに。自分が死体を持って来るとか、何か出鱈目を言ってなかったかい？」

ガース博士は肩をすくめた。「今頃、どこかよその丘の天辺で、べつの出鱈目を言ってるんじゃないかね。詩人に自分がしゃべる出鱈目を全部憶えていろなんて言っても、無駄だよ」

「仲間たちよ」イヤサント神父は、静かだが良く透る声で言った。「わしはこの告発に対する答を持ち合わせておらん。それに反駁する証拠もない。もし、それだけの証拠で人を断頭台に送れるというなら、わしは断頭台に上がろう。無実の人間が断頭台で首を切られたことをわしが知らんとでも思うのか？　ベルトラン氏はブルーノの火刑の話をした。まるで焼かれたのは教会の敵だけであるかのようにな。ジャンヌ・ダルクが焼かれたことを忘れてしまったフランス人がおるかな？　そして彼女に罪があったかな？　初期のキリスト教徒は人喰いのかどで拷問にかけられたが、その告発はわしに対してなされた告発と同じくらい、もっともな話じゃ。当節では、現代の機械と現代の法律で人を殺すが、だからといって、ヘロデやヘリオガバルスと同じように不当に人を殺すことがあり得るのを、我々が知らんとでも思うのか？　この世の権力は昔と少しも変わらず、雇われて貧乏人を迫害する法律家どもは、黄金《こがね》のために無辜《むこ》の血を流すであろうということを、我々が知らんとでも思うのか？　かような法律家のおしゃべりを口にするなら、わしはおまえさんたちがわしに対してそれを使うよりも、もっと合理的におまえさんたちに対して用いることができよう。わしは一体いかなる理由があって、さような恐ろしい罪を犯し、わしの魂を危険に曝《さら》さねばならんのだ？　理論に関する理論のために、仮説に関する仮説のために、化石に関する発見が永遠の真理を脅やかすなどという、根も葉もない、荒唐無稽な考えのために。それよりももっとましな殺人の理由がある人間を、ほかに名指しすることができる。ボイグの死によって、ボイグの権力と地位をすべて継承した男を名指しすることができる。真の相続人であり、この犯罪によって得する男を名指しすることができる。そいつは発見の多くを自分のものだと主張することで知られており、故人の助手というよりも競争相手であった。あの運命の日に、丘でボイグの姿を見たと証言したのは、そいつだけじゃ。ボイグの死によって、そいつだけが実質的なものを相続する――科学界に於ける大きな野望から、蒐集品の中の一番小さな虫眼鏡に至るまで。その男は生きており、わしが手を伸ばせば、そいつに触れることができる」

何百という顔が、非人間的な熱心さを浮かべた恐ろしい表情をしているベルトランに向けられた。議論の成行きがあまりにも劇的で、叫び声を上げることもできなかった。ベルトランは唇まで青ざめたが、その唇は微笑んでこう言った――「それなら、私は死体をどうしたのかね？」

「死んでいようと生きていようと、その体に何もしなかったことを祈る」と相手は答えた。「わしはおまえさんを告発しとるんじゃない。だが、もしもおまえさんがわしのように不当に告発されたら、その日はおまえさんにも神様が必要になるじゃろう。わしが十回断頭台で首を斬られても、神はわしの潔白を証明してくださるじゃろう。たとえ、それが聖ドニのように自分の頭を両手で持って、この通りを歩けとわしにお命じになることによってであろうともな。わしにはほかに証拠はない。ほかの証人を呼ぶこともできん。あの御方がもし望みたもうなら、わしを救ってくださるじゃろう」

突然の沈黙があり、それは単に間《ま》が開いたというよりも、もっと張りつめたものだった。その中で、アーミテージが鋭く、ほとんど不平がましく言うのが聞こえた。

「何だ、やっぱり、ゲイルは来たじゃないか。君は空から落ちて来たのか？」

果たして、ゲイルは銅像の角のあたりの空いている場所を、雑踏する招待会にたった今来たばかりという様子で、ぶらぶらと歩いていた。ベルトランはさっそく隠者の雄弁に水をさす機会をつかんだ。

「こちらは」と彼は叫んだ。「自分が死体を発見できると考えておられる紳士です。死体を持って来たのですか、ムッシュー？」

詩人が探偵をするという話は、冗談めかしてすでに多くの人に伝わっていたので、この仄《ほの》めかしはべつの種類の喝采を受けた。誰かが甲高い声で叫んだ。「ポケットに入れてるんだぜ」すると、べつの一人が深く陰《いん》にこもった調子で、言った。「チョッキのポケットだろう」

ゲイル氏はたしかにポケットに両手を突っ込んでいた――ほかの何かが入っているかどうかはともかくとして。そして彼はいとも呑気にこたえたのである。

「ふん、そういう意味じゃ、持っていないと思いますね。でも、みなさんはお持ちですよ」

次の瞬間、友人たちが驚いたことに――かれらはそれほど敏捷に動くゲイルを見慣れていなかったので――彼は椅子にぴょんと跳び乗り、ハッキリした声で、しかも見事なフランス語で自ら群衆に話しかけた。

「友人諸君。僕が最初にしなければならないのは、僕の立派な友人が――彼がもしそう呼ぶことを許してくれるなら――亡くなったボイグ教授の美点と高い人徳について言った、すべてのことに賛同することです。ボイグは、とにもかくにも、あらゆる点でみなさんが払い得る限りの尊敬に値する人物です。ほかのことは疑わしくとも、ほかのことでは我々の意見が異なるとしても、彼が真理を追求するという、神に対する我々の義務のうちでもっとも私欲を離れた義務を果たしたことには、誰でも敬意を表することができます。彼が自分の町だけでなく、世界中のあらゆる町に像を立ててもらうにふさわしいという、友人ガース博士の意見に賛成します」

反教会派は熱烈に歓声を送りはじめた。一方、敵方は、この最後の奇抜な展開がどういう風に進むのかと思いながら、黙って見守っていた。詩人はかれらが煙に巻かれているのに気づいているらしく、微笑んで話をつづけた。

「おそらく、みなさんは僕がなぜこんなにそのことを強調するのか、不思議に思われるでしょう。たぶん、みなさんにはそれぞれ、亡くなった教授が真理へのこの純粋な愛を持っていたことを認める理由がおありだろうと思います。しかし、僕がそれを言うのは、たまたまみなさんが御存知ないであろうことを知っているからです。そのことが、彼の誠実さをとくに確信させるのです」

「で、それは何なんです?」そのあと一瞬間があって、ベルナール神父がたずねた。

「なぜなら」とゲイルは言った。「彼はイヤサント神父に会って、自分の間違いを認めようとしたからです」

ベルトランが素早く身を乗り出し、襲いかからんばかりだったが、ガースがそれを抑えたので、ゲイルは気づかずに語りつづけた。

「ボイグ教授は自分の理論が結局間違っていたことを発見したんです。それは、彼が最後の日々に、最後の実験によって得たセンセーショナルな発見でした。そうではないかと疑ったのは、ただ今取り沙汰されている話を、彼が単純で優しい人だという評判と較べてみた時なんです。そんな人が、自分の最悪の敵に勝利を見せつけるためだけに出かけて行ったとは信じられなかったんです。むしろ、自分の誤ちを認めることを名誉に関わる問題だと考える方が、ずっとありそうでした。というのも、僕はこの方面のことを良く知っているとは申せませんが、ボイグの理論は誤りだと確信しているからです。結局、物があいう風に石化するためには、何千年もかかりやしません。一定の条件下では——それは僕より化学者の方が上手く説明してくれるでしょうが——一年、あるいは一日もあれば十分なんです。この土地の水にはある成分が含まれていて、特殊な方法でそれを用い、あるいは濃縮すると、実際に二、三時間で、動物組織を化石にすることができます。科学的な実験は行われました。その証拠がみなさんの目の前にあるのです」

彼は片手で一つの仕草をし、何か興奮したような様子で語りつづけた。

「ベルトラン氏が真実は井戸の中にではなく、塔の上にあると言ったのは、当たっています。それは台座の上にある。みなさんはそれを毎日ごらんになっています。あそこにボイグの死体があるんです！」

そう言って、市場の真ん中に立つ彫像を指さした。月桂冠をかぶり、石で傷つけられた像は、もう長いことその静かな広場に立ち、道行く大勢の人を見下ろしていた。「どなたかがたった今おっしゃいました」ゲイルはぽかんと口を開いている顔の海をチラリと見て、語りつづけた。「僕がチョッキのポケットにあの彫像を持ち歩いていると。ええ、もちろん、全部は持ち歩いていませんが、これはその一部分です」と言って、灰色の白堊《チョーク》の棒に似た小さい物体を取り出した。「これは石があたって取れた像の指です。台座のそばで拾いました。この種のことをおわかりの人が、もしこれをごらんになったら、その硬度は地質学博物館にある化石とまったく同じであることをお認めになるでしょう」

ゲイルはそれを群衆に向かって差し出したが、群衆はこちらもまた石になったかのように、一人として身じろぎもしなかった。

「もしかすると、みなさんは僕が狂っているとお思いになるかもしれません」ゲイルは楽しそうに言った。「うむ、正確に言うと狂ってはいませんが、狂った人間に奇妙な共感が持てるんです。たいていの人間よりも上手にかれらをあしらえますが、それは、かれらの心の奇怪な働き方をなぜか想像できるからです。僕にはこれをやった男が理解できます。彼がやったとわかるのは、午前中の半分をかけて彼と話したことがあるからで、これはいかにもあの男のやりそうなことなのです。貝殻の化石とか石化した昆虫とかの話を初めて聞いた時、僕は誰もがすることをしました。その話を誇張して、一種の途方もない幻影にふくらませたんです。化石の森と化石の牛、化石の象と駱駝《らくだ》の幻影に。そうすると、当然ながら、もう一つの考えが浮かんで来ました。僕はこの偶然になぜかゾッとしました。

〝化石の人間〟です。

その時、あの彫像を見上げたら、それが彫像でないことがわかったんです。あれは当地の不思議な山川の風変わりな化学的作用によって石化した死骸だったんです。僕は化石と言っていますが、これは大まかな俗っぽい言い方です。少しは地質学を噛《かじ》っていますから、もちろん、正しい用語じゃないことは知っています。しかし、僕が関心を持ったのは、じつは地質学の問題ではありませんでした。人によっては犯罪学と呼ぶことを好み、僕は犯罪と呼ぶことを好むものに関心を持ったのでした。もしもあの異常な立像が死骸だとしたら、犯人は誰で、どこにいるんでしょう？　死人を人の目について、しかも見えないような形で立たせ、いわば白日の下に隠した暗殺者は誰なんでしょう？　さて、みなさんは小川と紙切れに関する議論をお聞きになったでしょうが、あるところまで、僕ももっぱらその問題を追って行きました。ガラス屋根のアトリエと寂しい庵のほかには何もない、あのむきだしの丘のどこかに秘密が隠されている——そのことは誰もが認めていて、疑いはもっぱら庵に集中しました。アトリエにいる男は殺された男と大の仲良しで、彼の発見をもっとも喜んでいる人間の一人だったからです。しかし、どうやら、みなさんは彼が本当に発見したのはどんなことかをお忘れのようですね。彼の本当の発見は、敵ではなく味方を怒り狂わせる種類のものでした。自分が間違っていたと言う勇気のある人間は、最悪の憎しみに直面しなければなりません。彼を正しいと考える人々の憎しみです。ボイグの最終的な発見は、我々の最終的な発見のように、丘にある二つの小さな家の関係を引っくり返すものなんです。たとえイヤサント神父が聖人ではなく悪鬼だったとしても、敵が公然と謝罪するのをわざわざ邪魔する動機はあり得ませんでした。ボイグを襲ったのはボイグ説の信奉者でした。彼の追随者が彼を追いかけ、迫害して、ついには理不尽な怒りを彼に向けたんです。鑿《のみ》を取り上げて、哲学の師を撃《う》ったのは彫刻家のパラドゥーです。あの理論について、激しい言い争いをした末のことでした。美術家はボイグの理論を奔放な霊感としてのみ評価していて、それが真か否かというつまらない問題には、まったく無関心だったんです。彼が意図してボイグを殺したとは思いません。そうだったと証明できるかどうかは、疑問です。それに、たとえ意図して殺したんだとしても、彼にその責任を――いや、ほかのどんなことでも、責任を問えるかどうかは疑わしいと思います。しかし、パラドゥーは狂人かもしれませんが、また論理家でもあります。そして、この話にはもう一つ興味深い論理の展開があるんです。

僕自身、今朝パラドゥーに会いました。彼のアトリエの天窓を踏み抜いたという幸運のおかげでね。彼にも自分の理論があり、論争の種もあります。今朝は、ひどく論争を好みました。先程も言った通り、僕らは長々と議論しましたが、それはすべて彫刻に於ける現実主義に関してでした。議論からは何も生まれたためしがないと多くの人は言うでしょうが、あらゆるものがつねに議論から生まれたんだと僕は敢えて申し上げます。ともかく、もしこの議論から何が生まれたかをお知りになりたければ、この議論の内容を理解していただかなければなりません。人はみな、彫刻家としてのパラドゥーをいつも嘲笑って、あいつは人間を怪物にしてしまう、と言っていました。彼のつくる人物像は頭が蛇のように平たいとか、膝が象のようにたるんでいるとか、駱駝みたいに背中に瘤があるとか言いました。そして彼はいつも人々に怒鳴り返していました。『そうとも、それに無足蜥蜴《あしなしとかげ》のような目がついているさ！　おまえたち自身の醜い姿を見るためにな。これが、おまえたちの本当の姿なんだ、醜い獣《けだもの》どもめ！　おまえたちは本当に、こういうひん曲がった、道化みたいな、無様な姿勢《かっこう》で立っているんだ。ただ、近頃流行《はやり》の嘘つきな肖像画家連中が、おまえたちは優美の女神やギリシアの神々みたいに見えると言いくるめちまっただけさ』彼は今朝も、そのことで僕と猛烈にやり合いました。たぶん、鑿で議論に結着をつけなかったのは、僕の運が良かったんでしょう。しかし、ともかく、この議論はその時に始まったんじゃないんです。彼がおそらく意図しないで本当の人殺しをした時、突然頭に閃いたんです。立って死骸をじっと見つめているうちに、深い失望の淵そのものから、奇妙な復讐か償《つぐな》いの幻影が浮かび上がって来ました。大ピラミッドと同じくらい巨大な冗談の、漠とした輪郭が見えて来ました。その無気味な花崗岩の冗談を市場に立てて、自分を批評したり中傷したりする連中を永久に嘲笑ってやろうと思いました。あの丘の水が有機物を急速に石化する過程を、故人自身が殺される直前、彼に説明していたんです。彼が倒れたアトリエには、彼の証明に関する覚え書きや資料が散らかっていました。ボイグが夢にも思わなかった目的のために、彼自身が証明した事実を彼自身の死体に応用してみたら、どうでしょう。もし死体を倒れた時の見苦しい格好でそのまま持ち上げたら、流れの水で凍結させるか固定するかしたら、あるいはそれを公共の場所の台座に載せたら、それはこの彫刻家があんなにも痛烈に議論した主題そのものになるでしょう——すなわち、現実の人間が現実の姿勢で、人々の嘲《あざけ》りを受けるために掲げられることになるでしょう。

あの狂った天才は、批評家たちがそれを偏屈彫刻家のイカレた作品だと言い合うのを聞いて、ただ一人ほくそ笑み、秘《ひそ》かに敵への優越感にひたることを自分に約束しました。その連中が像の前に立って、解剖学的に間違っていると証明し、そんな姿勢は不可能だと明らかに実証するのを心待ちにしていました。その時は、連中が現実の人間をまったく非現実だと証明しているのを知りながら、その話に耳を傾け、心の中では真の狂人らしく笑ってやるつもりでした。それが彼の夢で、実現するのは造作《ぞうさ》もないことでした。死体を隠す必要はありませんでした。彼はそれをこっそりとではなく、大っぴらに、勿体《もったい》さえつけてアトリエから運んで来たんです。大発見者の信奉者たちに護られた大彫刻家の完成作品としてね。しかし、本当のところ、ボイグは発見をした人間という以上のものでした。この人のしたことに較べれば、人間が発見をする勇気を持つという話にさえ、一種偽善的な口ぶりが感じられます。発見を取り消す勇気をほかの誰が持っていたでしょう？　奇妙な罪を隠しているあの記念像は、もっとずっと奇妙で、ずっと稀有《けう》な美徳を隠しています。そうです、諸君は真の科学的戦勝記念碑として、あの像を讃えれば良い。あれは〝発見撤回者ボイグ〟の像です。あの冷たい岩の怪物は、恐るべき化学変化から生まれた異形《いぎよう》というにとどまりません。科学の名誉と誠実さを永久に証《あか》しする、もっと気高い実験の所産なのです。みなさんがボイグを科学者として讃えるのは、もっともです。彼は、少なくとも科学に関しては、男らしく振舞ったのですから。みなさんが科学の英雄として、ボイグの像を立てるのはもっともです。なぜなら、彼は正しいことによって英雄であり得た以上に、誤りを犯したことによって英雄であるからです。そして、空の星々は我々が生まれた星の土と物質から、あの石の男のような怪物が立ち現われるのを見たことがなくとも、天は怪物よりもあの人間を、いっそうの驚異《おどろき》をもって見下ろすかもしれません。そして我々はいかなる学派や哲学の徒であろうと、名高い人の墓に別れを告げる葬い行列のように、あの墓の前を通り過ぎる時は、兵士のごとく敬礼しても良いでしょう」

# 六、孔雀の家

数年前、郊外の庭と住宅が連なる陽あたりの良い無人の通りを、たまたま一人の青年が歩いていた。青年はいささか田舎臭い格好で、ほとんど有史以前のとも言うべき帽子を被っていた。西部地方のいとも辺鄙《へんぴ》な、眠ったような小さい町からロンドンへ出て来たばかりだったのだ。ほかには取り立てて普通でない点はなかったが、彼の身に起こったことはべつで、これは悲しむべきとは言わないまでも、たしかに普通でないことだった。華やかな夜会服を着た年輩の紳士が、息を切らし、帽子も被らずに通りを走って来て、青年に連続砲撃をしかけた。時代遅れの上着の襟をいきなり引っつかむと、晩餐に招待したのである。晩御飯を食べに来てくれと頼み込んだと言った方が正しかろう。まごついた田舎青年はその紳士を知らなかったし、このあたり数マイル四方に知人は誰もいなかったから、これは異様な状況だった。しかし、田舎青年は、ロンドンの町ではこういう特別な儀式でもって人をもてなすのだろうと漠然と思って——なにしろ、通りに黄金が敷きつめてある町だから——結局、承知した。道をつい数軒先へ行ったところにある、もてなしの良い邸宅へ行き、それっきり二度と生者《せいじゃ》の国には姿を見せなかったのである。

ありきたりの説明は、この事件に一つも当てはまらなかっただろう。二人はまるきり見ず知らずの他人だった。田舎から来た男はこれといった書類も、貴重品も、金も身につけていなかったし、そんなものを持っていそうにはとても見えなかった。一方、もてなした家の主人は、不愉快なほど羽振りの良さそうな身形《なり》をしていた。服の裏地には繻子《しゅす》が光り、飾りボタンやカフスボタンにはオパールとおぼしき宝石が燦《きら》めき、葉巻は通りいっぱいに芳香を漂わせるようだった。客は、強盗や詐欺といった尋常の動機でおびき寄せられたとは考えられなかった。実際、彼をおびき寄せた本当の動機は、世にも風変わりなものだったのである。あまりにも風変わりで、それを言い当てるには、百通りも当て推量をしなければならないほどだった。

果たして誰かがそれを言い当てたかどうかは疑わしい——同じ晴れた午後、それより一、二時間あとにたまたま同じ通りを歩いていたもう一人の青年が、たまたま特別に奇抜な性癖を持っていなかったならば。彼が探偵の器用さで問題にあたったのだとお考えになってはいけない。わけても、あらゆる物に細心の注意を払い、いとも機敏な沈着さを示して問題を解決する、物語でおなじみの探偵の器用さなどは、薬にしたくも持ち合わせていなかった。この男に関しては、時々上《うわ》の空であることによって問題を解いたと言う方が真実に近いだろう。彼が一つの対象を見つめていると、それは護符のように心の中に灼《や》きつき、じっと見つめているうちに、やがて神託のように語り始めたのである。べつの事件では、石ころや、海星《ひとで》や、カナリアがそんな風に彼の目を引きつけ、彼の問いに答えてくれたのだった。今度の場合、彼が注意していたのは、普通の観点からすると、それほど些細なものではなかったが、彼自身の観点が普通になるには、しばらく時間がかかった。彼は陽のあたる郊外の道をぶらぶらと歩きながら、金鎖《きんぐさり》の花が緑の景色の中に金色の線を引いているところや、広がりゆく影の中に白と赤の茨《いばら》が光っているところを見て、ある種の倦《け》怠《だる》い楽しみを味わっていた。日射しが夕陽の色を帯びつつあったからである。しかし、彼は半円形の緑の芝生が緑の月の模様のように繰り返し現われるのを見て、おおむね満足だった。反復をただの単調と思う人間ではなかったからだ。ただ、とある門の向こうの、とある芝生を見た時だけ、緑の中に新しい色調があることを快く意識した——というより、半分だけ意識した。それは青味のずっと濃い緑で、彼の見つめていた対象が、長い頸の先についた小さな頭をめぐらし、身体を急に動かすにつれて、鮮やかな青に変わって行くようだった。そいつは孔雀だった。しかし、彼はこのわかりきったことを考えるまでに、千ものことを考えていた。頸の羽根の燃えるような青は彼に青い焔を思い出させ、青い焔は青い悪魔についての暗い幻想を思い出させ、そのあとにやっと、自分が見つめているのは孔雀だとはっきり気づいたのだった。そして孔雀の尾は、あの長い裾《すそ》を引く眼玉の綴織《つづれお》りは、彼のとりとめもない考えを、『黙示録』に出て来る、あの暗鬱だが神聖な怪物たち、眼も翼もたくさんある怪物たちに向かわせた。[*1] そのあと、彼は孔雀をそんな平凡な場面で見るのは、もっと実際的な意味からいっても奇異なことだと思い至った。

というのも、ガブリエル・ゲイル――青年はそう呼ばれていた――は小詩人だったが、いっぱしの大画家だった。有名人でもあり、風景を愛することから、地主貴族のもっと大きな風景庭園にたびたび招かれたし、そういうところでは孔雀を愛玩用に飼うことも珍しくないからだ。そうした田舎の屋敷のことを考えると、ある屋敷の記憶が蘇った。普通の屋敷と較べて荒れ放題に荒れているが、彼にとっては、失われた楽園の耐え難いほどの美しさを持つ場所だった。ああいう輝く草の中に、どんな孔雀よりも堂々とした女《ひと》が立っていて、着ているドレスの色は、まさしく青い悪魔に象徴されるような鮮かな悲しさを持つ青に燃えている――そんな姿が一瞬目に浮かんだ。しかし、知的な空想と感情的な悔恨がいずれも消え去ると、もっと理性的な困惑が残った。つまるところ、小さな郊外住宅の前庭に孔雀がいるなどは尋常でない。その孔雀はなぜかその場所には大きすぎるように――尾を拡げたら、小さい樹を打ち倒してしまいそうに見えた。下宿住まいの未婚の婦人を訪問して、小鳥を飼っているかと思ったら、駝鳥を飼っていたというようなものだった。

こうしたやや実際的な考えが次々に心の中を通り過ぎて行き、やがて、もっとも実際的な考えに至った――田舎者が畑の踏み越し段に寄りかかるように、自分がそれまで五分間も、くつろいで落ち着きすまして、他人の家の表門に寄りかかっていたということだった。誰かが出て来たら叱られたかもしれないが、誰も出て来なかった。それどころか、誰かが中に入った。孔雀がふたたび小さなとさかをふり向け、尾を引き摺って家の方へ近づいた時、詩人は平然と庭の門を開けて、芝生を横切り、鳥について行ったのである。しだいに暗くなる庭の黄昏に、真っ赤な山査子《さんざし》の茂みが豊かな彩りを添えて、全体としてみると、住宅の方がその敷地よりも粗野で、下町風の趣《おもむき》を呈していた。実際、家はまだ未完成なのか、あるいは新たな改築と修繕を行っているようだった。職人が二階へ上がるためらしく、壁に梯子《はしご》が立て掛けてあったし、その上、何か新しい建物を建てるためだろう、藪を刈り込むか取り払うかした形跡もあった。そうして藪から取り集めた赤い束が二階の窓台に積み上げてあり、花びらが二つ三つ梯子に落ちたようで、束はそこから運び上げられたことを示していた。梯子の下に少しまごついた格好で立っている間に、ゲイルの眼差しはこうしたことを順々に見て取った。彼は梯子が掛かっている未完成な家と、孔雀のいる豪勢な庭との対照を感じた。貴族的な鳥と茂みは、ブルジョワ的な煉瓦と漆喰《しっくい》よりも前からそこにあったかのようだった。

＊1　「ヨハネ黙示録」第四章六―八参照。

ゲイルには妙に無邪気なところがあって、それがしばしば厚かましさのように見えた。他の人間同様、彼も悪いと知りながら悪いことをして、それを恥じることもあった。しかし、悪い意図を持ってするのでない限り、恥ずべきことがあるなどとはつゆほども思わなかった。彼にとって押込みとは盗むことだったから、盗む意図を持たない限り、いってみれば、煙突伝いに国王の寝所《しんじょ》へでも散歩に行ったかもしれない。立て掛けた梯子と開いた窓の誘いは、あたりまえすぎて、ほとんど冒険とも呼べないものだった。彼はホテルの玄関の石段を上がるように、梯子を登りはじめた。だが、上の方の段へ来ると、一瞬ピタリと止まって、何かに眉を顰《ひそ》めたようだった。それからまたそそくさと梯子を登り、窓台ごしに素早く部屋の中へ滑り込んだ。

その部屋の薄明かりは、金色燦然《こんじきさんぜん》たる夕陽の中から入って来ると、まるで暗闇のようだったから、正面の丸鏡から反射した光で室内の大体の様子がわかるようになるまでに、一、二秒かかった。部屋自体は埃《ほこり》っぽく、あちこち傷《いた》んでいるようにも見えた。濃い青緑の掛物は孔雀の模様で、庭にいる生きた装飾品と同じ趣向を通しているようだったが、それ自体は冴えない色の背景だった。埃まみれの鏡を覗き込むと、罅《ひび》が入っていた。それでも、この打ち棄てられた部屋は、新たな祝宴のために一部分だけ模様替えをしたようだった。長いテーブルに晩餐会の用意が入念にととのえてあったからである。それぞれの皿のわきには、それぞれの料理に合わせた葡萄酒を注《つ》ぐ、趣のあるさまざまなグラスが並べてあり、テーブルと炉棚にのっている青い花瓶には、窓台にあった庭の花と同じ赤と白の花が一杯に活《い》けてあった。しかし、その晩餐のテーブルには奇妙なところがあり、ゲイルが最初に考えたのは、ここではすでに乱闘か大立ち回りがあって、塩入れが引っくり返され、姿見が割れたのではないかということだった。それから、卓上のナイフを見やると、彼の目に光が射しはじめたが、その時扉が開いて、身体つきのがっしりした白髪の男が部屋に駆け込んで来た。

すると、ゲイルは突き進む船から冷たい海に投げ出されたかのように、ハッと常識を取り戻した。自分がどこにいるか、どうやってそこへ入ったかを突然思い出したのである。これもゲイルの特徴だが、彼は実際的な問題に気づくのが遅い——あるいは遅すぎるかもしれない——けれども、気づいた時は、その問題をあらゆる論理的な帰結と共にハッキリと見るのだった。扉を叩かないで窓から他人の家へ入れば、まっとうな理由があるとは誰も信じないだろう。それに、この時はたまたままっとうな理由がなかった——というよりも、詩と哲学の講義をしないで説明できるような理由はなかった。あたかもその時、彼はテーブルのナイフをいじっており、ナイフの多くは銀製だという不愉快な些事《さじ》にも気がついた。彼は一瞬ためらってから、ナイフを置くと、丁寧に帽子を取った。

「その」彼はしまいに、筋違いの皮肉をにじませて言った。「僕があなただったら、鉄砲は撃ちませんね。でも、警察をお呼びになるんでしょうね」

やって来た男はこの家の主《あるじ》とおぼしかったが、こちらも一瞬、何だか妙な態度でしゃちこばった。最初に扉を開いた時、ギョッとしたように震えて、叫び出しそうに口を開いたが、物を言うつもりもないかのように、またむっつりと口を閉じた。力強く鋭敏な顔つきをした男だったが、目が気の毒なくらい突き出しているため、年中何かに抗議しているように見えて、台無しだった。しかし、詩的な押込み泥棒の眠たそうな青い目がたまたま向けられたのは、この咎《とが》めるような目にではなかった。あてもなくさまよう彼の目は、しばしば何か些細なものに釘づけになる癖があったが、その時見ていたのはもっと下の方で、老紳士のシャツの胸についている飾りボタンだった。それは異様に大きい、輝くオパールだった。何ともつむじ曲がりで、自滅的でさえある言葉を言ってしまうと、詩人はホッとしたように微笑み、相手がしゃべるのを待った。

「君は押込み泥棒かね?」家の持主はようやく言った。

「本当のことを申し上げると、そうじゃありません」とゲイルは答えた。「でも、ほかの何なのだと訊かれたら、じつは僕にもわかりません」

相手は急いでテーブルの角をまわって来ると、片手を、いや両手さえ差し伸べるような仕草をした。

「もちろん、押込み泥棒だな。しかし、かまわん。晩飯を食べて行かないかね?」

それから、一種興奮した沈黙のあとに、繰り返して言った。

「さあ、ぜひ晩飯を食べて行ってくれたまえ。君の席が用意してある」

ゲイルは重々しくテーブルを見渡し、晩餐のために用意された席の数をかぞえた。その数は、この一連の奇矯《ききょう》な出来事の意味について、彼が抱いていたかもしれない最後の疑念を解消した。この家の主がなぜオパールを身につけているのか、[*2]鏡がなぜわざと割ってあり、塩がなぜこぼれているのか、テーブルの上のナイフがなぜ十字架の形に交差して光っているのか、変わり者の主人はなぜ家に山査子を持ち込んだのか、そしてなぜ孔雀の羽根で家を飾り、庭に孔雀まで飼っているのか、その理由がわかったのである。あの梯子も、人が二階の窓まで登るためにではなく、扉から入って来る時、その下を通れるように立ててあっただけなのだと悟った。そして、自分がこの宴席に着く十三人目の男であることを悟った。

「すぐに食事が来る」オパールをつけた男は、いそいそと愛想良く言った。「私はちょっと下へおりて、ほかのみんなを連れて来る。請け合ってもいい、じつに面白い連中だよ。くだらんことは信じておらん。賢くて頭の切れる連中が、こういうくだらん迷信に向き合うんだ。私はクランドルという。ハンフリー・クランドル、実業界じゃ結構知られておるよ。君をほかの面々に紹介するのに、まずは自己紹介しなきゃならんからな」

＊2　オパールは縁起が悪いという俗信がある。以下すべて縁起が悪いとされることを並べている。

ゲイルは自分の心ここにあらずな目が、しばしばクランドルという名前に留まったことをぼんやりと思い出した。石鹼か、錠剤か、万年筆と関係のある名前だった。商売のことには疎《うと》かったけれども、そのような広告主なら、小さい郊外住宅に住んでいても、孔雀を飼ったり、五種類の異なる葡萄酒を取り揃えたりする余裕があるだろうと想像できた。しかし、それとはべつの考えがすでに彼の想像力に重くのしかかっていて、彼は孔雀の庭を何やら陰鬱な表情で見やった。庭の芝生の上からは、夕陽がもう消えつつあった。

「十三人クラブ」の会員たちが階段をどやどやと上がって来て、席に着いたが、その様子からすると、大方の者は、少なくとも晩餐が来ればいつでも食べられそうであった。大部分はいささかはしゃいでいて、もっと露骨な下品さを示している者もいた。二、三人はまだうんと若く、会社員か、あるいは親がかりかもしれないが、何か大胆すぎることをやっているかのように、愚かで神経質な顔をしていた。一座のうちで二人だけが、明らかに紳士であるという特徴によって際立っていた。一人は少し萎《しな》びた老紳士で、顔には迷路のような皺《しわ》が寄り、一目でそれとわかる栗色の鬘《かつら》を被っていた。サー・ダニエル・クリードと紹介され、盛んな頃は名高い法廷弁護士だったらしいけれども、それは少々遠い昔のようだった。単にノエル氏としてだけ紹介されたもう一人の人物は、もっと興味深い男だった。背が高く、身体つきのたくましい男で、年齢はよくわからなかったが、その目をチラと見ただけでも、高い知性の持主であることに疑いの余地はなかった。面立ちは大づくりで、ごついながらに整っていたが、顳顬《こめかみ》が窪み、目が落ち込んでいるため、肉体よりも精神がくたびれているような印象を与えた。詩人の霊妙な直感は、この外見が人を欺くものではないことを告げていた――この奇妙な会に入った男は、おそらくいまだに見たことのないような奇妙なものを探して、これまでにもたくさんの奇妙な会に入ったのだ、と。

　しかしながら、こうした客人の誰かが本領を顕わすまでには、しばし時間がかかった。主人役の溢れんばかりの元気と冗舌のおかげである。クランドル氏は、おそらく、十二人の客に対して十三人分のおしゃべりをすることが「十三人クラブ」の会長にふさわしいと考えていたのかもしれない。ともかく、しばらくの間全員の分をしゃべって、いとも奔放な幸福の夢がとうとう実現した人間のように、満悦至極といわんばかりに、椅子の上で転げまわっていた。実際、この白髪の商人の陽気さと快活さには異常なほどのものがあった。それは祝宴が開かれている状況とはかかわりなく、内なる泉から湧き出して来るようだった。彼が一同に浴びせかける言葉はしばしば少し出鱈目だったが、自分にとってはいつも大笑いするほど面白かった。この男が目の前にある五つのグラスを全部空《から》にしたら、どんな風になるかということは、ゲイルにもはっきりとは思い描けなかった。しかし、実は、それらのグラスを空にする前に、一つならず奇妙な様相《すがた》の自分を見せる運命にあったのである。

　何々は縁起が悪いというようなことは、いずれも同じろくでもない戯言《たわごと》だ、とクランドル氏は繰り返し主張したが、ひとくさり話を終えると、クリード老人が、震えているが辛辣な声で横合いから言葉を差し挟んだ。

「それに関して、クランドル君、私は区別を設けたいね」と法律家らしい口ぶりで言った。「すべてろくでもない戯言には違いないが、すべてが同じ種類のろくでもない戯言ではない。歴史研究の一論点としては、いささか特異な相違を示しているように私には思われる。起源が明らかなものもあれば、はなはだ曖昧なものもある。金曜日と十三という数についての空想には、おそらく宗教的な根拠があるのだろう。だが、例えば、孔雀の羽根を忌み嫌う根拠は何なのだろうね？」

何か忌々しい世迷《よま》い言《ごと》だとクランドルが愉快そうな大声でこたえていると、ノエルと呼ばれる男の隣に素早く滑り込んだゲイルが、くだけた調子で口を挟んだ。

「それについては、少し御参考になりそうなことを申し上げられると思います。僕は九世紀か十世紀の古い彩色写本を見ている時、その手がかりを見つけたと信じています。堅苦しいビザンチン様式の、ある風変わりな図像に、天上での戦《いくさ》に備える二つの軍勢を描いたものがあります。ところが、聖ミカエルは善い天使たちに槍を渡しているのに、サタンの方は叛逆する天使たちを孔雀の羽根で入念に武装させているんです」

ノエルは窪んだ目を語り手の方に素早く向けて、言った。「それは実に興味深いですな。高慢は悪だという古い神学的観念を表わしたものだとおっしゃりたいんですか？」

「ほほう、羽根をむしりたければ、庭に孔雀が丸ごと一羽いますぞ」クランドルは騒々しくわめいた。「もし諸君の誰かが出て行って、天使と闘いたければ」

「孔雀の羽根はあまり効果的な武器ではありません」とゲイルはおごそかに言った。「暗黒時代の画家はそのことを言いたかったんだと思うんです。あの武器の対照的な違いには、むしろ間違った帝国主義の正しい急所を突くものがあるような気がするんです。すなわち、正しい側は現実の、従って先行きがどうなるかわからない戦闘のために武装していました。かたや間違っている側は、いわば、すでに勝利の棕櫚《しゅろ》の葉を配っていたという事実です。勝利の棕櫚の葉で敵と闘うことはできません」

このやりとりが続くうちに、クランドルは妙に落ち着かなくなって来た。その落ち着きのなさは前のように楽しそうではなかった。突き出した目は語り手たちに問いを投げかけ、口はヒクヒクひきつり、指はテーブルを叩き始めた。彼はついに大声で叫んだ。

「全体こりゃあ、どういう意味なんだね？　君たちは半分、馬鹿な戯言の味方をしているみたいじゃないか――誰も彼も浮かぬ顔で話をしておって」

「失礼」老弁護士が、論点を繰り返す楽しみを味わいながら、割り込んだ。「私が言おうとしたのはいたって単純なことです。原因のことを言ったのであって、正当だという根拠を言ったのではありません。私が言いたいのは、孔雀の言い伝えが生まれた原因は、金曜日が不吉だという言い伝えの原因ほど分明でないということです」

「金曜日は不吉だと思っとるのか？」クランドルは追い詰められた人間のように、飛び出しそうな目を詩人に向けて、たずねた。

「いいえ、金曜日は吉日だと思います」とゲイルは答えた。「キリスト教徒はみんな、ほかの些細な迷信はどうあれ、つねに金曜日は吉日だと考えてきました。さもなければ、聖金曜日[*3]などといわずに、悪しき金曜日について語ったでしょう」

「ふん、キリスト教徒など――」クランドル氏は急に激しい剣幕でそう言いかけたが、ノエルの声に遮《さえぎ》られて、口をつぐんだ。その声には、何か彼の怒声を空騒ぎにしてしまうようなものがあった。

「私はキリスト教徒ではない」ノエルは石のような声で、そう言った。「そうなりたいかどうかを考えてみても、今となっては無駄なことです。しかし、ゲイル氏の論点はまったく正しいように私には思われます。そのような宗教がそのような迷信を否定するということは、です。それに、この真理はさらに応用できそうにも思われますな。私がもし神を信ずるとしても、人間の幸福が、塩入れを引っくり返したとか、孔雀の羽根を見たとかいうことに左右されるようにした神などは信じないでしょう。キリスト教が如何《いか》なることを説くにしても、造物主がイカレていると説いたりはしないと思います」

ゲイルは幾分賛同するかのように、考え深い面持でうなずき、まるで荒野のただ中でノエル一人に話しかけているかのように答えた。

「その意味で、もちろん、あなたのおっしゃることは正しい。しかし、その問題に関しては、もう少し言うべきことがあると思います。僕の思うに、たいていの人は、こうした迷信をむしろ軽く――おそらく、あなたがお考えになるよりも軽く考えて来ました。そして、こうした迷信は、おおむねもっと軽小な悪に関わるものと考えていたんです。この滅茶苦茶な状況の世界は、天使よりも妖精と関わりがあると考えたからです。でも、結局のところ、キリスト教徒は天使でさえ何種類もいると認めていて、そのうちのある者は堕天使です――孔雀の羽根をつけた連中の仲間です。ところで、かれらは本当に孔雀の羽根と関係があるような気がするんです。低級な霊がテーブルやタンバリンで低級な悪戯《いたずら》をするのと同じに、かれらはナイフや塩入れで低級な悪戯をするかもしれません。たしかに、我々の魂は割れた鏡に左右されたりはしませんが、左右されると我々に思い込ませることほど、不浄な霊が喜ぶことはないでしょう。彼が首尾良くやれるかどうかは、我々が鏡を割る時の心持ちにかかっています。ある種の精神状態で――例えば、侮蔑に満ちた非人情な心持ちで――鏡を割ることは、人を低級な影響力に接触させるかもしれません。そうしたことが行われる家の上に雲が覆いかかり、まわりに悪霊が集まって来るのを想像できます」

いささか奇妙な沈黙があった。語り手には、その沈黙が庭や向こうの通りの上にも垂れ

＊3　復活祭の前の金曜日。

込め、わだかまっているように思われた。誰も口を利かなかった。しまいに、沈黙は孔雀のかぼそく甲高い啼き声によって断ち切られた。

すると、今度はハンフリー・クランドルが初めて発作を起こして、一同を驚かせた。彼ははち切れそうな眼玉で語り手をずっと睨《にら》みつけていたが、やっと声が出た。ひどくかすれた濁声《だみごえ》で、最初の一声は人間というより鳥の声に近かった。怒りのあまりつっかえながらしゃべったので、最初に言った一連の言葉は、終わりの方になって、ようやく何を言っているのか聞き取れたほどだった。「……ここへ来て、くそろくでもない戯言をしゃべくって、わしのバーガンディーをガブ飲みしくさって。つまらん話でケチをつけやがる、わしらの……一等初めの……わしらの鼻も引っ張ったら、どうだ？ どうしてわしらの鼻を引っ張らんのだ?」

「よしたまえ」ノエルが厳しい調子でさえぎった。「君は聞き分けがなくなってるぞ、クランドル。この紳士は君自身が招待して、ここへおいでになったはずだ。我々の友人の一人の穴埋めに」

「アーサー・ベイリーが引き留められて、来られないと電報をよこしたと聞いたが」法律家がさらに正確に言った。「それで、ゲイル氏が代わりに来てくれたんだとね」

「そうだ」とクランドルはすかさず言い返した。「わしが十三人目の男として席に着いてくれと頼んだんだ。それだけでも、君らの迷信は粉々になる。あいつがこの家にどうやって入って来たかを考えれば、上等な晩餐を食べさせてもらえるとは、たいそう幸運だからだ」

ノエルがまた諫《いさ》めにかかったが、ゲイルはもう立ち上がっていた。腹を立てている様子はなく、むしろ放心しているようだった。興奮しやすい主人を無視して、クリードとノエルに話しかけた。

「有難うございます、お二方。でも、お暇《いとま》しようと思います。晩餐に招かれたのは本当ですが、この家に招かれたとは言えません――その、僕はこの家について、妙なことを考えずにいられません」

彼はテーブルの上の、十字に組んで置かれたナイフをしばし玩《もてあそ》んでいたが、それから、外の庭を覗いて言った。

「本当を言うと、十三人目の男は、結局それほど幸運じゃなかったかもしれないと思うんです」

「どういう意味だ?」と主人は鋭く言った。「上等な晩飯を食わなかったというのか?毒を盛られたというんじゃあるまいな」

ゲイルはなおも窓の外を見ながら、身動きもせずに言った。

「僕は十四人目の男だし、梯子の下を通りませんでした」

論理的な議論を言葉通りに追うことしかできず、象徴や霊的な雰囲気に気づかないのがクリード老人の特徴だったが、彼よりも繊細なノエルはすでにそれを理解していた。赤毛の鬘をかぶった老弁護士は、初めて、本当に少し老いぼれたように見えた。彼は目をパチクリさせてゲイルを見ると、不満げに言った。「君は梯子や何かについてのああいう決まり事を、わざわざ守ると言うんじゃあるまいね？」

「わざわざ守りはしませんけれども」とゲイルはこたえた。「わざわざ破ったりもしません。そういうものを破りだすと、ほかのものもたくさん破りそうですからね。姿見と同じくらい簡単に破れるものはたくさんあります」彼はふと口を閉ざして、弁解するように言い足した。「十戒なんかも、そうですよね」

沈黙がまた唐突に訪れ、ノエルはいつしか妙に硬くなって、外にいる美しい鳥の醜い声に耳を澄ましていた。しかし、鳥は啼かなかった。彼はそれが暗闇で絞め殺されたのではないかと、無意識の、そしてそれ以上に無意味な空想をしていた。

やがて、詩人は初めてハンフリー・クランドルの方に顔を向けると、ぎょろつく目をまっすぐ見ながら言った。

「孔雀は不吉でないかもしれませんが、高慢は不吉です。そして、あなたは傲慢と軽蔑の心を持って、賤《いや》しい人々の伝承や愚かさを踏みつけにかかったのです。そのために、ついにはもっと神聖なものも踏みつけるようになりました。罅の入った鏡は不吉でないかもしれませんが、罅の入った脳髄は不吉です。あなたは理性と常識に熱狂しているうちに、とうとう今日は罪を犯す狂人になってしまいました。それに、赤い山査子は不吉でないかもしれませんが、もっと赤くて、ずっと不吉なものがあります。窓台と梯子段にその汚点《しみ》がついています。僕自身、それを赤い花びらだと思いました」

テーブルの端に坐った男は、この落ち着きのない歓待《もてなし》の席に於《お》いて初めて、身動きをすっかりやめた。彼が突然石のように動かなくなったことの何かが、ほかの者を驚かせて活を入れたらしく、一同はみな跳び上がり、わあっと口々に抗議や質問の声を発した。ノエルだけがこのショックを受けても、冷静さを保っているようだった。

「ゲイルさん」彼はしっかりと言った。「あなたは言い過ぎたか、言い足りないかのどちらかです。とんでもない出鱈目を並べ立てたと多くの人が言うでしょうが、あなたの言うことは、あながち出鱈目ではないと思います。ですが、もし話をこれでおしまいになさるなら、ただの裏づけのない中傷になりましょう。平たく言うと、あなたはここで犯罪が行われたとおっしゃったのです。誰を告発するんですか？ それとも、我々全員が互いに告発しなければならないのですか？」

「あなたを告発してはいません」とゲイルは答えた。「証拠は、もし確かめたければ、御自身で確かめた方が良い。サー・ダニエル・クリードは弁護士ですから、同行してもらうのにうってつけでしょう。行って、梯子についた汚点《しみ》を御自分でごらんなさい。汚点は梯子の下の草にもついていて、庭の隅にある大きなごみ入れの方向に点々とつづいているでしょう。ごみ入れの中も覗いて見た方が良いと思いますよ。調べはそれで終わるかもしれません」

クランドル老人は彫像のようにじっと坐ったままで、ギョロギョロする眼が、今はいわば内側を向いていることが何となく察せられた。彼は自分を困惑させ、心を昏《くら》ましているらしい自分自身の謎に思いをめぐらしていたため、周囲が混乱を来《きた》していることにも気づかなかった。クリードとノエルが部屋から出て行き、階段を駆け下りて、窓の下でささやき合っているのが聞こえた。やがて、その声はごみ入れのある方向に次第に遠ざかって、聞こえなくなった。老人はなおも胸にオパールをつけたまま、聖なる宝石をつけた東洋の偶像さながらにじっと坐り込んでいた。そのうち、まるで彼の内側に巨大なランプが灯ったかのように、突然大きくなり、ぽっと光りはじめたようだった。彼はいきなり立ち上がると、乾杯しようとするように酒杯を振りまわして、またテーブルに置いたが、力余ってガラスが粉々に砕け、葡萄酒は血紅の星となってこぼれた。

「わかったぞ。わしは正しかった」彼は一種有頂天になって叫んだ。「わしは正しかった。やっぱり正しかった。わからんか、みんな？　わからんか？　外のあすこにいる男は十三人目ではない。本当は十四人目で、ここにいる奴は十五人目なのだ。アーサー・ベイリーが本当の十三人目の男で、あいつは無事じゃあないか？　この家には来なかったが、それが何だというんだ？　一体、それが何だというんだ？　彼はこのクラブの十三人目の会員じゃないか？　そのあとにはもう十三人目の男など、あり得んのだ。そうじゃないか？　ほかの連中のことなんか知ったこっちゃない。わしを何と呼ぼうと、わしに何をしようと、知ったこっちゃない。いいか、この阿呆の詩人が言った与太話《よたばなし》は全部おじゃんになるのだ。なぜなら、ごみ入れの中の男はけっして第十三人目ではないからだ。わしは誰が何と言おうと——」

テーブルの端にいる男が恐ろしい冗舌さでまくし立てている間、ノエルとクリードはいとも厳しい顔をして部屋の中に立っていた。クランドル氏が、言葉がこみ上げて来るのに一瞬息を詰まらせた時、ノエルが鋼鉄の声で言った。

「残念だが、おっしゃる通りでした」

「あんなに恐ろしいものは、生まれてから見たことがない」クリード老人はそう言うと、突然坐り込み、震える手でコニャックの入ったリキュール・グラスを取り上げた。

「喉を切られた不運な男の死体が、ごみ入れに隠してありました」ノエルは生気のない声でつづけた。「若い男にしては、妙に古めかしい服を着ていますが、服のマークからして、ストーク・アンダー・ハム*4から来たようです」

「どんな男でした？」ゲイルが急に元気づいて、たずねた。

ノエルは妙な顔をして、彼を見た。「非常に背が高くて、ヒョロリとしていて、髪は粗《あら》麻《そ》のような色でしたよ。一体、何がおっしゃりたいんです？」

「ちょっと僕に似ていたんじゃないかと思いましてね」

クランドルは最後の、もっとも奇妙な興奮の発作が収まると、ふたたび椅子に倒れ込んで、弁解しようとも逃げようともしなかった。口はまだ動かしていたが、独り言を言っているのだった。彼が殺した男には十三番目となる資格がないことを、ますます明確に、何度も何度も繰り返し証明していた。サー・ダニエル・クリードはその時、ほとんどクランドルと同じくらい打ちひしがれて、物も言えないように見えたが、沈黙を破ったのは彼だった。グロテスクな鬘をかぶり、うな垂れていた頭を上げると、だしぬけに言った。「この流血事件には裁きをつけなければならん。私は老人だが、血を分けた兄弟にでも復讐するぞ」

「今、警察に電話します」ノエルが穏やかに言った。「ためらう理由は見当たりません」

彼の大きな身体と顔つきは前ほど倦怠《けだる》げではなく、窪んだ目には光があった。

ブルという名の大柄で血色の良い男が——旅行販売人といったタイプで、テーブルの反対側の端でやかましく飲み騒いでいた男だが、今は陪審長のように一同の注目を浴びはじめた。自分より教育のある人々が自分を指導するのを待っていて、それから今度はかれらを指導するというのが、この男の癖だった。

「ためらう理由もない。感傷にひたる理由もありませんぜ」彼は象のように健康に喇叭《らつぱ》を吹いた。「もちろん、辛《つら》いことですがね。クラブの古参会員だし、いろいろとね。でも、私は感傷家じゃない。こんなことをする奴は、誰だって絞首刑に値します。さあ、誰がやったかは疑いの余地がないんです。ついさっき、こちらの紳士方が部屋の外におられる時、あいつは事実上自白しましたからね」

「前々から悪人だと思ってたんだ」と事務員の一人が言った。あるいは昔の遺恨がある事務員かもしれない。

「するべきことは、すぐにやった方が良い」とノエルは言った。「電話はどこです?」

ガブリエル・ゲイルは椅子にぐったりしている人物の前に進み出ると、近寄って来る大勢に顔を向けた。

「待って下さい。一言言わせて下さい」

「ふむ、何です?」ノエルが落ち着いて言った。

「自慢はしたくないんですが」と詩人は言った。「残念ながら、議論を進めると、そういう形を取らざるを得ません。僕は感傷家だとブル氏ならおっしゃるでしょう。商売柄、感傷家なんです。感傷的な歌を書き散らすだけですからね。あなた方はみんなしごく現実的で、合理的で、分別のある方々ですから、迷信をお笑いになります。あなた方は実際家で、常識家です。しかし、あなた方の常識は死体を見つけませんでした。あなた方は実際的な

＊4　イングランド西部、サマセット州の村。

葉巻を吹かし、実際的なグロッグ[*5]を飲み、満面に笑みをたたえて帰宅し、死体をごみ入れの中で腐るままにしておいたでしょう。あなた方の合理的で懐疑的な道が、人間をどこへ導くかを、あなた方はけして見つけ出しませんでした。椅子に坐って譫言《うわごと》をしゃべっているあの可哀想な白痴は、その道に導かれたのですが。一人の感傷家が、荒誕な妄想に耽《ふけ》る男が、あなた方に代わってそれを見つけ出したんです。おそらく、感傷家だからなんでしょう。実際、僕の中には、そうした人間を道に迷わせる妄想が少しばかりあるんです。今は、幸運な感傷家が不運な感傷家のために一言言わなければなりません」

「犯人のためにということですか？」クリードが、鋭いが震える声でたずねた。

「ええ」とゲイルはこたえた。「僕は彼の罪を曝《あば》きました。そして彼を弁護します」

「それじゃ、人殺しを弁護するんですか？」とブルがたずねた。

「人殺しにもよります」ゲイルは平然と答えた。「この人は少し特異な種類の人殺しでした。じつをいうと、果たして人殺しだったかどうかも疑問なんです。事故だったのかもしれません。ほとんど自動人形のような、一種の機械的行動だったのかもしれません」

クリードの年老いた目に、長いこと消えていた反対尋問の光が輝き、鋭い声はもう震えていなかった。

「こうおっしゃりたいんですか」と彼は言った。「クランドルはベイリーからの電報を読み、空席ができたことに気づいて通りに出ると、見ず知らずの他人に話しかけ、ここへ連れて来た。どこかへ剃刀か肉切りナイフを取りに行って、お客の喉を切り、死骸を抱えて梯子を下り、ごみ入れの蓋で入念に隠した。それをすべて偶然か、自動的な動作によって行ったのだと」

「見事にまとめられましたね、サー・ダニエル」とゲイルは答えた。「それでは同じ論理的なやり方で、あなたに質問させて下さい。あなた方の法律用語でいうと、動機はどうなんですか？　見ず知らずの他人を偶然殺害するはずはないとおっしゃいますが、見ず知らずの他人をなぜ故意に殺害しなければならないんです？　何の目的があって？　そうすることは、彼が考えていた目的を叶える役に立たないだけではありません。実は彼のもくろみをすべて台無しにしてしまったんです。一体何だって、彼は『十三人クラブ』の晩餐会に空席をつくりたいと望むでしょう？　不思議の名に於いて言いますが、一体何だって、あの男が十三人目の男を災難の記念碑にしたいと望むでしょう？　彼の犯罪は自分の信条を、あるいは気まぐれな疑いを、否定を――何と呼んでもかまいませんが、それを犠牲にして行われたんです」

「本当だ」ノエルはうなずいた。「それで、そのことは何を意味するんです？」

「そのことは」とゲイルはこたえた。「僕以外の誰にもお話しできないと思います。なぜ

＊5　水で割ったラム酒。

か申し上げましょう。人生はいかにぎこちない格好に満ちているか、あなた方はおわかりですか？　そうした格好はスナップ写真に撮《と》られます。新しい醜悪な美術の諸流派はそれを速写しようとしているようです。硬くなってそり返ったり、片足で立ったり、無意識に両手をチグハグな物の上に置いたりしている姿を。この事件は間《ま》の悪い格好が起こした悲劇なんです。僕にそれが理解できるのは、僕自身、ほかでもない今日の午後、おそろしく間の悪い格好をしていたからです。

僕はただただ愚かな好奇心のために、あの窓から入って来て、テーブルのそばに馬鹿みたいに突っ立ちながら、ナイフを取り上げては、まっすぐに置き直していました。帽子をかぶったままでしたが、クランドルが入って来ると、ナイフを手に持ったまま、帽子を脱ごうとしました。それから、これではいけないと思って、先にナイフを置きました。人間は時々、そういうちょっとした慌てふためいた仕草をしますよね。さて、クランドルは最初に僕を見た時、落ち着いて良く見るまでは、びっくりして茫然としていました。まるで自分の食堂に全能の神か絞首刑の執行人が待ちかまえていたかのように。その理由が今わかったと思うんです。僕もぎこちない男で、背が高くて、粗麻色の髪の毛をしています。その僕が、もう一人の青年が立っていたところに、陽の光を背にして黒々とした姿で立っていたんです。まるで死骸がごみ入れの蓋を開けて、梯子をよじ登って、幽霊のように自分の席についたかのように見えたに違いありません。ですが、一方、僕自身ナイフを持ち上げて中途半端な仕草をしたために、あることがわかりました。実際に何が起こったのか、わかったんです。

サマセットから来た気の毒な田舎者は、この部屋へ迷い込んで来た時、たぶん我々の誰もそうはならない状態になりました。衝撃を受けたんです。彼はその手の不吉な前兆《しるし》を本気で信じている昔風の田舎の人間でした。急いで十字に交叉したナイフの一つを取り上げ、まっすぐに置き直そうとしました。その時、こぼれた塩が山になっているのが目に留まりました。たぶん、自分がこぼしたと思ったのかもしれません。その重大な瞬間にクランドルが部屋へ入って来たため、お客はますます狼狽して、大急ぎで二つの事を同時にやろうとしました。不幸な客人は指でナイフの柄を握ったまま、塩をつかんで、ひとつまみ、肩ごしにうしろへ撒《ま》こうとしました。その刹那、戸口にいた狂信家は豹のように跳びかかり、青年の持ち上げた手首を引っ張りました。

なぜなら、その瞬間、クランドルの狂った宇宙全体が揺らいでいたからです。あなた方は迷信のことをおっしゃいますが、この家が呪《まじな》いの家であることにお気づきですか？　呪文や魔法の儀式に満ち充ちているのがわかりませんか？　ただし、それらはすべて逆さまになされたもので、ちょうど魔女が〝主の祈り〟をさかさまに唱えたのと同じです。もしも祈りの二つの言葉が偶然正しく唱えられたら、魔女はどんな風に感ずるか御想像になれますか？　クランドルは、このぽっと出の田吾作《たごさく》が、自分が仕掛けた黒魔術の呪文をすべて引っくり返しているのを見たんです。もしも塩が一度《ひとたび》肩ごしに投げられたら、大仕事は全部フイになってしまうかもしれません。彼は地獄から呼び得る限りの力で、ナイフを持った青年の手にしがみつきました。銀色の粒が二つ三つ、床に落ちるのを防ごうと、ただそれだけを考えていました。

それが偶然の事故だったかどうかは神のみぞ知るです。無意味な決まり文句として言ってるんじゃないんです。そのほんの一刹那は、そこに本当に隠されていたすべてのことと共に、神の前には永遠のように大きく輝いて横たわっています。けれども、僕は人間ですし、クランドルも人間です。僕は偶然か、自動的行為か、ことによると一種の自己防衛だったかもしれないことのために、人間を絞首台に送ることをできれば避けたいんです。しかし、みなさんのどなたかが、ナイフとひとつまみの塩を取って、あの気の毒な男と同じ格好をしてごらんになれば、何が起こったのか良くおわかりになるでしょう。僕が言いたいのは、これだけです――物がちょうどあの位置に置いてあり、ナイフの刃が、二人共そんなつもりはないのに、男の喉元にあった――これは他のいかなる時にも、いかなる形でも起こり得なかったことで、些細なことがもつれ合ったこの特殊な状況が、この特殊な悲劇をもたらしたのです。考えてみれば奇妙なことです。あの気の毒な田舎者が遠くはるかなサマセットの村から、土地の言い伝えを一握り携えて出て来る。そして、迷信を嘲笑《あざわら》うこの陰気な奇人が、狂った趣味に夢中になって、この郊外住宅からとび出して来る。そして結局、この一つの異様でぶざまな取っ組み合いを、二つの迷信の格闘をして、最期を遂げるとは」

テーブルの端にいる人物は、一個の家具のようにほとんど忘れられていたが、ノエルはゆっくりそちらを見やって、やんちゃな子供に対するように、冷静な辛抱強さで言った。

「これはみんな、本当ですか?」

クランドルはよろよろと立ち上がった。口はまだヒクヒクひきつり、口の端に泡が少しついていた。

「わしが知りたいことは」鳴り響く声でそう言いかけたが、声は喉の中で涸れたようで、身体をゆらゆら二度よろめかせると、葡萄酒とガラスの欠片《かけら》で滅茶滅茶になっているテーブルの上にのめった。

「警察官のことは知らないが」とノエルが言った。「医者を呼ばなければなりませんな」

「彼のためにしてやるべきことをするには、医者が二人必要でしょう」ゲイルはそう言って、入って来た窓の方へ歩いて行った。

ノエルはゲイルと一緒に庭の門へ歩いて行った。孔雀のいる緑の芝生を通り過ぎたが、芝生は強い月光を浴びて、孔雀と同じくらい青く見えた。詩人は門の外に出ると、ふり返って最後の言葉を言った。

「あなたは大旅行家のノーマン・ノエルさんでしょう。僕にはあの不幸な偏執狂より、あなたの方が興味深くて、一つ質問させていただきたいのです。もしも、勝手な想像をしているようでしたら、お赦し下さい。そいつは僕の癖なんです。あなたは世界中で迷信を研究して来られました。それに較べたら、塩とテーブル・ナイフに関するあの話なんかは、子供の遊びにすぎないようなことを御覧になりました。竜よりも巨大に見える吸血蝙蝠《こうもり》が上を飛び交う暗い森にもいたことがおありだし、友達や妻の顔に野獣の眼が見えるという人狼の山にいたこともおありになる。あなたは真の迷信を――どす黒い、激しい、凄まじい迷信を持っていた人々を知っている。こうした人々と暮らしたことがおありになる。そこで、かれらについて一つ質問したいんです」

「あなた御自身も、かれらのことを多少知っておられるようですが」とノエルは答えた。「しかし、どんな質問でもお答えしましょう」

「かれらはあなたより幸せな人間ではありませんでしたか?」

ゲイルはこの質問をすると、一息間をおいて、語りつづけた。「かれらは実際に、もっとたくさん歌をうたい、もっとたくさん踊りをおどり、もっと本当に楽しく酒を飲みませんでしたか? それは悪を信じていたからです。おそらく邪悪な呪文かもしれないし、悪運や、あらゆる種類の愚かで無知な象徴によって表わされた悪でしょうが、それでも何か闘うべきものを信じていたからです。かれらは少なくとも物事を黒と白の文字で読み、人生を戦場と見ていました。しかし、あなたは悪を信じず、すべてのものを同じ灰色の光の中で見ることが哲学的だと考えておられる。だから不幸せなんです。今夜こんなことをあなたに申し上げるのは、今夜あなたが一つの目醒めを体験されたからです。あなたは憎むに値するものを見て、幸せでした。ただの殺人なら、そうは行かなかったかもしれません。殺されたのがもし年老《とし と》った町の遊び人だったら、いや、たとえ遊び人の青年だったとしても、けして泣きどころを突かれなかったかもしれません。けれども、僕はあなたが感じたことを知っています。あの可哀想な、不器用な田舎青年の死には、言葉に尽くせぬほど恥ずべきものがありました」

ノエルはうなずいて言った。「彼の上着の裾の格好を見て、そう感じたんだと思います」

「僕もそう思いました」とゲイルは答えた。「さあ、それが現実への道です。ごきげんよう」

そして彼は郊外の道を歩きながら、無意識のうちに、月影を浴びた芝生の新たな色合いに見入っていた。けれども、もう孔雀の姿はなかった。それに、ゲイルとしても、たぶん孔雀を見たくはなかっただろう。

# 七、紫の宝石

ガブリエル・ゲイルは絵描きで詩人だった。ごく控え目な私立探偵のふりさえもする人間ではなかった。たまたま、いくつか事件の謎を解いたけれども、それらはおおむね探偵より神秘家にとって魅力的な種類の謎だった。とはいえ、彼も一度や二度は神秘主義の雲の中から踏み出し、もっと活発で爽《さわ》やかな殺人の空気の中へ出て来なければならなかったのである。彼は時に殺人が自殺であることを証明するのに成功したし、時には自殺が殺人であることを証明した。時には、偽造や詐欺といった軽小な職業の研究に携わることさえあった。しかし、彼と事件との関わりはたいてい偶然だった。彼は人間の奇妙な動機や気分に対して想像力に富む関心を抱いており、それがたまたま彼を、いや、少なくとも人間たちを、法の枠を越えた一点に至らしめると、事件との聯《かか》わりが生じて来たのだった。しかし、たいていの場合、ゲイル本人も指摘したように、殺人者や泥棒の動機はまったく正常で、陳腐ですらある。

「僕はそういうまともな仕事じゃ、役に立たない」とゲイルはよく言うのだった。「探偵小説の中で論じられるような実際的な問題では、警察に較べたら、僕なんか馬鹿みたいに見えるだろう。誰かが地面のあちこちにつけた足跡の寸法を計って、なぜ歩きまわっていたのか、どこへ行こうとしていたのか教えろと僕に言ったって、何になる？　もし誰かの手の跡が地面のあちこちについているのを見せてくれたら、そいつがなぜ逆立ちして歩いていたのか教えてあげよう。けれども、それを探り出すのは、僕がものを探り出す唯一の方法によってだろう。それは単に、僕も狂っていて、自分でもよく逆立ちするから、わかるというわけなんだ」

おそらく、これと同じような愚者の兄弟意識が、有名な作家にして劇作家であるフィニアス・ソールトの失踪という不可解な謎に、彼を引き込んだのだろう。当事者の何人かは、盗人に盗人を捕えさせるという論法に納得して、詩人に詩人を探させたのかもしれない。この問題には、おそらく詩人の純粋に詩的な動機が聯わっていたからである。それで、実際的な人々さえも、警察官より詩人の方がその種のことに通じているかもしれないと認めたのだ。

フィニアス・ソールトは、バイロンやダヌンツィオと同様、私生活がむしろ公の生活である人間だった。非凡な男で、おそらく立派というよりは非凡という言葉がふさわしかっただろう。けれども、彼には称賛すべき点がたくさんあったし、もちろん、さして讃《ほ》められぬものを讃める人間も大勢いた。悲観主義の批評家たちは彼が偉大な悲観主義者だと主張し、そのことは失踪がじつは自殺だという説の裏づけとして、広く喧伝《けんでん》された。しかし、楽観主義の批評家たちは、彼が〝真の楽観主義者〟(一体どんなものなのか知らないが)だったと、いつも頑《かたくな》に主張し、持って生まれた楽観主義の薔薇色の歓喜にひたって、むしろ他殺説を述べるのだった。彼の生涯はヨーロッパ中の人々の目に、いともけばけばしくロマンティックなものに映っていたため、大詩人が井戸に嵌まったり、フェリックストウ[*1]で泳いでいる時、腓返《こむらがえ》りを起こしたりすることを妨げる道理は別段ないということを考えたり、勇気を揮《ふる》って仄《ほの》めかしたりするほど冷静さを保っている者は、まずいなかった。彼の崇拝者の大部分と職業的ジャーナリストの全部が、もっと荘厳な解決を求めていた。

彼は通常の家族を残さなかった。中部地方で小商売を営む弟がいることはいたが、ほとんど行き来をしなかった。しかし、彼と顕著な精神的、あるいは経済的関係を持っていた人々はほかに大勢いた。彼に置いて行かれた一人の出版人は、彼の本がもう書かれなくなったことと、すでに書かれた本に特段の宣伝をしたことで、嘆きと希望の相半ばする心境だった。この出版人は彼自身も中々の社会的名声を有する人物だった――といっても、当

＊1 サフォークの海岸の町。十九世紀末から行楽地となった。

世風の名声ではあるが。サー・ウォルター・ドラモンドといって、実績ある有名な会社の社長であり、ある種の成功したスコットランド人の典型だった。事務的であると同時に、きわめて柔和で情深いことによって、普通の伝統を打ち破るタイプである。また一人の劇場支配人は、アレクサンダー大王とペルシア人を題材にしたソールトの偉大な詩劇を今まさに上演しようとしていた。この男は芸術家肌だが融通の利くユダヤ人で、イジドア・マークスといい、やはり、「作者を！」という観客の叫びのあとに否応なく沈黙がつづくことの利益と不利益との間に立たされていた。それから、美人だがひどく気難しい名女優がいた。彼女はペルシアの王女の役でふたたび栄光に輝こうとしていて、ソールトの名前が結びつけられている（と面白い言い回しで言うところの）少なからぬ人間の一人だった。それから大勢の文学者の友人がいて、少なくともそのうちの何人かは本当に文学者だったし、二、三人は本当に親しかった。しかし、彼の経歴はそれ自体、舞台で見る煽情《せんじょう》的な劇にそっくりだったから、彼がやりそうな行動について判断するとなると、彼の性格の本質部分を誰も知らないらしいことは驚くばかりだった。そして、そのような糸口がつかめないために、状況は詩人の不在を、彼の存在と同じくらい不穏で革命的なことに思わせた。ガブリエル・ゲイルは、彼も一流の文学者仲間とつきあっていたので、フィニアス・ソールトのこうした面を良く知っていた。ゲイルもサー・ウォルター・ドラモンドと文筆上の交渉をしたことがあった。イジドア・マークス氏から詩劇を求められたことがあった。

偉大なシェイクスピア女優ハーサ・ハサウェイ嬢と「名前が結びつけられる」のは何とか避けていたが、みんながみんなを知っている狭い世界だから、彼女のこともかなり良く知っていた。しかし、フィニアスの名声のこうした喧《かまびす》しい外庭とはいくらか気軽に馴染んでいたゲイルも、もっと私的で散文的な内側に入ると、多少皮肉な驚きを味わった。彼がこの一件と関わったのは、文壇の誰もが知るこうした一般的な知識の故ではなく、友人ガース博士がたまたまソールト家の家庭医だったからである。そしてこの件に関する一種の親族会議に出席した時、その親族会議がいかに家庭的で、平凡でさえあるかを知り、外部で大風のように吠えたけっている大袈裟な噂と良《い》い加減な評判との雰囲気とはいかに違うかを知って、愉快をおぼえずにいられなかった。誰の私事も、結局は私事であるのが当然だということを肝に銘じねばならないと思った。放埒《ほうらつ》な詩人なら、雇っている事務弁護士も放埒で、医者や歯医者も奇妙で風変わりな人間だろうと期待するのは、たしかに馬鹿げている。しかし、ガース博士はいつも通り、いかにも職業的な黒い背広を着ていて、いかにも家庭医然としていた。事務弁護士もまさに家庭の弁護士然としていた。彼は四角い顔をした銀髪の紳士で、ガンターという名前だった。この男のきちんと小分けにして整理した法律上の書類や金庫の中に、フィニアス・ソールトの長引いた醜聞に関する資料が収められているなど、あり得ないように思われた。フィニアス・ソールトの弟ジョーゼフ・ソールトは地方からわざわざ上京して来たのだが、いかにも地方人らしかった。野暮ったい服を着た、この無口な、薄茶色の髪をした、大柄な、きまりの悪そうな商人が、かくも有名なソールト家を代表するもう一人の存命の人間だとは信じられないくらいだった。残る一人の出席者はソールトの秘書だったが、この男も面喰らうほど秘書然としていて、ああいう気まぐれな人物と深い関係があるとは思えなかった。ゲイルはまたも肝に銘じねばならなかった――詩人といえども、自分に関わる大勢の人々が正気を保っているという条件でのみ、狂うことができるのだと。彼は微《かす》かな興味が湧いて来るのを感じながら、思った――バイロンにもたぶん執事がいたのだ。ことによると良い執事だったかもしれない。シェリー[*2]でさえ歯医者へ通ったかもしれないという考えが、脈絡なしに心をよぎった。シェリーの歯医者はたぶん、どこにでもいるような歯医者だったろう、とも思った。

それでも、直接の実際的な責任を持つ人々の、この内輪の集まりに足を踏み入れた時、彼はまわりとの差を感じずにはいなかった。自分はいささか場違いだと思った。実務の助言者として、また個人秘書と家庭の弁護士を使って物事を解決する人間としての自分に、幻想を抱いていなかったからである。ガースが来てくれと頼んだのだ。だから、ガースを見ながら辛抱強く坐っていた。一方、事務弁護士のガンターは、非公式な委員会の面々の前で、事のあらましを述べた。

「ハット氏が言われるところによりますと」弁護士は真向かいに坐っている秘書をチラリと見やって、言った。「氏が最後にフィニアス・ソールト氏と会ったのは、ハット氏自身の部屋で、先週の金曜、昼食をとってから二時間後のことでした。つい一時間ほど前でしたら、私はこの会見が（それは非常に短かったようです）、失踪者が人に姿を見られた最後の機会だったと申し上げたでしょう。ところが、一時間よりももっと前に、まったく知らない人物から電話がかかって来ました。その人物は、アパートでのその会見よりも六、七時間あとにフィニアス・ソールトと一緒にいた――そして、できるだけ早くこの事務所に来て、すべての事実を我々の前で明らかにする、と断言しました。この証言が、もし何らかの点で信用できるものだとすれば、少なくとも話は相当先に進むでしょうし、もしかすると、ソールト氏の居所や運命について、重要な手がかりが得られるかもしれません。彼が来るまでは、それについてこれ以上あまり申し上げることはできないと思います」

「来たような気がしますよ」とガース博士が言った。「誰かがドアのノックに答えるのが聞こえました。それに、あれはこの法律事務所の急な階段を上がって来る靴音のようだ」

というのも、一同はリンカーンズ・インにある弁護士の事務所に集まっていたのだった。

次の瞬間、痩せた中年の男が部屋に踏み込むというより、滑り込んで来た。実際、その大人しい灰色の背広には、何か滑らかで、出しゃばらない様子があった。その背広はくたびれていると同時に光沢《つや》があり、繻子の光と優美さの最後の名残のようなものがあった。

＊2　パーシー・ビッシュ・シェリー（一七九二―一八二二）　バイロンと並ぶ有名な英国の詩人。

長い黒髪が真ん中で分けてあるのみならず、やや長い黒髪が真ん中で分けてあるのみならず、長

彼についてもう一つ捉え得ることは、やや長い黒髪が真ん中で分けてあるのみならず、長いオリーヴ色の顔を細い黒鬚が縁取っていて、こちらも真ん中から分けてあり、二つべつべつの撚《より》になって垂れ下がっていることだった。しかし、男は入って来ると、やけに鍔広《つばひろ》で山が低い黒のソフト帽を椅子に置いた。それはなぜか、パリのカフェと色とりどりの明かりを即座に連想させた。

「私はジェイムズ・フローレンスと申します」男は上品な口調で言った。「フィニアス・ソールトの非常に古い友人でした。若い頃は、彼とよくヨーロッパを旅行したものです。私は彼の最後の旅に同行したと信ずるべき理由が十分にあります」

「最後の旅？」弁護士は眉を顰《ひそ》めて注意深く男を見ながら、繰り返した。「ソールト氏が死んだとおっしゃる用意があるのですか。それとも、人を騒がせるために言っておられるのですか？」

「ええ、彼は死んだか、それよりももっと人を騒がせるものになったのです」とジェイムズ・フローレンスは言った。

「どういう意味です？」相手は鋭くたずねた。「彼の死以上に人を騒がせることがあり得ますか？」

見知らぬ男は、いとも厳粛な表情を変えずに弁護士を見て、それからポツリと言った。

「私には想像できません」

弁護士が冗談かと疑っているかのように腹立たしげな身振りをすると、男は同じように厳かに言い足した。「今も想像しようとしています」

「ふむ」ガンターは少し間をおいて、言った。「お話を聞かせてもらった方が良いでしょう。そうすれば、ちゃんとした足場に立って話ができますから。御存知かもしれませんが、私はソールト氏の法律顧問です。こちらは御兄弟のジョーゼフ・ソールト氏で、私はこの方の顧問もしております。こちらはガース博士、彼の医療顧問です。こちらはガブリエル・ゲイル氏です」

見知らぬ男は一同に会釈すると、物静かに堂々と席に着いた。

「私は先週の金曜日、午後五時頃に、旧友ソールトのもとを訪れました。私が入って来た時、こちらの紳士が部屋から出て行かれるのを見たように思います」彼は秘書のハット氏を見やった。秘書は厳しい顔をした寡黙な男で、この人らしい分別でハイラムというアメリカでの名前を隠していたが、長い顎や眼鏡のあたりにアメリカ人らしい鋭さがあるのは隠しきれなかった。木彫りの人形のような顔で、あとから来た人間を見たが、いつものように何も言わなかった。

「部屋に入った時、フィニアスは、あの男にしてもひどく取り乱した、滅茶苦茶な状態でした。実際、誰かが家具を壊していたようで、小さな像が台から叩き落とされていましたし、鳶尾《いちはつ》の鉢が引っくり返っていました。彼は吠えたけるライオンのように部屋をのしのしと行ったり来たりしていました。赤い鬣《たてがみ》をふり乱し、鬚は篝火《かがりび》のようでした。これは単に芸術家の気分で、詩的な感覚の微妙な陰翳《いんえい》なのかと思いましたが、彼が言うには、今までさる御婦人をもてなしていたんだそうです。女優のハーサ・ハサウェイ嬢が帰ったばかりだったのです」

「ちょっと待って下さい」弁護士が口を挟んだ。「秘書のハット氏も帰ったばかりだったのでしょう。しかし、ハットさん、あなたは御婦人のことを何もおっしゃらなかったと思いますが」

「安全を守るための決まり事でしてね」物に動じないハイラムは言った。「あなたは御婦人のことなどお訊きになりませんでした。私にもしなければならない仕事がありまして、それが終わって、帰った時のことを申し上げたまでです」

「しかし、これは少々重要な点です」ガンターは疑わしげに言った。「もしもソールトとあの女優が鉢や彫像を投げつけ合ったのなら――うむ、慎重に考えても、多少の意見の相違があったと結論して良いでしょうな」

「最後の決裂があったんです」フローレンスは率直に言った。「こんなことはもうおしまいにした、とフィニアスは言いましたし、私の見たところでは、ほかのことも全部おしまいにしたようでした。彼は相当荒れていました。すでに酒を少し飲んでいたんだと思います。そのうち埃《ほこり》をかぶった古いアブサントの壜を探し出して来て、昔、パリで過ごした頃を思い出して、二人でまたこいつを飲もうと言いました。もうこれで最後だとか、最後の日だとか、何かそんなようなことを言うんです。私はもう長いことアプサントを飲んでいませんでしたが、この酒のことは良く知っていましたから、彼が大分飲み過ぎていることはわかりました。これは葡萄酒やブランデーのような普通の酒とは違うのです。酔い心地がまことに異常で、大麻をやった時の冴えざえした狂気に似ています。しまいに彼は頭脳《あたま》の中にあの緑の焰を燃やして、家からとび出すと、自動車を出しはじめました。手際良くエンジンをかけ、上手に運転もしました。ああいう酔いでは頭が冴えるからですが、次第に速力を高めて物寂しいケント古道を走り、田舎に出て、南東へ向かいました。彼は例の催眠術にかかったような元気さと無気味な浮かれ調子で私を引っ張って行きましたが、正直言って、黄昏から闇に変わろうとしている田舎道を猛進するのは、かなり心地が悪かったのです。私たちは五、六ぺんも死にそうになりましたが、彼は死のうとしていたのではないと思います——少なくとも、その路上で、ありきたりの自動車事故で死ぬつもりはなかったようです。どこかこの地上にある高くて危険な場所へ、山の峰や絶壁や塔へ登りたいと大声で言いつづけていましたから。そういう高い天辺から最後にひとっ跳びして、天使のように飛んで行くか、石のように落ちるかしたいのだ、と。しかし、車はイングランドでも一番平坦な地方へどんどん向かって行ったのですから、彼の言うことはいっそう無謀でグロテスクに思われました。行く手には、彼の夢の中に危うく聳《そび》え立っているような山などあるはずはないのですから。それから何時間経ったかわかりません。彼はそれまでとは違う叫び声を上げました。目を上げると、消え残った黄昏の灰色の帯と東に広がる平坦な土地を背にして、カンタベリーの塔が見えました」

「一体」ガブリエル・ゲイルが夢から醒めたように、いきなり言った。「どんな風にして像を引っくり返したんだろう。誰かが投げたんだとすれば、女が投げたに違いない。あの男は、たとえ酔っ払っても、そんなことはしないだろう」

それから、彼はゆっくりと頭《こうべ》をめぐらし、やや無表情に、ハット氏の同じくらい無表情な顔を見つめていたが、それ以上何も言わなかった。フローレンスと呼ばれる男は、少し苛立たしげな沈黙のあとに話をつづけた。

「もちろん、私にはわかりました――彼があの大聖堂の偉大なゴシック式の塔を見た瞬間、それが彼の醒めながら見ている悪夢と入り混じって、ある形でそれを実現し、完成するだろうと。彼がその道を選んだのは大聖堂へ行くためだったのか、それともただの偶然だったのかはわかりませんが、当然のことながら、あの風景の中には、切り立った場所だとか目の昏《くら》む高所に登りたいという彼の気分に、あれほどぴったりと合うものはありませんでした。それでもちろん、彼は狂った喩え話をまたはじめて、悪魔の馬に乗るように怪物形の桶嘴《ガーゴイル》に乗ったり、空を吹く風の上で地獄の猟犬と狩りをしたりする話をしました。大聖堂に着いた頃は、大分遅くなっていました。あの大聖堂は、大聖堂を擁《よう》する街で通常見られるよりも、もっと深く町の中に入り込んでいるのですが、たまたま付近の家はすべて戸締まりをして静まり返っていました。私たちは建物の深く引っ込んだところに立っていましたが、そこは周囲から隔絶して、塔の巨大な影に覆われていました。というのは、明るい月がすでに大聖堂のうしろに輝いていて、今でも憶えていますが、月光がソールトのボサボサになった赤い髪の毛の中に、鈍い真紅の炎のような一種の輪をつくっていたんです。それはむしろ不浄な光輪のようでした。こんな細かいことを良く憶えているのは、ソールト自身が月光を讃えて――とくに、キーツの有名な詩[*3]に歌われたような、太陽よりも月を背にしたステンドグラスの見映えについて、熱弁を揮っていたからです。彼は建物の中へ入って、彩色ガラスを見るんだといって聞きませんでした。彩色ガラスをつくったのは、宗教が行ったことのうちで唯一の成功だと断言していました。そして大聖堂の入口に鍵が掛かっている（そんな時刻ですから、不思議はありません）のを知ると、狂乱と侮蔑の最後の大反動が起こって、地方監督や参事会や他のすべての人間を罵《ののし》りはじめました。それから、子供の頃におぼえた歴史の記憶が、彼の変わりゆく心を突風のように吹き過ぎたようでした。彼は芝生の縁から大きなゴツゴツした石を拾い上げると、それで扉を、金《かな》槌《づち》で叩くようにガンガンとけたたましく叩いて、大声で叫びました。『王の手の者だ！

＊3　ジョン・キーツ（一七九五―一八二一）の詩「聖アグネス祭前夜」。

王の手の者だ！　叛逆者はどこにいる？　大司教を殺しに来たのだ！』それから、へべれけになったように笑って、言いました。『ランドール・デヴィドソン博士[*4]を殺すなんて、ちゃんちゃら可笑《おか》しい……だが、ベケット[*5]は本当に殺す値打ちがあった。あいつは生きたからな、そりゃあ、もう！　あいつは本当に二つの世界をたっぷり味わった――世間で言うよりも、もっと大きな意味でだ。俗物どもがやるように、二つをいちどきに、両方共ちまちまと味わうのではなかった。そうじゃなくて、一度に一つずつ、両方共激しく、目一杯生きたんだ。あいつは深紅と黄金色の衣裳を着て行って、月桂冠を贏《か》ち得、馬上槍試合で偉大な騎士たちを打ち倒した。それから突然聖者になって、財産を貧しい者にやり、断食して殉教者として死んだ。ああ、あれこそ正しいやり方だ！　〝二重生活〟を送る正しいやり方だ！　あいつの墓で奇蹟が起こったのも、不思議はない』彼はそう言うと、重い燧石《ひうちいし》を放り投げました。すると突然、笑い声と歴史についての大言壮語は彼の顔から消えて行き、その顔はやや悲しげに、素面《しらふ》になったように見えました。そしてゴシック式の扉の上に刻まれている石の顔のように、硬くなったようでした。『俺も今夜、奇蹟を起こす』と彼は無感動に言いました。『死んでからな』

　どういう意味なのかとたずねましたが、彼は答えませんでした。そのかわり、急に穏やかで親しげな、愛情すらこもった調子で、私に話しかけました。今度もそうだが、今まで何度も道連れになってくれて有難う、時が来たから、別れなければならないと言いました。

けれども、どこへ行くんだとたずねると、一本の指を上に向けただけでした。天国へ行くことを比喩的にあらわしているのか、物質的に高い塔へよじ登ることを意味しているのか、私にはまったくわかりませんでした。ともかく、よじ登るための唯一の階段は大聖堂の中にあって、彼がどうすればそこへ辿り着けるか、想像もできませんでした。問いただしてみると、彼は答えました。『俺は昇る……上へ上がって行く……だが、俺の墓で奇蹟は起こらない。俺の死体はけして見つからないからだ』

そうして、私が動くことも、警告の仕草をすることもできないうちに、彼はぴょんと跳び上がって、門についている石の持送りにつかまりました。次の瞬間にはそれに跨り、その次の瞬間にはその上に立ち、さらに次の瞬間には、頭上の壁の巨《おお》きな暗がりにすっかり姿を消してしまいました。ふたたび声が聞こえてきました。もっとずっと高く、おまけに遠く離れたところから、『俺は昇る』と叫んでいました。そのあとには静寂と孤独があるばかりでした。彼が昇って行ったかどうかは申し上げられません。まずまず確かなこととして言えるのは、彼が下りなかったことだけです」

＊4　イギリスの聖職者（一八四八―一九三〇）。一九〇三年から二八年までカンタベリー大主教をつとめた。

＊5　トマス・ベケット（一一一八―七〇）カンタベリー大司教。ヘンリー二世と対立し、聖堂で暗殺された。

「つまり」とガンターは重々しく言った。「それっきり、彼を見ていないということですな」

「つまり」ジェイムズ・フローレンスは同じくらい重々しく答えた。「その後、この世で誰かが彼を見たかどうか、疑わしいということです」

「その場で調べてみましたか？」と弁護士は食い下がった。

フローレンスと呼ばれる男は、少し困ったように笑った。「実をいうと、近所中を叩き起こして、警察にも問い合わせたんです。しかし、誰にも私の言うことを信じてもらえませんでした。何か酒を飲んでいるだろうと言われて、それはたしかにその通りでした。私が自分の分身を見て、大聖堂の屋根に登って、自分の影を追いかけようとしていたのだと連中は思ったようです。新聞が書き立てていますから、今頃はきっと考えを改めたことでしょうよ。私はどうしたかといいますと、終電車に乗って、ロンドンへ帰りました」

「車はどうなさったんです？」ガースが鋭くたずねると、不審か驚愕の光が見知らぬ男の顔一面に広がった。

「えい、何てことだ！」と彼は叫んだ。「気の毒なソールトの車のことをすっかり忘れていた！　あの車は、大聖堂のすぐそばにある二軒の古い家の隙間に入れたんです。たった今まで、一度もそれを考えませんでした」

ガンターは机の前から立ち上がり、奥の部屋へ入った。そこで電話をかける声がぼんやりと聞こえて来た。彼が戻って来た時、フローレンス氏はすでに丸い帽子を例の平然たる態度で取り上げ、帰りたいことを仄めかしていた。この一件について知っていることは全部話してしまったからである。ガンターは彼が立ち去るのを興味深げな表情で見ていた――まるで、彼が最後に言ったことをあまり信じていないかのように。それから、ほかの面々の方を向いて、言った。

「奇妙な法螺《ほら》話だ。じつに奇妙な法螺話だ。しかし、もう一つ奇妙なことをお知らせしなければなりません。さきほどの話と関係があるかどうかわかりませんが」彼は故人ないし失踪者のもっとも近い身寄りとして出席している立派なジョーゼフ・ソールトに、初めて注意を払ったようだった。「ソールトさん、御兄弟の財政状態がどんなだったか、正確なところを御存知ですか？」

「知るものですか」田舎の商店主は突《つ》っ慳貪《けんどん》に言って、この上ない疎遠さと嫌悪の情を伝えおおせた。「みなさん、もちろん御承知かと思いますが、私がここに来たのは我が家の評判のために、できるだけのことをするためです。可哀想なフィニアスを見つけることが、わが家の評判のためになると確信できればいいんですがな。御想像できるでしょうが、兄と私はあまり共通点がありませんでした。それに、本当のところを申しますと、こういう新聞沙汰は、私のような人間にとってはあまり有難くないんです。世間の人は、詩人が緑の焔を飲んだり、教会の塔から飛ぼうとしたりするのを称め讃えるかもしれません。しかし、そいつの兄弟が経営している練り粉菓子の店に昼飯を注文したりはしません。ジンジャー・エールに緑の焰が少し余分に入っているかもしれないと思うでしょう。私はついこの間、クロイドンに店を開いたばかりなんです。つまり、そこに新しい店舗を買ったのでして。それに」と言うと、うつ向いて、いささか野暮ったいが、男らしくないこともない含羞《はにか》みを示して、テーブルを見た。「結婚の約束をしているんです。相手の若い御婦人は教会の仕事を一生懸命やっております」

二人の兄弟が似ても似つかぬ生活をしていることに、ガースは微笑を禁じ得なかったが、無名な弟の態度には、つまるところ大いに良識が含まれていることに気づいた。

「そうですね」と彼は言った。「お気持ちは良くわかります。しかし、大衆に関心を持つなといっても無理ですよ」

「私がお尋ねしたい問題は」と事務弁護士は言った。「ついさっき発見したことと直接関係があります。フィニアス・ソールトの収入がいかほどだったか、あるいは資産があったかどうかについて、漠然とでも結構ですから、何かおわかりになりませんか？」

「そうですな」ジョーゼフ・ソールトは考え込んで言った。「大した資産は持っていなかったと思いますな。親爺《おやじ》の事業を処分して、私たち二人がもらった五千ポンドは持っていたかもしれません。いや、持っていたと思います。ですが、兄は収入ぎりぎりの、いや、それを少し越えた贅沢な生活をしておりましたからね。芝居が当たって大儲けすることなどもありましたが、あの通りの人間ですから、大儲けした分は派手な大騒ぎで消えてしまいました。失踪した時、銀行口座に二、三千ポンドあったんじゃないかと思います」

「その通りです」弁護士は重々しく言った。「失踪した日、銀行口座には二千五百ポンドの預金がありました。彼はそれを失踪した日に全額下ろしています。その金は失踪した日に、すっかり消えてしまいました」

「外国へ逐電でもしたとお考えになるのですか？」と弟はたずねた。

「ええ」と弁護士は答えた。「そうかもしれません。あるいは、そのつもりだったが、そうしなかったのかもしれません」

「それじゃ、金はどうして消えたんです？」とガースがたずねた。

「それは」とガンターがこたえた。「フィニアスが酔っ払って、話し上手な、少しうさん臭いボヘミアンの知り合いに出鱈目をいっている間に、消えたのかもしれませんな」

ガースとゲイルは二人共、鋭い目で弁護士を見やった。そして二人共、物を観察するし方はたいそう異っていたが、法律家の顔が、単に冷笑的と呼ぶにはいささか険悪すぎることに気づいた。

「ああ」医師は息が詰まったように叫んだ。「それに、あなたは窃盗よりも悪いことが行われたとおっしゃりたいんでしょう」

「窃盗が行われたとさえ主張する権利はありません」法律家は陰鬱な表情を緩めずに言っ

た。「しかし、いささか重大なことを疑う権利はあります。まず初めに、フローレンス氏の話の始まりには多少の証拠がありますが、結末にはありません。フローレンス氏はハット氏に会いました。御異議がありませんので、ハット氏もフローレンス氏に会ったと考えます」

ハット氏の無表情な顔には、いまだ反駁の色はなかった。それはおそらく肯定と受けとって良いものだった。

「実際、私はソールトがフローレンスと車で出かけたという話を裏づける証拠を見つけました。ケントの道での途方もない道化芝居を裏づける証拠はありません。そして、もしおたずねになるなら、この面白半分の遠乗りは、ケント古道にある犯罪者の巣窟で終わったことも十分あり得ると私は考えます。ついさっき電話をして、カンタベリーに残された車のことを訊いてみたんですが、今のところ、そんな車は影も形も見つかっていないそうです。何より、あのフローレンスという男は架空の自動車のことをすっかり忘れてしまって、汽車で帰ったなどと矛盾したことを言っている――これは致命的な事実ですよ。それだけでも、あいつの話は嘘だと思いますね」

「そうですか?」ゲイルが子供のように不思議がって彼を見ながら、言った。「僕は、それだけで彼の話を本当だと信じますね」

「どういう意味です?」とガンターはたずねた。「それだけで、とは?」

「ええ」とゲイルは言った。「その一点があまりにも真実味に溢れているので、ほかのことも全部本当だと信じられるくらいです。たとえ、フィニアスが石の龍に乗って塔から飛び立ったと言われてもね」

彼は坐ったまま眉をしかめたり、目を瞬いたりしていたが、しばらくすると少しじれったそうに言った。「まさにあの種の人間がしそうな間違いだということが、おわかりになりませんか？　薄汚れた金のない男、汽車でなければけして遠出をしない男が金持ちの友達につかまって、自動車で破目を外した遠乗りにつきあわされる。酔わされて一種のアプサントの夢を見て、悪夢のように滅茶苦茶な謎に引きずり込まれる。目が醒めると、友達は空に掬《すく》い上げられてしまって、そんなことは起こらなかったと誰もが明るい日の光の中で否定する。貧乏人がそういう寒い、うつろな目醒め方をして、自分を馬鹿にしてかかる警察官としゃべっていたら、自動車に対する責任なんて思い出しやしないでしょう――そいつが妖精の馬車で、グリフィン[*6]にでも引かれて来たかのように。車は夢の一部だったんです。彼は自動的にふだんの生活習慣に戻り、三等車に乗って帰るでしょう。けれども、まったく自分で話をつくり上げたのなら、そんな大へまはけしてしないでしょう。彼があの大間違いをした瞬間に、本当のことを言っているとわかったんです」

＊6　鷲の頭と翼、獅子の胴体を持つ神話の怪獣。

ほかの者がいささか驚いて語り手をじっと見つめていると、隣の事務室で、電話のベルが甲高く長いこと鳴った。ガンターは慌てて立ち上がり、電話に出に行った。しばらくの間、彼が質問したり答えたりする声がかすかに聞こえて来る以外は、何の音もしなかった。彼はそれから部屋へ戻って来たが、その力強い顔には、抑えてはいるが啞然とした表情が刻まれていた。

「こいつはじつに奇妙な偶然だ」と彼は言った。「それに、申し上げなければなりませんが、あなたのおっしゃることが裏づけられました。向こうの警察が自動車の跡を見つけたんです。タイヤや全体の格好がフィニアス・ソールトの車と似ており、ジェイムズ・フローレンスが停めたという、まさにその場所にあったらしいんです。ところが、さらに奇妙なことに、車は消えてしまいました。タイヤの跡からすると、何者かが南東に向かって道を走らせて行ったのだそうです。おそらく、フィニアス・ソールトでしょう」

「南東へ」ゲイルは叫んで、とび上がった。「そうだろうと思った!」

彼は部屋の中を大股に二、三歩行きつ戻りつしてから、言った。「でも、先を急ぎすぎちゃいけない。いくつかの問題があります。まず初めに、フィニアスが東へ向かって行くだろうということは、どんな馬鹿にだってわかります。彼が疾走したのは夜明け間近でした。もちろん、ああいう状態なら、彼はまっすぐ朝日に向かって行くでしょう。ほかに何ができます? さて、それから、もし本当に険しい岩山や塔に夢中になっていたんだとすると、自分が最後の塔をあとにして、ますます平坦な場所へ向かっていることに気づくでしょう。というのも、あの道はサネット[*7]まで続いているからです。彼はどうするでしょうか？　白堊の断崖を目ざして行くしかありません。断崖は少なくとも海と砂浜を見下ろしていますからね。しかし、想像するに、彼は人間も見下ろしたいと思うんじゃないでしょうか。大聖堂の塔からはカンタベリーの人々が見下ろせたでしょう、ちょうどそのようにね。……あの南東への道は……」

やがて彼は一同に向かって、聖なる神秘を口にするように厳かに言った。「マーゲイト[*8]です」

「でも、なぜ？」ガースが目を丸くして、たずねた。

「一種の自殺でしょう」と事務弁護士が冷淡に言った。「あの種の人間がマーゲイトへ行って、したいことといったら、自殺以外にありますか？」

「どんな人間でも、マーゲイトへ行ったら、自殺以外にしたいことはありませんよ」その種の社交的行楽地に偏見を抱くガース博士は言った。

「何百万という神の似姿が、ただ娯楽を求めてあそこへ行きますが」とゲイルは言った。

＊7　ケント州の海岸の一地域。マーゲイト、ラムズゲイトなどの町がある。
＊8　有名な海岸の保養地。

「そのうちの一人がなぜフィニアス・ゲイルでなければならないのかを、示さなければなりません……可能性は色々あります……白い崖からあのうごめく黒い塊を見たところは、悲観主義者にとって一種の啓示かもしれません。もしかすると、崖の門を閉めて、かれらをみんな古き恐るべき海に呑みこませるという、恐ろしい破壊的な啓示かもしれません……それとも、彼は自分の創造的あるいは破壊的な行動によって、マーゲイトを輝かしい町にするという、気まぐれな考えを持っていたのでしょうか？　それによって町の名前の響きそれ自体を変えて、永遠に英雄的な、あるいは悲劇的なものにすることを？　これまでにも、ああいう人間はそんな考えを持っていました……しかし、この途方もない道がどこに通じていようと、マーゲイトで終わることは間違いないと思います」

クロイドンの立派な商人は、ゲイルが立ったあと最初に立ち上がり、例の含羞《はにか》んだ様子で、田舎臭い上着の襟をいじった。「みなさん、こういう話にはついて行けません」と彼は言った。「樋嘴《ガーゴイル》だの、龍だの、悲観論者だの、そういうことは苦手です。しかし、警察はマーゲイトへの道を指す手がかりを見つけたようですから、私としては、警察がもう少し調査してから、この件をもう一度話し合った方が良いと思うんです」

「ソールト氏のおっしゃる通りです」と法律家は嬉しそうに言った。「まったく、実務家がいらっしゃると、我々も実務に戻れますな。私はもう少し調査をしに行きます。じきに、もっとお話しする材料ができるかもしれません」

ガンター氏の事務所に代表される革と羊皮紙の、法律と商業の厳格な枠組の中では、ガブリエル・ゲイルは場違いな存在であり、本人もそう感じていた。とすれば、二度目の親族会議に於《お》いては、なおさら水から出た魚のようだったろうとお考えになったとしても、無理はない。なぜなら、それはソールト家の、あるいはソールト家唯一の生き残りの新しい本拠地で開かれたからだ。それはクロイドンにある小さな店で、行方の知れなくなった詩人のたいそう散文的な弟が、新しい仕事の忙しさと葬式の堅苦しさの名残りとが入り混じった様子で、取り仕切っていた。J・ソールト氏の郊外の店はまことに郊外的な店だった。菓子や砂糖漬けを売る店で、一種のつけたりとして、口あたりの良い飲み物も置いてあったが、それは小さな、丸いピカピカのテーブルで供され、見たところ、主に薄緑のレモネードから成っていた。飾り窓にはケーキや菓子が装飾的な形に並べられて、クロイドンの子供たちの目を魅《ひ》きつけ、建物は主として窓からでき上がっていたので、一種の冷たい、物の色を失わせる光に満ちているようだった。小綺麗に並べてあるが、なぜそこにあるのかわからない小物や記念品で一杯の奥の客室には、刺繡《ししゅう》見本や互助会からの感謝状、ジョージ五世の肖像画もなくはなかった。しかし、ゲイル氏はいかなる場所や状況で、ある種の知的興味を感じるか、予測のつかない人間だった。彼はふだん物を、それ自体として見るという意味で客観的に見るのではなく、自分の奇妙な考えとの関連に於いて見るのだったが、なぜかソールト氏の郊外の店にすっかり好意的な関心を抱いているようだった。実際、彼はそれを解決するためにやって来た、古くて、もっと深刻な問題よりも、この目新しい場面の方にいっそう関心を抱いているようだった。客間の炉棚にある陶器の犬やピンクの針差しを我を忘れて見つめ、窓を飾っているレモン・ドロップやラズベリー・ドロップの菱形の模様にうっとりと見入って、そこから離れようとしなかった。レモネードさえも、それがフィニアス・ソールトの悲劇に一役買った薄緑色の苦蓬《にがよもぎ》の酒と同じくらい重要なものであるかのように、見ていた。

実際、彼はその午前中ずっと異様に陽気だった。天気が良かったからかもしれないし、もっと個人的な理由があったのかもしれない。小綺麗な郊外の大通りをいつになく元気な足取りで歩み、待ち合わせの場所に近づいて来ると、例の立派な菓子屋その人が、自分の家よりほんの少し上品な郊外住宅から出て来るところを見た。編んだ茶色い髪を頭の上にまとめた若い女が、人の良さそうな真面目な顔をして、一緒に庭の小径《こみち》を歩いて来た。ゲイルは、それが教会の仕事に熱心な、例の若い御婦人であることをすぐに悟った。詩人は白々した四角い芝生と、二、三の細い小人のような木を、それが自分自身のロマンスであるかのように、感傷的な興味を持ってしげしげと見た。道を行って、街灯を二つ三つ通り過ぎたところで、ハイラム・ハット氏の憂わしげな、何か情《じょう》のない顔つきと出会った時も、ゲイルの万人に対する機嫌の良さは変わらなかった。菓子屋は恋する男らしく、庭の門のところになおもぐずぐずしており、ハットとゲイルは足取りを早めて、彼の家の方へ先に歩いて行った。詩人はハットに向かって、少々的外れなことを言った。「クレオパトラの恋人[*9]の一人になりたいという、あの望みを理解できますか?」

秘書のハット氏は言った——自分がそんな望みを抱いたなら、歴史の場面に現われる自分は、真にアメリカ的な頑張りと几帳面さを少し欠くことになっただろう、と。

「ああ、クレオパトラは今でも大勢いますよ」とゲイルは答えた。「それに、エジプトの性悪女の百人目の夫になりたいという不思議な考えを持っている連中も、たくさんいます。あの男の兄弟みたいに本物の知性を持った男が、何だってハーサ・ハサウェイみたいな女のために、自分を滅茶滅茶にしたんでしょう?」

「ふむ、その点はまったく同感ですな」とハットは言った。「私はあの女のことを何も言いませんでした。私には関係のないことだからです。しかし、申し上げますが、あの女はまさに破滅の元で、硫酸でしたよ。ただ、私が彼女の名前を口にしなかったという事実のために、事務弁護士殿はべつの暗い疑惑の踊りをおどりはじめたようですな。断言してもよろしいが、あの女と私が何事かに絡《から》んでいて、おそらくフィニアス・ソールトの失踪に

＊9　クレオパトラは一夜を共にした男を翌朝殺したが、それでも恋人になりたがる者が絶えなかったという。

関わっていたんだと思っていますよ」

ゲイルは男の厳しい顔を一瞬厳しく見て、それから脈絡なしに言った。「ソールト氏がマーゲイトにいたら、あなたは驚きますか？」

「いや、ほかのどこにいたって驚きません」とハットはこたえた。「あの時の彼は落ち着きがなくて、平凡な群衆の中にさまよって行きました。最近、仕事をしていなかったんです。時によると、坐って、何も考えが浮かばないかのように、真っ白な紙を睨んでいることもありました」

「あるいは、考えが多すぎるかのように、ですね」とガブリエル・ゲイルは言った。

その時、二人は菓子屋の戸口から中に入った。ガース博士がすでに店の表にいたが、たった今着いたばかりだった。しかし、客室へ入ると一人の人物がいて、かれらに何とも言えない、興醒めな、冷たいショックを与えた。安ぴか物で一杯のその部屋には、すでに法律家が、山高帽をかぶり、差し押さえに来た執達吏のように決然とした、少しぞんざいな態度で坐っていた。しかし、一同はもっと不吉な、絞索《くびりなわ》を持った処刑人が来たようなものを感じた。

「ジョーゼフ・ソールト氏はどこです？」と彼は言った。「十一時には家にいると言っていましたが」

ゲイルはかすかに微笑んで、炉棚の可笑しな小さい飾りをいじりはじめた。「今、さよならを言ってるところですよ」と彼は言った。「時には、少し長い言葉になることもありますからね」

「あの人抜きで始めなければなりませんな」とガンターは言った。「たぶん、その方が良いでしょう」

「彼にとって悪い報せがあるということですか？」医師は声をひそめて言った。「お兄さんについて、最新の報せがあるんですか？」

「最後の報せと言って良いだろうと信じます」法律家は冷淡に答えた。「最新の発見に照らしてみますと――ゲイルさん、飾り物をいじりまわすのをやめて、お坐り下さると有難いんですがね。説明しなければならないことがあるんです」

「そうですか」ゲイルは少し曖昧に答えた。「説明しなければならないのは、こいつじゃありませんか？」

彼は炉棚から何か取り上げて、部屋の真ん中のテーブルに置いた。それは自殺か犯罪の陰気な博物館の展示品として見るには、じつに馬鹿げた品物だった。安っぽい、子供じみた、ピンクと白の大型茶碗で、大きな紫色の字で「マーゲイト土産」と記してあった。

「中に日付があります」ゲイルはこの驚くべき器の底を夢見るように覗き込んで、言った。

「今年です。そして、今はまだ年の初めですよね」

「ふむ。それもその一つかもしれませんが」と事務弁護士は言った。「私はほかの〝マーゲイト土産〟を持っています」

彼は胸のポケットから書類の束を取り出して、注意深くテーブルに置き並べてから、話しはじめた。

「まず最初に御了解いただきたいのですが、謎は現実にあって、あの人は現実に姿を消しています。一人の人間が、現代の群衆の中にたやすく溶けて消えてしまうなどとは思わないでください。警察は彼の車が通った跡を辿りましたし、彼が車を下りていれば、本人も探しあてたでしょう。田舎道を走りながら、車から死骸を投げ捨てるなんてことができるとは思わないでください。まわりにはつねに小うるさい人間が大勢いて、そういう些細なことにも気がつくのです。彼が何をしても、早晩説明はつきます。我々はその説明を見つけたんです」

ゲイルは大型茶碗をいきなり下に置いて、テーブルごしに弁護士をじっと見た。まだ口を開いたままだったが、いっそう喉が渇いていて、咳込み、口ごもりながら、今度は本気になって言った。

「本当に見つけたんですか？　〝紫の宝石〟のことを何もかも御存知なんですか？」

「おい、おい！」医師が腹は立つが大目に見るといった調子で、言った。「こいつは、話がベタベタになりすぎるぜ。謎の事件は結構だが、メロドラマである必要はない。我々は藩王《ラジャ》のルビーを追いかけてるんだなんて言わないでくれよ。ねえ、頼むから、そいつがヴイシュヌ神の眼の中に嵌まっている、なんて言わないでくれ」

「言わないとも」と詩人はこたえた。「それは〝見る者〟の目の中にあるんだ」

「それは一体、誰なんです?」とガンターがたずねた。「何の話をなさっているのか良くわかりませんが、この事件に窃盗が関わっていた可能性はあります。ともあれ、窃盗以上のことがあったんです」

彼は書類の中から写真を二、三枚選び出した。休日の人混みの中で、携帯用写真機で気軽に撮ったような写真だった。そうしながら、弁護士は言った。

「マーゲイトでの調査は実りのないものではありませんでした。実際、かなり収穫があったんです。我々は一人の証人を見つけました。マーゲイトの海岸の写真家で、フィニアス・ソールトと人相が一致する男を見たと証言しています。その男はがっしりした身体つきで、大きな赤い顎鬚を生やし、髪の毛を長く伸ばしており、崖から少し突き出している白堊の岩山にしばらく立って、下の群衆を見下ろしていました。やがて、その男は白堊の崖に彫りつけた粗削りな階段を下り、浜の混んだところを通って、べつの男に話しかけました。その男は普通の事務員か、平凡な休日の行楽客のようでした。二人はしばらく話し合ったあと、海水浴客が使う更衣室が並んでいるところへ行きましたが、それは海で一泳ぎするためのようでした。私の情報提供者はかれらが海へ入ったと考えていますが、あまり確かなことは言えません。確かなのは、赤い顎鬚の男の姿は二度と見なかったことです。

しかし、平凡な、きれいに鬚を剃った男の方は、水着を着て戻って来た時も、普通の、まことにありきたりな服に着替えた時も見ています。見ただけではなく、スナップ写真も撮りました。これが、その男です」

弁護士は写真をガースに手渡し、ガースはそれを見ながら次第に眉を吊り上げた。写真に映っていたのはがっしりした身体つきの男で、ブルドッグのような顎をしていたが、目つきはややポカンとして、頭を上げ、海をじっと見ているらしかった。ごく薄手の、しかし野暮ったくて流行遅れな仕立てのよそ行きを着ていた。硬い麦藁帽子を少し気取って斜めにかぶっていたが、帽子の蔭になっている髪の毛は何か明るい色だった。だが、この場合、医師は彩色写真の発達を待つ必要はなかった。それが何色か知っていたからである。一種の薄茶色がかった赤であることを知っていた。写真ではなく、実際に頭に生えている髪の毛を何度も見ていたからだ。硬い麦藁帽子をかぶった男は、まごうかたなくジョーゼフ・ソールト氏、立派な菓子屋にして、クロイドンの郊外の新たな人気者なのであった。

「では、フィニアスは弟と会うためにマーゲイトへ行ったんですね」とガースは言った。

「なるほど、ある点では自然なことですね。マーゲイトは、まさにあの弟が行きそうな場所ですから」

「そうです。ジョーゼフはほかの大勢の旅行者と一緒に、遊覧バスに乗って、あそこへ行ったんです。その晩、同じ乗物で帰って来たようです。しかし、兄のフィニアスの方は、いつどこに戻ったか、いや、戻ったかどうかも知る人はいないのです」

「あなたの口ぶりから察するに」ガースはいとも重々しく言った。「兄のフィニアスは二度と戻らなかったとお考えのようですね」

「彼の兄は、これからもけして戻らないと思います」と法律家は言った。「もっとも、（妙な偶然によって）彼が遊泳中に溺れたのだとしたら、そして死体がいつか岸に打ち上げられたなら、べつですがね。しかし、あそこにはちょうど強い潮流がありますから、死体は遠くへ流されてしまうでしょう」

「話がますますわからなくなって来た」と医師が言った。「この水泳の一件は、事態をむしろこんぐらがらせるようですな」

「残念ですが」と法律家は言った。「大いに単純化するんですよ」

「何ですって」ガースは鋭くたずねた。「単純化する？」

「さよう」と相手は椅子の腕をつかみ、突然立ち上がって言った。「思うに、この物語はカインとアベルの物語と同じくらい単純です。それに、ちょっと似ている」

ショックを受けたような沈黙があり、それをとうとう破ったのはゲイルだった。彼は〝マーゲイト土産〟を覗き込みながら、子供のように叫んだり、鬨《とき》の声を上げたりしていた。

「面白い茶碗じゃありませんか！　バスに戻る前に買ったに違いない。自分の兄弟を殺したすぐあとに、こんな愉快な物を買うとはね」

「どうも妙な話ですな」ガース博士が眉を顰めて言った。「どうやってやったかという説明はつけられるかもしれないと思います。遊泳中にべつの男を溺れさせることなら、たとえ、あんなに混んでいる海岸の沖でも、できるでしょう。しかし、なぜそうしたかがちっともわからないんです。殺人だけでなく動機も見つけましたか?」

「動機は十分古臭いもので、十分明らかだと思います」とガンターは答えた。「この事件には憎悪の、嫉妬から出て、緩慢に心を蝕《むしば》んでゆく憎悪の必須要素がすべて揃っています。ここに二人の兄弟がいました。中部地方のつまらない商人の息子で、同じ教育を受け、環境も、与えられた機会も同じでした。年齢《とし》も近く、性格も、身体つきまでよく似ていて、どちらもいかつく、赤毛で、どちらかというと醜男《ぶおとこ》で、肥っていました。しかし、そのうちにフィニアスはあのボルシェビキのような大きな顎鬚ともじゃもじゃの髪の毛で、人の注目を集めました。二人は若い頃はさほど変わりませんでしたから、かなり対等の立場で、兄弟にありがちな対抗心を燃やし、喧嘩したに違いありません。しかし、そのあとどうなったか。一人は世界中に名が知れ渡り、ペトラルカの冠のように月桂冠をかぶって、国王や皇帝と会食し、映画の英雄のように女性から崇拝されています。もう一人は――もう一人は、こんな部屋で一生奴隷のように働かねばならないと言えば、十分じゃありませんか?」

「この部屋がお嫌いですか?」ゲイルがやはり無邪気な熱心さでたずねた。「でも、僕はここにある飾りのいくつかは、すごく素敵だと思いますがね!」

「いまだはっきりしない点は」ガンターは彼を無視して、語りつづけた。「練り粉菓子の職人が、どうやって詩人をマーゲイトに来て泳ぐ気にさせたかです。しかし、誰もが認めるように、あの当時、詩人はやることが行きあたりばったりで、落ち着かなくて、仕事も手につきませんでした。それに、彼が弟に憎まれているのを知っていたとか、何らかの形で相手を憎んでいたと考えるべき理由もありません。一人の男と一緒に海水浴客の群れの向こうまで泳いで行って、相手を押さえつけて水に沈め、沖へ向かってゆく潮流に死体を乗せることは、さほど困難だとは思いません。彼はそれから戻って来て、服を着て、平然と遊覧バスの席に坐ったのです」

「可愛らしい茶碗のことを忘れちゃいけませんよ」ゲイルは穏やかに言った。「彼はあれを買いに店に立ち寄って、それから家に帰ったんです。ガンターさん、あなたがおっしゃったのはこの犯罪のじつに優れた、余すところのない説明であり、再現です。御立派です。最善の偉業にも小さな瑕瑾《きず》はあるものですが、御卓説にもたった一つだけ些細な間違いがあります。あなたは逆にお考えになったんです」

「どういうことです?」相手はすかさずたずねた。

「ほんとに小さな訂正です」とゲイルは説明した。「ジョーゼフがフィニアスに嫉妬していたとあなたはお考えになる。実際は、フィニアスがジョーゼフに嫉妬していたんです」

「ゲイル君、君はふざけているだけだ」医師が非常に厳しく、苛立たしげに言った。「言っておくが、今はふざけている場合じゃない。君の冗談や気まぐれや逆説のことはよく知っているが、我々はみんな、ひどく厄介な立場に置かれている。あの男の家にこうして坐っているが、自分が人殺しの家にいることを知っているわけだからね」

「そうです――まったく地獄のようです」ガンターはそう言うと、かしこまった態度が初めて崩れた。彼は冴えない色の埃っぽい天井から縄がぶら下がっているのが見えるとでも言いたげに、ひょっと身をすくめて上を見た。

と同時に、扉がバタンと開き、殺人の罪を宣告された男が部屋に入って来た。その目は新しい玩具を見つけた子供のように輝き、顔は火のように赤い髪の生え際まで紅潮して、広い肩は兵士のようにそり返っていた。上着の襟には大きな紫の花が挿してあった。ゲイルは通りの先の家の花壇にその色があったのを思い出した。ゲイルにとっては、彼がこのように大得意で入って来た理由を言い当てることは造作《ぞうさ》もなかった。

その時、ボタン穴に花を挿した男は、テーブルの向こうに並んでいる面々の悲愴な顔に気づき、立ちどまって、しげしげと見た。

「あの――」としまいに少し奇妙な声で言った。「調査はどうなりました?」

法律家は固く閉じた口を開いて、かつてカインに雲の中から聞こえる声が尋ねたような質問をしようとした。その時、ゲイルが椅子の中でのけぞり、短いが高らかな笑い声を上げて、さえぎった。

「僕は調査をやめました」とゲイルは陽気に言った。「これ以上、例の件で頭を悩ます必要はありません」

「フィニアス・ソールトはけして見つからないとわかったからですか」商人は平然と言った。

「もう見つけたからです」とガブリエル・ゲイルは言った。

ガース博士は素早く立ち上がり、目を輝かせて、二人をじっと見つめていた。

「そうです。僕は今、彼と話しているからです」ゲイルはそう言って、たった今紹介されたかのように、家の主人に微笑みかけた。

それから、もっとおごそかに言った。「すっかり話していただけませんか、フィニアス・ソールトさん？　それとも、あなたの代わりに、僕が一伍一什《いちぶしじゅう》を言いあてなければいけませんか？」

重い沈黙があった。

「あなたから話して下さい」と店主はしまいに言った。「何もかも御存知だと思いますから」

「僕がそれを知っているのは」ゲイルは穏やかに答えた。「僕だって同じことをやったろうと思うからです。それを狂人に共感することだという人もあります——狂人には、文学者も含まれますが」

「ちょっと待って下さい」目を丸くしていたガンター氏が口を挟んだ。「あなたが、あまり文学的なことをおっしゃる前に聞いておきたい。この店を所有するこの紳士が、本当に詩人フィニアス・ソールトだというんですか? だとすると、弟さんはどこにいるんです?」

「諸国漫遊でもしてるんでしょう」とゲイルは言った。「ともかく、外国で休暇を取っていますよ。その休暇は、お兄さんがお小遣いにくれた二千五百ポンドのおかげで、面白味が減ったわけではないでしょう。彼がいなくなるのは簡単でした。岸に沿って少し遠くまで泳いで、べつの服を一揃い置いてある場所へ行っただけです。その間に、ここにいる我々の友は浜に戻り、更衣室で鬚を剃って、変装したんです。弟さんに良く似ていましたから、赤の他人の群れとなら気づかれずに帰って来ることができました。それから、みなさんも御承知だと思いますが、まったく新しい土地に新しい店を開いたんです」

「でも、なぜなんだ」ガースが激昂して叫んだ。「あらゆる聖者と天使の名に於いて訊くが、なぜなんだ? 僕にはそこが皆目理解できない」

「なぜか、教えてあげよう」とガブリエル・ゲイルは言った。「でも、君には少しもわからないだろうな」

彼はテーブルの上の大型茶碗をいっときじっと見入ってから、言った。「君らはこれを無意味な物語と呼ぶだろう。無意味なことを——あるいは、一部の人が詩と丁寧に呼ぶものを——理解しなければ、理解できない。詩人フィニアス・ソールトは、一種の自由と全能の狂乱のうちに、あらゆるものを窮《きわ》めた男だった。あり得ることもあり得ないことも一切を感じ、一切を経験し、一切を想像しようとした。そして、そういう人間がみな知ったように、無限の自由はそれ自体一つの限界であることを知った。それは同時に永遠でもあり牢獄でもある円に似ている。彼はあらゆることをしてみたいだけではなかった。あらゆる人間になってみたかった。汎神論者にとって、神とはすべての人だ。キリスト教徒にとって、〝彼〟は誰かでもある。しかし、この種の汎神論者は選択によって、自分自身を狭めようとはしない。一切を望むことは何も意志しないことだ。フィニアスはよく真っ白い紙を睨《にら》んで坐っていた、とここにいるハット氏が言った。僕は言った——それは書くことがなかったからじゃなくて、どんなことについても書くことができたからだと。あの崖に立って、あのしごく平凡な、しかし、いとも複雑な、迷路のような群衆を見下ろした時、彼は一万の物語が書けると感じ、次に一つも書けないと感じた——なぜなら、一つを選んで、べつの一つを選ばない理由がなかったからだ。

さて、こうなると、その次の一歩は何だろう？　次には何が来るのだろう？　僕に言わせれば、そのあとには、二つの手段しかあり得ない。一つは崖の向こうに踏み出すこと

――存在しなくなることだ。もう一つは、万人のことを書くかわりに、誰かになることだ。あの群衆の中にいる一人の現実の人間に化身すること、現実の人格として、すべてをふたたびやり直すことだ。人間は生まれ変わらなければ――

彼はそれを試みて、これが自分の望みなのだと知った。少年時代を過ぎてからは知らないで来たこと、愚かな、小さい、中流下層階級のこと、ロリポップやジンジャー・エールと関係を持つこと、近所の娘と恋に落ちて、きまりの悪い思いをすること――つまり、若くなることが。七つの天を逆さに引っくり返してしまった男の想像の中では、それだけがまだ手つかずの、踏み荒らされていない楽園だった。それこそ、彼が最後の実験として試みたことだったが、どうやら成功したらしいね」

「そうです」菓子屋は石のように不動の満足を顔に浮かべて、言った。「大成功でしたよ」

弁護士のガンター氏は、やはり一種絶望の仕草をして、立ち上がった。「お話をうかがっても、少しも理解できるように思いませんが。おっしゃる通りなんでしょうな。しかし、一体どうしてそれがわかったんです?」

「僕を最初に気づかせたのは、飾窓のあの色とりどりなお菓子だと思います」とゲイルは言った。「僕はあれから目を離すことができませんでした。すごく綺麗だったからです。お菓子は宝石に優ります。子供たちは正しいんです。なぜなら、ルビーやエメラルドを食べる楽しみがありますからね。僕はあの菓子が何か僕に話しかけているのを感じました。

それから、何を言っているのかがわかりました。あの菫《すみれ》色ないし紫のラズベリー・ドロップは、店の中から見ると、アメジストのように鮮やかに輝いていました。ところが、外から見ると、光があたって、まるきりくすんで暗く見えたんです。一方、店にはほかにもたくさん、金色やくすんだ色に塗られたものがあって、飾り窓に置いた方が、覗き込むお客にはずっと華やかに見えるだろうと思いました。その時、大聖堂に押し入って、色窓を内側から見ると言った男のことを思い出し、たちどころにわかったんです。あの飾り窓に物を並べた男は店の経営者ではありませんでした。物が通りからどのように見えるかではなく、内側から見て、自分の芸術的な目にどう映るかを考えていました。内側からは紫の宝石が見えたんです。それから、大聖堂のことを考えた僕は、もちろんほかのことも思い出しました。あの詩人がカンタベリーの聖トマスの〝二重生活〟について言ったこと、彼が地上の栄華をきわめた時、正反対のものを手に入れなければならなかったことを。クロイドンの聖フィニアスも〝二重生活〟を送っているんです」

「うむ」ガンターは喘《あえ》ぐように重い吐息をついて、やっと声を出した。「失礼ながら、もしそんなことをしたのなら、彼は気が狂ったとしか申し上げられませんな」

「違いますよ」とゲイルは言った。「僕の友達は大勢気が狂っているし、僕はけっしてかれらに共感しないわけじゃありません。しかし、これは『正気に返った男』の物語と呼んで良いでしょう」

# 八、冒険の病院

コーンウォールの岩だらけの海岸にあるごく小さな教会墓地を、ごく小さな葬列が通り過ぎた。棺を風の吹きつける低い塀の下へ持って行ったのだった。棺はごく型通りの目立たないものだったが、漁師や労働者の群れは迷信深い目で横目に見た。まるで、怪物が入っているという伝説の不幸の棺ででもあるかのように。というのも、それに入っていたのは近所に住んでいた人間の亡骸《なきがら》で、その人物は長い間、石を投げればとどく距離に住んでいたのに、誰も見たことがなかったのである。

棺のあとについて行く人物、喪主にして唯一の会葬者である人物なら、かなり頻繁に見かけたことがあった。この男は亡き友人の家に消えてしまうと、長い間姿を見せない習慣だったが、堂々と出入りをした。故人が最初にここへ来たのはいつのことか、誰も知らなかったが、おそらく夜の間に来たと思われ、棺桶に入って出て行ったのだ。棺について行く人物は背が高く、黒衣をまとい、無帽で、強い海風が、色褪せた海草の間を吹き抜けるように、黄色いボサボサな髪の毛の間をヒュウヒュウと吹いていた。彼はまだ若く、喪服が似合わないとは誰にも言えなかっただろうが、普段の彼を知る者がこの姿を見たら、思わずびっくりして、彼の新しい面を見たと感じただろう。いつものように無頓着なツイードに靴下を穿《は》いて、徒歩《かち》であるく風景画家という身形をしていると、ただ愛想良く、上の空な様子に見えるだけだったけれども、黒い服はその顔にある、もっと鋭角で確固たるものを引き出した。黒衣をまとい、黄色い髪を生やしているところは、伝統的なハムレットの扮装《つくり》にも見えて、たしかに、その目つきは幻を視《み》るようにぼんやりとしていた。しかし、伝統的なハムレットは、彼の黒ネクタイの上に無意識に安んでいるような、長いまっすぐな顎はしていなかったであろう。彼は葬式が済むと村の教会を去り、村の郵便局へ向かって歩いて行った。歩調が次第に大股になり、軽くなって、礼儀作法に気をつけてはいるが、義務《つとめ》を果たしてホッとしたのを隠せない人間のようだった。

「こんなことを言っちゃ申しわけないが」と彼は思った。「僕は幸福な男鰥《おとこやもめ》みたいな気がする」

彼はそれから郵便局へ行って、ウェスタメイン僧院のダイアナ・ウェスタメイン嬢宛に電報を打った。文面はこうだった。

「明日、約束を果たしにそちらへ行き、奇妙な友情の話を聞かせます」

それからまた小さな局を出て、元気の良さを隠さずに、東へ向かって村の外へ歩いて行った。やがて家々はうしろに遠ざかり、葬式用の帽子と服は、広々した緑の高地と秋のまだらな森の中で、ほとんど不釣り合いな黒い点となった。もう半日近く歩いて、小さな酒場《パブ》でパンとチーズと麦酒《エール》の昼食をとり、変わらぬ陽気さでふたたび進みはじめた時、その奇妙な日の最初の椿事《ちんじ》が彼にふりかかった。彼は緑の丘の窪地を流れる川のほとりを、縫うように進んでいた。小径《こみち》はあるところで狭くなり、高い石塀の下を通った。塀はぎざぎざな輪郭の、非常に大きな平石で造られていて、天辺に一列に並んだ石は巨人の歯のようだった。彼は普通なら、塀の構造などにあまり注意を向けなかっただろう。この時も、それに注意したのは、あることが起こってからだった。岩のゴツゴツした歯列に（実際）大きな隙間《すきま》が空き、岩の一つが、爆発の煙のような土埃を立てて、足元に落ちたのである。石は彼の長い黄色い髪の毛をかすめた。

間一髪難を逃れたショックに少し狼狽《うろたえ》て、上を見ると、石組に空いた暗い隙間に、一瞬、こちらを覗いている悪意のある顔が見えた。彼はすぐに大声で言った。

「見たぞ。このことで、おまえを牢屋に送ることができるぞ！」

「いや、できないな」見知らぬ相手は言い返して、栗鼠《りす》のように素早く、薄暗い樹の間に消えた。

ガブリエル・ゲイルという名の黒服を着た紳士は、考え込んで塀を見上げた。塀はよじ登るには高すぎたし、滑らかすぎた。それに逃走者は機先を制して、もう遠くまで行ってしまったろう。しまいにゲイル氏は考え込み、声に出して言った。「それにしても、なぜあんなことをしたんだろう！」それから、顔にまったくべつの種類の厳粛さを浮かべて眉を顰《ひそ》め、しばらく陰気に押し黙ったあと、こう言い足した。「だが、それよりも、あんなことを言うっていうのがよほど奇妙だし、謎めいている」

　まことに、未知の人物が口にした短い言葉は、些細なことのようだったが、コーンウォールの小さな教会墓地で終わったことの始まりに、ゲイルの記憶を呼び戻すに十分だった。彼はまた元気に道を行きながら、旅の終わりに御婦人に話す古い話を、頭の中で細かに反《はん》芻《すう》した。

　もう十四年近く前のことだが、ガブリエル・ゲイルは成人し、万事不如意《ふにょい》であった紳士農[*1]の節度ある借金とささやかな自由保有権とを相続した。しかし、彼は一種の小地主の伝統に則って育てられたけれども、特にその年頃は、そうした伝統以外の意見を持たない人間ではなかった。ごく若い頃、彼の政見は地主の政見と正反対だった。彼は非常な革命家で、地元ではやや扇動家の部類に属した。密猟者やジプシーのために仲裁をした。地元の新聞に手紙を書いたが、編集者はそれを雄弁すぎると思って印刷しなかった。州の治安判事を弾劾して論争を引き起こし、その問題は州の治安判事たちに公平に裁いてもらわねばならなかった。何とも奇妙なことに、こうした当局者はすべて彼と敵対し、彼の自己表現の手段を一切法律で規制するようだったので、彼は独自の方法を発明して、大いに楽しみ、当局を大いに困らせたのだった。ありていに言うと、彼は自分でもわかっていた絵の才能を用いると共に、人の考えを推量し、性格をすぐにつかむという、もう一つの才能も用い始めたのだった。後者を持っていることはさほど意識していなかったが、間違いなく持っていたのである。それは肖像画家にとって、まことに貴重な才能だったが、彼の場合はいささか特異な肖像画家になった。いわゆる流行《はやり》の肖像画家とは少し違っていた。ゲイルのささやかな地所には五、六軒の離れ家があって、そこの白塗りした壁や柵は本街道に面していた。そこで、土地の有力者や治安判事が何かゲイルの気に入らないことをするたびに、ゲイルはその人物の肖像画を大っぴらに、そして大がかりに描くことにした。彼の絵は通常の意味に於《お》ける戯画《カリカチュア》ではなく、魂の肖像だった。今は栄誉ある爵位を与えられた豪商の絵には、何も露骨なところはなかった。垂れ下がった眉毛の下から見上げる目、額の上で分けた光沢《つや》のある髪の毛は誇張されているとは言い難かったが、笑みを浮かべた唇はまぎれもなくこう言っていた――「それで、次のお品物は？」見る者には、それがあまり上等な品物でないことまでわかってしまうのだった。恐るべきフェラーズ大佐の絵は、眉も

＊1　趣味で農業を行う地主。

口髭も真っ白い、秀でた顔を忠実に描いていた。しかし、それが阿呆の顔、しかも阿呆だと知られることを潜在意識的に怖がっている者の顔であることも、しごく明瞭にあらわしていた。

ゲイル氏はかかる色つきの声明によって田舎を美化し、同じ階級の人間たちに愛される存在となった。かれらはこの問題で、大したことはできなかった。それは中傷ではなかった。何も言っていないのだから。不法な妨害でも損害でもなかった。ゲイル自身の所有地で行われるのだから——もっとも、世間の人々がみんな見てはいるけれども。画家が仕事をするのを毎日見物に来る連中のうちに、身体つきのがっしりした、赤ら顔の、ふさふさした頬髯を生やした農夫がいた。バンクスという名前で、どんな出来事でも喜ぶが、どんな意見にも中々耳を貸さない人間らしかった。彼はゲイルの戯画の社会学的な象徴表現について頭を悩ましたりはしなかったが、この出来事を、五本脚の子牛が生まれた話とか、荒野の古い絞首台にまつわる愉快な幽霊話のように、当地の誉れたるべき偉大な物語の一つとして、深甚《しんじん》な興味を持って見た。理論家ではなかったが、愚か者というには程遠く、滑稽な話や悲惨な話をたくさん知っており、それらはこの田舎一帯にどれほど豊かな人間模様が詰め込まれているかを示していた。こうして、たまたまこの男と革命家の隣人はケーキと麦酒を味わいながらよくおしゃべりをし、魅惑的な墓や由緒ある酒場へ何度も一緒に出かけて行った。さて、たまたまこうした遠出の折に、バンクスは二人の仲間とぱったり出くわし、一行は総勢四人となって、全然興味を欠くわけでもない数々の発見をしたのである。

農夫の第一の友達で、ゲイルにスターキーと紹介されたのは、元気の良い小男で、短く硬《こわ》い顎鬚を生やしていた。目は鋭かったが、人と話している間、その目を始終細めて、冷やかすように微笑《わら》う癖があった。彼も友達のバンクスも、ゲイルの政治的な抗議の話に深い関心を持ったが、悪ふざけにしてもやりすぎだと思っていたのだった。二人共、ウルフという友達を特に熱心に紹介したがっていた。かれらがいつもシムと呼んでいるこの男は、そういうことが趣味だから、何か提案するかもしれないというのだった。ゲイルは彼らしい一種の眠たげな好奇心を持って、いつのまにかシムを探す遠征隊に引っ張られて行き、シムは川を一マイルばかり遡ったところの、「葡萄亭」という小さな、うらぶれた宿屋で見つかった。その際、三人の男はボートに乗り、小柄なスターキーが舵取りをつとめていた。素晴らしく晴れ渡った秋の午前中だったが、川は高い土手と覆いかぶさる森の下にほとんど隠されていた。森はところどころ切れて、大きい隙間に明るい陽光が溢れ、そうした場所の一つに、河畔の小さなホテルの芝生が川までだらだら坂になってつづいていた。一人の男が川に覆いかかる土手に立って、三人を待っていた。秀でた顔立ちの男で、整った黄ばんだ顔はちょっと役者を思わせ、ちぢれた髪には白いものが混じっていた。男は感じの良い微笑を浮かべて一同を歓迎し、それから、人に命令を、少なくとも指図《さしず》をしつけているような態度で、家の方へ向かった。「君たちのためにちょっとしたものを誂《あつら》えておいた」と彼は言った。「今、中に入れば、できているだろう」

ガブリエル・ゲイルは四人の男の一列縦隊の殿《しんがり》をつとめ、宿屋の戸口へ向かって、まっすぐな石敷きの径を歩いて行った。その間に、彼のあちこちをさまよう目は庭をざっと見渡したが、やはりさまようのが好きな、そして軽い意味で一種の反抗が好きな彼の心の中で、何かが動きだした。急坂になった小径は小さい樹々に縁取られて、刺繡《ししゅう》見本の図取りのようだった。彼にはそんなにまっすぐな径をまっすぐ歩いて行かねばならない理由がわからず、庭にあるいろいろな物が彼の落ち着かない空想をとらえた。芝生のあちこちにある、雨晒《あまざら》しになって汚れた小さいテーブルで昼食をとった方が、ずっと良いと思った。隅にある暗い荒れ果てた四阿《あずまや》に手探りで入ってみたかった。その四阿の蔓《つる》のカーテンの蔭には、円《まる》テーブルと半円形の長椅子がぼんやりと見えた。川岸の藪のそばに、古い子供用のブランコが、柱も、縄も、ぶら下がった腰掛もそのままに立っているのには、それにもまして心を惹かれた。実際、この最後の子供心をくすぐる誘惑は抗し難く、ゲイルは「あそこへ行く」と大声を上げて、庭を四阿の方へ走って行き、その途中、ひょっと跳んでブランコにつかまった。木の腰掛に坐り、前後に二回揺らして、またピョンと跳んでブランコを下りようとした。ところが、ちょうどその時、縄が上の繋ぎ目でプッツリと切れ、ゲイルは脚で宙を蹴りながら、横っ飛びに落ちた。すぐにまた立ち上がると、三人の連れが目の前にいた。不審に思ったか、諌《いさ》めようとしてついて来たのである。だが、微笑を浮かべたスターキーが一番前にいて、その細めた目は機嫌の良さと同情さえも示していた。

「君のブランコは腐ってるな。こういう物はみんな、バラバラになってしまうんだ」スターキーがそう言って、もう一本の縄をぐいと引っぱると、そちらも切れて落ちた。それから、彼はこう言い足した。「四阿で御馳走を食べたいのかい？　よかろう。君が先に入って、蜘蛛の巣を払うんだ。蜘蛛をみんなつかまえてしまったら、僕も中に入るよ」

ゲイルは笑いながら問題の暗い隅へとび込み、三日月形の長椅子の真ん中に腰掛けた。実際家のバンクス氏はこの葉蔭の洞窟で宴会をすることを断固拒《ことわ》ったらしいが、まもなくほかの二人の姿が入口を暗くして入って来ると、それぞれ三日月の角《つの》の部分に腰掛けた。

「突然の衝動のようだね」ウルフという男は微笑んで言った。「君たち詩人は突然の衝動に駆られるんだろう？」

「僕には詩人の衝動だったなんて言えないな」とゲイルはこたえた。「でも、それを説明するには詩人でなければならないことは確かだ。たぶん、僕は詩人じゃないんだろう。とにかく、そういう衝動を説明することはけしてできないと思う。そのための唯一の方法は、ブランコに関する詩と四阿に関する詩を書いて、それを両方共、庭に関するもっと長い詩に入れることだろう。でも、詩はそんなに早く書けるものじゃない。もっとも、僕は昔から、本当の詩人はけして散文でしゃべらないだろうという考えを持っている。彼は嵐雲のように逆巻く聯《れん》で天気のことをしゃべるだろうし、馬鈴薯《じゃがいも》の青い花のように美しい即興の抒情詩で、君に馬鈴薯をまわしてくれと頼むだろう」

「それなら、散文詩にしたまえ」シメオン・ウルフという名前の男は言った。「そして、この庭と庭のブランコについて、どう感じたか教えてくれ」

ガブリエル・ゲイルは愛想良く、かつ話好きだった。自分中心の人間ではなかったので、自分のことをたくさんしゃべった。この時も自分のことをたくさんしゃべった。この二人の知的な人間が関心を持って聴いてくれるのが嬉しく、うねりくねる人生の道の特定の形や、色や、角によってつねに引き起こされる、とらえ難い衝動を何とか言葉にしようとした。ブランコとその初歩的な飛行術の魅力を、そして、それが人を少年になったように感じさせるのは、少年を鳥になったように感じさせるからであることを分析しようとした。あの四阿は、まさしく洞窟であるが故に魅力的であることを説明した。人間がすでに上機嫌なら、陰気で朽ちた物はいっそう上機嫌にさせるという心理学的真理を、かなり詳しく語った。二人の仲間もかわるがわるしゃべり、昼食が進んで終わるまでの間に、一同は互いの間で多くの奇妙な個人的体験の地層を掘り返し、ゲイルには二人の人となりや物の見方がだんだんわかって来た。ウルフは旅行を、特に東方をたくさん旅行していた。スターキーの経験はもっと地元に限られていたが、同じくらい興味深く、二人共、たくさんの心理学的症例や問題を知っていたので、それについて意見を交換することができた。二人共、さいぜんの一件に於けるゲイルの心理的過程は、稀だが、類《るい》を見ないものではないという点で意見が一致した。

「実際」とウルフは言った。「僕の思うに、君の精神はある特殊な種類に属している。それについて僕には多少の経験がある。そう思わないか、スターキー？」

「まったく同感だね」と相手はうなずいて言った。

その時だった。ゲイルは夢見るようにぼんやりと、芝生にあたっている光を見た。すると、心の奥底の静けさの中で、光が稲妻のように彼を照らした。彼の生涯に於ける恐ろしい直感の一つだった。

銀色の川光を背にして、打ち捨てられたブランコの黒い骨組が絞首台のように浮き上がっていた。腰掛も縄も跡方もなかった。本来の場所になかっただけでなく、落ちた地面にもなかったのである。ゆっくりとあたりを見まわして探すと、それらはついに見つかったが、スターキーが坐っている長椅子のうしろに、まとめて隠してあった。ゲイルは一瞬にして、すべてを悟った。両側にいる二人の男の職業を知った。かれらがなぜ自分の精神の過程をくわしく語らせたのかを知った。もうじき、かれらは一通の書類を取り出して、それに署名するだろう。ゲイルは自由な人間としてそこを去ることはないだろう。

「それじゃ、君たちは二人共医者なんだね」彼は明るく言った。「そして二人共、僕が狂っていると思うんだね」

「その言い方はあまり科学的じゃないな」シメオン・ウルフはなだめるように言った。「君のようなタイプの人間は、友人や崇拝者がある種のやり方で扱うのが賢明だが、それはけして不親切な、不愉快なやり方である必要はない。君は芸術家で、君の芸術的気質は軽度の誇大妄想の一形態にほかならず、誇張という形で自己を表現するのだ。君は大きな白壁を見れば、それを大きな絵で被い尽くしたいという欲求を抑えることができない。宙に揺られるブランコを見れば、空飛ぶ船が疾走するさまを考えずにいられない。猫を見ればきっと虎のことを考え、蜥蜴《とかげ》を見ればきっと竜を考えるのだと僕は敢えて想像する」

「まったく、その通りだ」ゲイルは重々しく言った。「必ずそう考えるよ」

それから、彼の口が少し歪んだ。気まぐれな考えが頭に浮かんだかのようだった。

「心理学はたしかに、非常に重宝だ」と彼は言った。「お互いの心の中を覗き込む方法を教えてくれるように思える。例えば、君はじつに面白い精神を持っている。君の達した精神状態がどんなものか、僕にはわかると思う。君は何かものを考える時、それが如何《いか》なるものであっても、けしてその中心を考えない――そういう特殊な態度をとっているんだ。君には蝕《むしば》まれた縁《へり》しか見えない。君の病気は僕と正反対だ。君が言う猫を虎にすること、あるいは世間で言うところの、土竜塚を山にすることと正反対だ[*2]。君は前に進んで、猫をもっと猫らしくしようとはしない。いつも後退して、それが猫以下のものだと証明しようとする。狂った猫だとか、精神的に欠陥のある猫だと証明しようとする。でも、猫は猫なんだ。それが一番正常な判断なんだが、君の心の中ではそれが厚い雲に蔽《おお》われている。結局のところ、土竜塚《モールヒル》だって丘だし、山だって丘《ヒル》だ。けれども君は、自分の知っている丘に較べたら、こんなものは谷だと言った、あの狂った女王と同じ精神状態に陥っている。君はものと呼ばれるものを把握することができない。君の宇宙には核心がない。君にとっては、如何なるものも正気という中心の軸を持っていない。君の悩みは無神論者であることから始まったんだ」

「僕は無神論者だなんて告白していないが」ウルフは目を丸くして言った。

「僕だって芸術家だと告白しちゃいない」とゲイルはこたえた。「芸術的欲求が抑えられないとか、そんなことも言ってやしない。でも、一つ教えてやろう。僕にはものが進む方向に沿って、それを誇張することしかできない。けれども、進む方向に関しては、あまり間違えないんだ。君は猫みたいにつやつやしているかもしれないが、虎に進化しようとしていたことを、僕は知っていた。そして、この小さな蜥蜴は黒魔術で竜に化けるかもしれないと思っていた」

彼はそう言いながら険しい顔でスターキーを見、四阿の暗いアーチの下から外を見ていた。あたかも二匹の食屍鬼《グール》が門の両脇にいて、今にも門が閉まろうとする牢獄の中から見

＊2　針小棒大を意味する成句。

るようだった。彼方には絞首台のように不気味なブランコが見え、その先には、庭と川の緑と銀色が、失われた自由の楽園のように輝いていた。しかし、ゲイルの性格として、実際的には希望がない時でも、論理の上で大勝利を収めたかった。批判者を相手取って形勢を逆転させることを好んだ――たとえ、その形勢が掛け算表のように抽象的なものだったとしても。

「学識ある友よ」彼は軽蔑するように語りつづけた。「君らは僕の精神について報告書を書く資格があるけれども、僕が君らの精神について書く資格はないと、本当に思ってるのかい？　僕が君らを見透かすほど、君らは僕を見透かせない。半分もね。肖像画家は医者と同様、人を一目で評価しなければならないのを知らないのかい？　僕は君らよりもそれが上手だ。コツを知ってるんだ。だからこそ、壁にああいう絵を描けるのさ。君らの絵だって、家と同じくらい大きく描ける。シメオン・ウルフ博士、君の心の奥に何があるか、知っているよ。それは規則なき例外の渾沌《カオス》だ。君は何でも異常なものだと思うことができる。正常なものを持っていないからだ。誰でも狂人だと思うことができる。そして、なぜ特にこの僕を狂人と思いたがるかに関して言えば――うん、それも無神論者であることの不利な点だ。君は今日、自分を売り渡して卑劣な裏切りをしているが、そのために罰《ばち》があたるとは思っていない」

「君の精神状態について、もはや疑いの余地はなくなったな」ウルフ博士はせせら笑って言った。

「君は役者みたいに見えるが、あんまり上手な役者じゃないな」とゲイルは穏やかに答えた。「僕の推測が図星だったことがわかるよ。僕の生まれた谷間で、法外な地代をとったり、高利貸しをしたりして貧乏人を虐《しいたげ》る連中は、都合のいい法律を見つけて、僕が連中の地獄に堕ちた魂の色を描くのをやめさせることができなかった。それで、君ともう一人の藪医者を買収して、僕を癲狂院へ入れるための証明書を書かせようとした。君がどんな人間か知っている。金持ちの窮地を救うために汚ない真似をしたのは、これが初めてじゃないことも知っている。金を払うお客のためには、何だってやるんだろう。たぶん、お腹《なか》の中の子供を殺すことでも」

ウルフの顔にはいまだユダヤ人的な冷笑の皺《しわ》が寄っていたが、オリーヴ色の顔は一種の厭《いや》らしい黄色に変わっていた。スターキーが突然甲高い声で、犬が急に吠えだすように叫んだ。

「口を慎しみたまえ！」

「スターキー博士もおいでだったね」詩人は大儀そうに続けた。「我々の医学的注意をスターキー博士の精神状態に向けようじゃないか」

これ見よがしに倦怠《けだる》げな態度で目をべつの方向に向けた時、ゲイルは外の光景に変化が起こったことに注意を惹かれた。見知らぬ男がブランコの骨組の下に立って、鳥のように首を片方に傾げながら、それを見上げていたのだった。男は小柄だががっしりした身体つきで、まったく型通りの服装をしていた。ホテルの客が迷い込んで来たとしかゲイルには思えなかった。彼がそこにいることは、大して助けにならなかった。法律はおそらく医師たちに味方していたからである。それで、ゲイルはかれらに語りつづけた。

「スターキー博士の精神的欠陥は、真実を忘れてしまったことにある。スターキー、君はこのお友達のような懐疑主義哲学を持っていない。実際家なんだ、スターキー君は。しかし、若い頃からひっきりなしに嘘をついていたため、何事もけしてあるがままには見えず、見せかけの姿でしか見られなくなってしまった。あらゆるものの傍らには、その影である偽物が立っている。君は先に影の方を見る。それを見つけるのは目ざとい。何事であれ、人を欺く潜在能力の方へまっ先にとびつく。何物かが何かほかの物として使えるかどうかを、すぐに見抜く。君は曲がった道をまっすぐ行った最初の人間だ。君はすぐに気づいたんだろうね——もし僕が暴れたら、ブランコの縄で縛り上げれば良いということに、そして、僕が一番先にこの四阿へ入ったから、二人で両脇へまわれば僕を追い詰められることに。でも、ブランコと四阿は僕の思いつきだった。それも君らしいところだ。君はそちらの悪党みたいな科学的な思想家じゃない。いつも他人の思いつきを盗んで来たが、盗み方が掏摸《すり》みたいに素早いんだ。実際、君は人のポケットから考えが突き出していると、掏らずにいられないんだ。そこが君の狂っているところさ。君は利口でいなければ、いや、むしろ、利口さを借りて来なければ気が済まない。それは、時に利口すぎて幸運ではなかったことを意味している。君はならず者の中でも薄汚ない奴だ。牢獄に入ったこともあるんだろう」

スタークーはがばと立ち上がり、縄を引ったくって、テーブルの上に放り投げた。

「縛り上げて、猿轡《さるぐつわ》を嚙ませろ」と彼は叫んだ。「譫言《うわごと》を言ってやがる」

「その点でも」とゲイルは言った。「僕は共感を持って君の考えに入り込める。僕に今すぐ猿轡を嚙ませようと言うのは、僕が半日も、いや、たぶん半時間も自由でいたら、君に関する事実をいろいろ見つけ出して、君の評判をずたずたに引き裂いてしまうかもしれないからだ」

しゃべりながら、ゲイルはまた興味深げな目で外にいる見知らぬ男の動きを追った。男は庭をまた横切って、小さなテーブルの一つから椅子を一脚、平然と取り上げると、軽々と持って四阿の方へ戻って来た。三人が驚いたことに、男はほかでもない、その避難所の入口を背にして、円テーブルのそばに椅子を置くと、両手をポケットに入れて、そこに腰を下ろし、ガブリエル・ゲイルをじっと見つめた。顔が蔭になっているので、その四角い頭、短い髪、盛り上がった肩は新しい謎めいた趣《おもむき》を帯びた。

「お邪魔でなければよろしいんですが」と男は言った。「たぶん、お邪魔になることを望んでいると申し上げた方が、正直というものでしょう。私は邪魔をしたいからです。正直言って、あなた方お医者さんがここにいるお友達に猿轡を嚙ませたり、連れて行こうとしたりするのは、非常に愚かなことだと思いますよ」

「なぜだね？」スターキーがぶっきら棒にたずねた。

「それはね、もしそんなことをしたら、私はあなた方を殺すからです」と見知らぬ男はこたえた。

一同は目を丸くして、男を見た。ウルフがまたニヤリと笑って、言った。「我々二人をいちどきに殺すのは、大変かもしれないよ」

見知らぬ男はポケットから両手を出した。と同時に、二つの金属の光がきらめいた。男の両手は二梃の回転式拳銃を握っていて、それが医師たちの方を向き、二つの大きな鋼鉄の指のように、かれらを狙っていた。

「逃げたり叫んだりすれば、殺すだけです」見知らぬ紳士は楽しげに言った。

「そんなことをしたら絞首刑だぞ」ウルフが荒々しくわめいた。

「いいえ。大丈夫ですよ」と見知らぬ男は言った。「二人の死人が起き上がって、庭にあるあの玩具の絞首台にわたしを吊るしでもすれば、べつですがね。私は人殺しを許されているんです。私がそこいらを歩きまわって誰でも好きな人間を殺すことを許可する、特別な法律があるんです。私は何をしても、けっして罰せられません。いや、本当のことを言うと、私は英国国王なんで、悪いことは何もできないと憲法に書いてあります」

「何の話をしてるんだ？」と医師は言った。「おまえは狂ってるに違いない」

見知らぬ男は突然けたたましい笑い声を上げ、その声は小屋と三人の聞き手の神経を震わせた。

「一発であたりましたね」と男は言った。「あなたは頭が良いってこの人も言いましたよね。いかにも、私は狂ってるんです。あなた方がお友達を連れて行こうとしている、すぐそこの療養所から脱走したばかりでしてね。医長の私室を通って来たんですが、あの人は御親切に、抽斗《ひきだし》にピストルを二梃入れておいてくれたんですよ。またつかまるかもしれませんが、絞り首にはなりません。私はまたつかまっても、こちらの方にはつかまってほしくないんです。この人にはこれからの人生があります。私が苦しんだような苦しみを、この人が受けることは望みません。彼の顔つきが気に入ったんですよ。あなた方の医学的な馬鹿話を引っくり返してしまったやり方が気に入ったんです。ですから、目下私は、無責任なスルタンの権力を握っていると御承知おきください。私はただ、じつに愉快な休日のしめくくりに、あなた方の脳味噌を吹っ飛ばすだけです。じっと坐っていらして、この若いお友達に縄で縛られるのを我慢なさるなら、べつですがね。そうすれば、私たちは幸先《さいさき》良く逃げ出せますから」

そのあとに続いた、上を下への早変わりの場面をどうしてくぐり抜けたのか、ゲイルはあとになってほとんど思い出すことができなかった。まるで夢の中のパントマイムのように思われたが、その結果はしっかりしたものだった。十分後、彼と見知らぬ救い主は庭の果ての生垣を越えて、森を自由の身となって歩いていた。二人のお医者紳士は四阿に残され、馬鈴薯袋のように縛り上げられていた。

ガブリエル・ゲイルにとって、今歩いている森は新たな驚異の世界だった。すべての木が贈物のぶら下がっているクリスマス・ツリーだったし、森のすべての切れ目は、玩具の劇場を持った子供がカーテンごしに覗き見る光景のようだった。ついさっきまで、こうしたものはすべて、死よりもなお悪いものの暗闇に消えそうになっていた。そこへ天が、逃げ出した狂人という形で、守護天使を遣わしたのである。

ゲイルはまだ若く、その若さはまだ恋に落ちることによって、捌口《はけぐち》と使命感を見出していなかった。彼のうちには、〝聖なる街〟を見つけるまで髪を切らないという無謀な誓いを立てた、若い十字軍兵士たちと同じ何物かがあった。彼の自由は何かしら自らを縛りつけるものを探し求め、憧れていた。そして、この時、彼にはこの世の中でただ一つのことしか考えられなかった。

川のほとりの小径を二百ヤードも行ったところで、彼は足を留め、伴侶《つれ》に向かって言った。

「こうしたものを全部、僕にくれたのは君だ。神様の次に、そして僕の生活に関する限り、天と地を創造したのは君だ。君は僕が勝ち誇って歩いて行く道沿いに、灰色の枝が陽の光で銀色に輝やく、七つの枝のある燭台に似たこの樹々を植えてくれた。僕の足元に、薔薇よりも美しいこの赤い落葉を敷いてくれた。君は雲を形造った。鳥を発明した。君がふたたび、大嫌いな地獄に戻っていると知りながら、こうしたものを楽しめると思うかい？僕は君がくれたすべてを君から騙し取ったような気がするだろう。空の星を盗んだ泥棒のような気がするだろう。僕に何とかできる限り、君をあそこへ帰しはしない。君は僕を救ってくれたから、僕も君を救ってやる。人生という借りがあるから、人生を返してやる。君のいかなる苦しみも分かち合うことを誓う。もし死以外の何かが君と僕を分かつなら、神が僕を幾重《いくえ》にも罰したまわんことを」

かくして、その突飛な場所で、ガブリエル・ゲイルの人生をその後何年にもわたって決定する突飛な言葉が語られ、その森に始まった散歩は、二人の風変りな無法者が全国を巡る放浪となったのである。実のところ、この二人とかれらの敵とは一種の武装した休戦状態に入った。互いに弱味を持っていたからだ。ゲイルは自分の発見によって、二人の医師を告発しはしなかった。かれらがその筋に訴えて、友人を追跡させるといけないからである。医師たちの方も、ゲイルがあれこれを暴露して仕返しするといけないので、追跡を求めなかった。かくして二人は事実上邪魔を受けずに放浪を始めたのだが、そのうち、この物語の冒頭に詳しくお話しした、あの冒険の日が訪れた。その時、彼は恋に落ち、イカレた伴侶《つれ》は発作を起こして、危うく人を殺すところだった。

あらゆる意味で、あの恐ろしい一日は一切を変えた。人を殺そうとする発作は、悲しく賢い人間になったガブリエルに、ついに確信させた——自分には戦友に対する騎士道的な誓いの責任のほかにも、いろいろな責任があるのだと。そして二人の仲間づきあいは、何か安全な、世間を離れた形でなければ続けるべきではないと彼は結論した。それから、友人をコーンウォールにある居心地の良い隠れ家に押し込め、自分もたいていそこで過ごし、短期間留守にする時は、信頼できる召使いに友人を見張らせた。彼の伴侶は名前をジェイムズ・ハレルといって、しごく有能な、度胸のある実業家だったが、しまいにその計画が少し大きくなりすぎて、彼の頭脳には手に負えなくなったのである。彼はコーンウォールでまずは幸福に暮らし、テーブル一面を趣意書で蔽い、すこぶる有望な種々の財政的企画に関係するポスターで壁を蔽ったのだった。彼はそこで死んだが、どう見てもやはり幸福な死に方だった。そしてゲイルは葬式から、自由の身となって歩いて帰ったのである。

翌朝二、三時間も歩くと、なだらかに起伏する田舎の森は上り坂になり、風景が変わって、自分の魔法の土地の外れへ来たことをゲイルに告げた。そこの木々の集まり方には見憶えがあった——木々が自分に背を向けて群らがり、爪先立ちで立って、幸福の谷間を覗いているように見えたことを思い出した。以前友人と来た時のように、道が弧を描いて丘を越えて行くところに来ると、眼下には牧草地が藁屋根のように急傾斜な下り坂になって、その先は、広くて浅い川のほとりまで平らにつづいていた。そして浅瀬があり、「旭日亭」という黒ずんだ宿屋があった。

以前《まえ》にいた憂鬱そうな宿の主人は、近所の厩《うまや》で働いた方が憂鬱でないことを発見してやめてしまい、馬丁のような顔つきをしたもっと活発な人間が、ゲイルがこの場所の美しさをさかんに讃《ほ》めそやすのを聞いたのだった。ゲイルは親切にも宿の主人にこの宿屋のあたりの空の美しさを教え、自分がかつてその谷間で、ここ独特の、世界のどこにも匹敵するもののない夕陽を見た話をした——そして、夕陽のあとに来た嵐でさえ、その種のいとも荘厳なものだったことを。しかし、彼の一般論は、宿の主人が手渡した一通の手紙のためにいささか興を殺《そ》がれ、わき道へ外《そ》れた。それは川向こうのお屋敷から来た手紙だった。形式張った書き出しの文句はなく、書き手はまるでどういう形式で書こうかと迷ったかのようだった。文面はこうだった——

「お話を聞かせていただきたく、明日（木曜日）おいでくださることを望んでおります。残念ながら、今日は留守をすると思います。機会あって見つけた仕事のことで、ウィンブルドンのウィルソン博士に会いに行かなければなりませんから。御承知かと思いますが、私どもはこの頃大分困窮しているのです。Ｄ・Ｗ」

手紙を読んでいるうちに、風景全体がいっとき暗くなったように思われたが、それでも彼は元気な物腰と呑気なしゃべり方をやめなかった。

「僕は間違えたらしい」彼は手紙をポケットにしまいながら言った。「今すぐここを発《た》たなきゃいけない。べつの場所へ行くんだ――できれば、ここよりももっと絵のように綺麗で詩的なところへ。今の時季、不思議で独特な趣の空があるのはウィンブルドンだ。ウィンブルドンの夕陽は世界中で有名だよ。ウィンブルドンの嵐は黙示録のようだろう。でも、遅かれ早かれここへ戻って来ると思うよ。さようなら」

ゲイル氏がこのあとに行った手続きは、これよりも少し計画的で風変わりなものだった。彼はまず踏み越し段に腰かけ、深く考え詰めているように重々しく眉を顰めた。それから、友人のガース博士という人物に電報を打ち、責任ある地位についている人々に宛てて、さらに一、二本電報を打った。ロンドンへ行くと、彼の知っているもっとも通俗で扇情的な新聞の事務所へ行って、忘れられた犯罪の詳細を知るために過去の記録を調べた。ウィンブルドンへ行くと地元の不動産屋と長い会見をして、もう夕暮れに近い頃ようやく辿り着いたのは、広いけれども人気《ひとけ》のない、ひっそりした郊外の道だった。緑の扉がついている高い庭の塀があった。彼は静かに扉に近づき、ペンキが塗り立てかどうかを確かめるように、指一本でそっと触ってみた。ところが、扉は、装飾を施された金属のかんぬきがさしてあって、いかにも閉まっているように見えたのに、そのままスッと開いて、中の花壇のとりどりな色が見えた。「思った通りだ」ゲイルはそうつぶやき、扉を半開きにしたまま庭に忍び込んだ。

彼が今訪問しているとおぼしい――そして貧窮したダイアナ・ウェスタメインが家庭教師か秘書として働こうとしているらしい郊外の家は、当節の小綺麗さと、ヴィクトリア朝初期のある種の快適さ、および費用への無関心を結びつけたようだった。温室は時代がかった様式だったが、色鮮やかな異国風の草花に満ちていた。温室よりももっと古風なものもあり、庭の真ん中に立っている灰色の、ややのっぺりした古代風の彫刻はその一つだった。その彫像から二、三ヤードと離れていないところに、クローケーの門とクローケーの打球槌《マレット》という、いかにもヴィクトリア朝式のものがあって、まるでついさっきまで試合をしていたかのようだった。彫像の向こうの木蔭にはテーブルがあって、お茶というのが些細なことではない人々のために茶器が並べられていた。こうした人間的な物すべてが、今は人間が使っていないため、この庭の空っぽさを際立たせるかに思われた。いや、むしろゲイルに関する限り、庭がほとんど空っぽだという事実を際立たせていたのであって、たった一つだけ、あたりを不思議に生命に満たすことのできるものがあったのである。ずっと遠くの、菜園へ続く一本の径に、まだこちらには気づかないで近づいて来る人影が見えたのだ。人影は蔓が冠のようにからまったアーチの下へ出て来て、そこで、二人は久方ぶりに出会った。二人共黒服を着ていたという偶然に、何か重大さと危機を象徴するものがあるかのようだった。

ゲイルはいつでも、彼女の黒い生き生きした眉毛や血色の良い秀でた顔の記憶を、彼女が着ていた青いドレスのあちらこちらと結びつけて蘇らせることができた。だが、ふたたび会った時、その顔がもっと小さな連想を必ずしも消してしまわなかったのを不思議に思った。彼女は一瞬、輝く目でじっと彼を見て、それから言った。

「本当に、あなたは少しせっかちなお方のようね」

「そうかもしれない」と彼はこたえた。「でも、四年も待ったんだ」

「あの人たちがもうすぐお茶を飲みに来るわ」彼女は少しばつが悪そうに言った。「あなたを紹介しなければいけないわね。私、今朝仕事を引き受けたばかりなんですけど、泊って行けと言われたの。電報を打つつもりだったの」

「君のあとを追って来て、良かった。電報が僕に届いたかどうか怪しいものだ――この家からでは」

「どういう意味？　それに、どうやってここまで来たの？」

「君が書いたウィンブルドンの住所が気に入らなかったんだ」と彼は言った。その時、奇妙な人々が庭にゾロゾロ出て来たので、彼女はお茶のテーブルの方へ歩きだした。その顔は以前よりも少し青白く、もっと厳しくなっていたが、灰色の目にはまだ消え去らぬ光があり、今も挑戦の色の混じった好奇心があった。二人がテーブルのそばへ行った時には、もう二、三人そのまわりに集まっており、いささか型破りな訪問客は、型通り馬鹿丁寧に、一同に挨拶した。

家の主人か女主人はまだ姿を現わさないようだった。そこには三人の紳士がいるだけで、いずれも客とおぼしく、ハウス・パーティーに招《よ》ばれた面々かもしれなかった。一人はウォルマー氏と紹介された。薄い色の口髭を生やした青年で、背が高く、立派な身体つきで、頭が小さく見えた。鼻筋の通った鼻は鷲《わし》のようだったと言いたいが、突き出した目と引っ込んだ顎のために、どこか鸚鵡《おうむ》の鼻に似て見えた。二人目はブルース少佐というたいそう小柄な男で、たいそう長い頭には鉄灰色の髪が混じり、めったに口を利きそうもない表情をしていたが、これはその通りだった。三人目は年輩で、禿頭に黒い小さな縁なし帽子をかぶり、顔のまわりに赤い顎鬚とも頬髯ともつかぬものを生やしていた。重要な人物と見えて、パターソン教授と呼ばれていた。

ゲイルはお茶の席に加わり、生き生きと慇懃《いんぎん》なおしゃべりをしながら、テーブルの端の上席に着くはずだった人物は誰なのだろうと考えていた。ダイアナ・ウェスタメインはお茶を注いでいた。ウォルマーという男の態度はやや落ち着きがなく、しばらくすると立ち上がって、何かをせずにはいられないように、芝生でクローケーの球を打ちはじめた。先程から関心を持ってこの男の様子を見ていたゲイルは、真似をして打球槌を取り上げ、二つの球に門をくぐらせる特別な技を試みた。その技には細かい吟味が必要だった。彼は芝生に両手両足をついて、位置を詳しく確かめようとした。

「あんたの首を門に突っ込もうってのかい？」ウォルマーがぞんざいにたずねた。彼はさいぜんからだんだん苛立たしげな様子になって来て、まるで新来の客に妙な嫌悪感を抱いているかのようだった。

「いいえ」ゲイルはにこやかに答えながら、球を転がした。「そいつは不愉快な姿勢《かっこう》でしようね。ギロチンにかけられるようだ」

ウォルマーは憎々しげにクローケーの門を睨《にら》みつけ、濁声《だみごえ》で「良《い》い気味だ」という風なことを言った。それから、いきなり打球槌を戦斧《せんぷ》のように頭上に放り投げると、落ちて来た打球槌は門にぶつかり、芝生に深々とめり込ませた。人間の頭をその門に突っ込む姿を暗示したばかりだっただけに、このパントマイムには言葉に言い表わせないほど恐ろしいものがあった。まるで目の前で人の首が打ち落とされたかのようだった。

「その打球槌はもう下に置いた方がいい」教授が宥《なだ》めるような声でそう言い、少し震える手を相手の腕にかけた。

「はいはい、そんなら下に置きますよ」ウォルマーはそう言うと、ハイランド競技大会でハンマー投げをする男のように、肩ごしに槌を放り投げた。打球槌は雷霆《らいてい》のごとく宙を飛び、庭の真中に寂しく立っている石膏《せっこう》の像にあたって、天辺を欠いた。ウォルマー氏はいささか無遠慮に腹を抱えて笑い、それからスタスタと家の中に入った。

娘は黒い眉を顰めてこうしたことをずっと見守っていたが、顔色が目立って青ざめて来た。気づまりな沈黙があり、やがてブルース少佐が初めて口を利いた。

「この場所の空気だな。あまり健康に良くない」

実際のところ、郊外の庭の空気はまことに澄んでいて、日があたり、心地良かった。ダイアナは次第に煙に巻かれたような薄気味悪さを感じて、あたりを見まわし、色鮮やかな植木鉢や夕陽を浴びて黄金色に輝く芝生を見た。

「たぶん、わたしは運が悪いからなんだろう」少佐は考え込むようにして、言葉を継いだ。「本当を言うと、わたしには深刻な問題がある。病気があるので、この場所が少し恐ろしい場所になってるんだ」

「どういう意味ですか？」ダイアナ嬢はすかさずたずねた。

短い沈黙があり、それから少佐は無表情に言った。

「わたしは正気なんだよ」

すると、彼女はもう一度、暖かい日のあたる庭を見て、寒気をおぼえたようにゾッと身震いした。これまでの二、三時間に起こったことの中から、千ものことが心に蘇った。なぜ自分の新しい住居に漠とした不信の念を抱いたのかがわかった。人が自分は正気だと言う場所は、世界にただ一つしかないことを今悟った。

頭の長い小男が木製の自動人形のように強張《こわば》った動きで歩き去って行く間、彼女はゲイルを探してあたりを見まわし、彼が消えてしまったことに気づいた。凄まじい空虚さ、巨大な恐怖の真空が、まわり中に広がっていた。その瞬間、彼女はこれまで半分しか意識しなかったさまざまなことを自分に認めていたが、虚空に消えたあの男以外、地上の如何なる人間も、どうでも良かった。いっとき、自分が本当は狂っている可能性と、ほかのみんなが正気でない可能性とを較べてみた。その時、生垣の隙間から、庭の向こうの端で動いている人々の姿が見えた。縁なし帽子をかぶった老教授は、まるで爪先立ちで走るように素早く、しかし、ブルブル震えながら動いていた。長い痩せた手を鰭のように打ち振り、赤い顎鬚が風の中で揺れていた。彼のあとをこっそりと、しかも素早く、二、三ヤードの距離を置いてついて行くのは、ガブリエル・ゲイルのひょろ長い灰色の姿だった。それが一体何を意味するのか、彼女にはまるで見当もつかなかった。ただ花壇ごしに、奇怪な花の咲き誇る温室をじっと見つめつづけ、庭の真ん中の頭のない像に一種の象徴を――この不条理の庭の神という象徴を――ぼんやりと意識するだけだった。

次の瞬間、ゲイルが長い生垣の向こう端にふたたび現われ、陽光の中をこちらへ向かって、微笑みながら歩いて来た。彼女の真っ青な顔を見ると、立ちどまった。

「この場所が何だか知っているの?」と彼女はささやいた。「顚狂院よ」

「じつに逃げ出しやすい顚狂院だ」ゲイルは落ち着いて言った。「たった今、教授が逃げ出すのを見たよ。あいつは定期的に逃げ出すんだ。たぶん水曜日と土曜日に」

「冗談を言ってる暇はないわ」彼女は声を上げた。「いいこと、私たち罠《わな》にかかって、顚狂院に閉じ込められてしまったのよ」

「大丈夫、もうじき癲狂院の外に出られるよ」彼は力強くこたえた。「こういう事情だからはっきり言うが、残念ながらここは癲狂院じゃない」

「どういうこと？」

「もっと性質《たち》の悪いものなんだ」とゲイルはこたえた。

「どういう意味なのか、教えてちょうだい」と彼女は繰り返した。「この恐ろしい場所について、知ってることを教えてちょうだい」

「僕にとって、ここはいつまでも神聖な場所となるだろう」と彼は言った。「君が記憶の深淵《ふち》から現われたのは、あのアーチの下でだったじゃないか？　それに何と言っても美しい庭だし、ここを去るのが悲しいくらいだ。あの家もロマンティックな背景になるし、本当に、ここならしごく快適に暮らせるかもしれない――ただ癲狂院であってくれさえすればね」そう言って、残念そうに嘆息をついた。

それから、少し間をおいて、言った。「素敵な、親切な、居心地の良い精神病院だったら、君に言いたいことを全部言えるかもしれない――でも、こんな場所では駄目だ。今は片づけなければならない実際的な問題がある。そら、そいつをやってくれる人たちが来た！」

彼女にはその悪い夢と、その夢が醒める時のさらに滅茶苦茶なやり方との断片をつなぎ合わせることが、ついにできなかった。驚いたことに、新たな人の群れが庭の小径をこちらへ近づいて来た。先頭には、山高帽をかぶった赤毛の男がいて、その抜かりのない、上機嫌な顔つきには微《かす》かに見憶えがあった。うしろには、明らかに「私服」をまとった二人の逞《たくま》しい人物がおり、その間に、手錠をかけられたパターソン教授の意外な姿があった。

「家に放火しているのを捕まえた」と赤毛の男がそっけなく言った。「重要な証拠資料だ」

面食らうことばかり続いたその日の午後、もう少しあとになって、友人たちは説明をするため庭の長椅子に腰掛けた。「ガース博士を憶えてるだろう」とゲイルは御婦人に言った。「この奇妙な一件を解決するために協力してくれたんだ。実を言うと、警察はもうしばらく前から、このウィンブルドンの保養施設を怪しいと睨んでいた。そう、ここは精神病院じゃない。手練《てだれ》の職業的犯罪者の巣窟なんだ。連中は医者と共謀《ぐる》になって、責任能力なしと認めてもらうという名案を思いついた。そうすれば、最悪の場合でも、医者がだらしなくてかれらを逃がしたことを咎《とが》められるだけだ。記録を見ればわかるが、連中は長い目録がつくれるほどたくさんの犯罪の責任者、あるいは無責任者なんだ。僕がたまたまこの悪巧《わるだく》みを追求したのは、この悪知恵がどこから出たかをふと思いついたからだった。ところで、あれが君をタイピストに雇った紳士じゃないかい」

彼がそう言っている間に、一人の小柄で敏捷な人物が家から大股に歩いて出て、芝生を横切った。テリア犬がよくやる仕草のように、短い顎鬚を前に突き出していた。

「そう、あれがウィルソン博士よ。つい今朝方、あの人と契約したの」ダイアナはなおも目を丸くしながら言った。

博士はこちらに来ると立ちどまって、テリア犬のように小首を右左にふり向け、額と目蓋に皺を寄せて、一同を見た。

「それでは、この方がウィルソン博士なんだね」ゲイルは丁寧に言った。「ごきげんよう、スターキー博士」

それから、私服の男たちがにじり寄って博士を取り囲む間に、ゲイルは考え込むようにして、言い添えた。

「あなたは必ずヒントをつかむと思ってましたよ」


あの奇妙な顚狂院から通りを一、二本隔てたところに、玩具のような公園があった。普通の家の裏庭よりさほど大きくはなかったが、飾りつけた小径が幾条《いくすじ》も通っていて、花咲く灌木《かんぼく》が植えてあり、この郊外の赤ん坊を連れて歩く、放浪の子守女たちのオアシスとして造られたものだった。そこはまた背凭《せもた》れの湾曲した長い椅子にも飾られていて、こうした長椅子の一つを飾っていたのが、黒服をまとい、多少困惑しながら、体裁を繕おうとしている一組の男女だった。その日の午後の出来事は途方もないものだったが、進展が非常に速かったので、まだ日は暮れかけたばかりだった。空の隅とこの趣ある小さな公園の隅々に暮色が垂れ込めつつあり、何かの遊びが長引いて居残っている子供たちの甲高いが微かな叫び声のほかには、ほとんど物音もしなかった。

ゲイルがあの軽はずみな誓いのこと、川沿いの庭で救われてから、コーンウォールの教会墓地で葬式を上げるまでの間に起こった一切を彼女に語ったのは、ここでだった。

「一つだけわからないのは」と彼女は最後に言った。「あの人たちが私をあそこへおびき寄せるとどうして思いついたのか、そもそも、あんな場所があるとどうして思いついたのかということだわ」

「うん、それはね」ゲイルは少しきまり悪そうに砂利道を見ながら、言った。「僕は最初スターキーにこう言った――君の持つ精神がどんなものかわかっているし、それが進む方向で誇張することができると。あれは法螺《ほら》じゃなかったんだ。スターキーは一つの思いつきを、とくに誰か他人の思いつきを応用したり、悪用したりする機会をけっして逃がさなかった。気の毒なジミー・ハレルが、自分は脱走した狂人だから罰を受けないといって自慢した時、スターキーの心に種が蒔かれて、これはいずれ芽を出すな、と僕は確信していた。僕がブランコや四阿を気に入ったことを利用したように、あいつはそれを突きつめて利用するだろうと確信していた。ジムが生きている間は、僕には黙っている動機があることをあいつは知っていた。しかし、ジムが死んだとたんに手を打った。あいつはじつに素早かった。あいつの心は稲光のようだ。素早いけれども、曲がっているんだ。やつは特権を持つ狂人の一人を遣わして、君のところへ行く途中、石で僕の頭を割ろうとした。電報君を傍受して、僕が一切を打ち明ける前に君をおびき出した。でも、僕が知りたいのは、君がこの話全体をどう思うかということだよ」

「誓いを立てたのは、たしかに軽はずみだったわね」と彼女は言った。「あの人の世話をしている間に、あなたは絵を描いたり、いろいろな良いことができたかもしれないんですもの。天才が二言三言の言葉によって狂人に縛りつけられるなんて、正しいこととは思えないわ」

ゲイルはいきなり身を起こした。「後生だから、そんなこと言わないでくれ！」と大きな声で言った。「二言三言の言葉によって自分を狂人に縛りつけちゃいけない、なんて言わないでくれ！　何を言っても良いけれども、頼むから、それが間違っているとは言わないでくれ！　とんでもない考えだとでも、まったく邪悪な思想だとでも言っていいから！」

「どういう意味？」と彼女はたずねた。「なぜ、いけないの？」

「なぜなら」と彼は言った。「君に軽はずみな誓いを立ててもらいたいからだ。二言三言の言葉によって、君自身を狂人に縛りつけてもらいたいからだ」

沈黙があり、しまいに彼女は突然笑いだして、彼の腕に手を置いた。

「いいえ」と彼女は言った。「ただちょっと馬鹿なだけよ……ずっとあなたが好きだったの。あなたが本当に狂人だと思っていた時も、あなたが逆立ちしたあの日もよ。でも、今は誓いを立てても、そんなに軽はずみだとは思わないわ……ねえ、一体何をしてるの？……まあ、ちょっと——後生だから……」

「ほかに何をすれば良いんだ」彼は平然と答えた。「君がそう言ってくれたんだもの。僕はまた逆立ちするぞ」

小さな公園の隅にいた子供たちは、葬式の礼装をした紳士が少し普通でない振舞いをするのを、面白そうにながめていた。

## 訳者後記

私が初めて「詩人と狂人たち」という作品に触れたのは、国書刊行会の「世界幻想文学大系」に収められた中村保男《なかむらやすお》訳（但《ただ》し、福田恆存《ふくだつねあり》との共訳という名義になっていた）によってであった。その鮮かな印象は今も忘れない。黄色い鳥や、魔酒アプサントの緑の焔《ほのお》がいつまでも脳裡に残った。

中村訳は今読み返しても色褪せない魅力を持っていると思うが、ただ、フランス人の名前がみんな英語読みになっているといったあたりが少々古びているので、私などが新訳を仰《おお》せつかったのかもしれない。けれども、枝葉末節《しようまっせつ》はともかくとして、全体の日本語の格調に於《お》いて、私の訳が旧訳にひどく劣るものになっていないかどうか自信がない。

文学作品の翻訳は音楽の演奏に似ていると思う。

演奏にはもちろん良し悪しがあるが、フルトヴェングラーの指揮した「運命」とトスカニーニの「運命」のように、全然異なるけれども、どちらが良い、どちらが正しいと決めつけられない場合が多い。いずれも「運命」の演奏には違いないのだが、表現する角度が異なるからだ。もちろん単純なミスというものは存在して、ミスはない方が良いが、ミスのない演奏が名演奏かというと、そうでもない。ともかく、私たちはさまざまな角度から表現された演奏を聴いて、楽曲の全体像をだんだんにつかむことができる。だから、私も自分なりの角度から作品を翻訳したいといつも考えている。

なお、翻訳の底本には *The Poet and the Lunatics* Cassell and Company, 1929 を使用した。翻訳作業にあたっては、東京創元社編集部の皆様の温かい御協力を得た。ここに厚く感謝の意を表する。

# 解説

鳥《とり》飼《かい》否《ひ》宇《う》

本書は二〇一二年に週刊文春の主催でおこなわれた「東西ミステリーベスト100」において、みごと八六位の座に輝いている。チェスタトンの作品では世評に高いブラウン神父物の第一作『童心』の八位に次ぐ、堂々のランクイン。これに先立つ一九八五年のランキングではランク外であったことを考えると、その間に新訳がなされたわけでもないのに、健闘が讃《たた》えられるべきだろう。つまり、近年になってめきめきと評価が高まってきた作品なのである。

細かく見ると、本書に票を投じているのは三八七人のアンケート回答者のうち六人だけである（なにを隠そう筆者もそのうちのひとりなのだが）。投票数は決して多いとはいえないが、投票した六人のうち四人が本書を一位ないし二位に推したために、ランクインを果たしたのだ。好きな人にとってはカルト的な人気を誇る作品ともいえよう。

にもかかわらずしばらく絶版になっていたのは、旧版がかなり格調が高く、ともすると難解で現代の読者から敬遠されたからではないだろうか。元々わかりづらいチェスタトンの文章を理解し、他言語に翻訳するのは途方もない苦行だろうと拝察する。このたび南條竹則さんの新訳でずいぶん読みやすくなって復刊されたことを、まずは素直に喜びたい。

さて、本書の主人公で探偵役のガブリエル・ゲイルは画家兼詩人という設定である。作中で「若い天才画家たちの中でも飛び抜けた一人」（「風変わりな二人組」）、「いっぱしの大画家」（「孔雀の家」）と紹介されているので、絵描きとしてはかなりの腕前がうかがえる反面、詩作に没頭しているような描写はほとんどない。どうやらゲイルは、書かない詩人――なんと逆説的な響きだろう！――のようだ。

弾かないピアニストはもはやピアニストではないし、同様に描かない画家は画家とは呼べない。ところが詩人だけは、書かなくても詩人たりうる。私たちの中にそういう共通認識があるのはなぜだろう？　それは詩人に求められている資質が詩という形式の文学作品をことばで綴《つづ》る能力だけでは必ずしもなく、時代を先導する思索家的な態度もまた重視されるからではなかろうか。バイロンが愛に溺れながらも政治活動に身を投じ、ブルトンが力強くシュルレアリスム宣言をおこなったように。あるいは高橋新吉《たかはししんきち》がダダと禅《ぜん》に生涯を捧げ、中原中也《なかはらちゅうや》が時代の憂鬱と向きあった末に夭折《ようせつ》したように。

本書は一九二九年に英国で出版された。チェスタトンの著作の中では比較的晩年に位置する作品で、翌三〇年には全編逆説まみれの中編集『四人の申し分なき重罪人』が世に出ている。実は『四人の申し分なき重罪人』の中の「忠義な反逆者」にもセバスティアンという詩人が登場する。この物語の中で詩人セバスティアンは国王に対抗する反動分子として描かれている。まさに詩人の面目躍如《めんもくやくじょ》たる活躍ぶりであるが、本書の主人公ゲイルはそこまでの活動家ではない。むしろボヘミアン的な生活を謳歌する自由人として描かれている。しかし、アフォリズム（警句）に満ちたゲイルの生き方は、これはこれで詩人そのものである。

そのことを端的に示す言動が第一話の「風変わりな二人組」においてさっそく出てくる。ゲイルは自ら「僕は実際的なことが苦手」だと言明し、実際的でないからこそ自殺未遂者を説得できると主張する。さらには、「物が真の姿で見える」からと、いきなり逆立ちをしてみせる。このとき彼の放ったことばが詩でなくして、果たしてなんであろう。

この世界は上下逆さまなんです。僕らはみんな上下逆さまなんです。僕らはみんな天井を這っている蠅で、落ちないのは永遠に続く神の御慈悲なんです。

これだけでもゲイルがかなり酔狂な主人公だとわかるが、本書の登場人物といったら書名通りに常軌を逸した連中ばかりだ。そんな中で、詩人探偵はどうやって事件に向き合うのか。たとえば「紫の宝石」では、ゲイルが自らの探偵術の秘訣《ひけつ》をこう語っている。

もし誰かの手の跡が地面のあちこちについているのを見せてくれたら、そいつがなぜ逆立ちして歩いていたのか教えてあげよう。けれども、それを探り出すのは、僕がものを探り出す唯一の方法によってだろう。それは単に、僕も狂っていて、自分でもよく逆立ちするから、わかるというわけなんだ。

つまり、ゲイル自身が狂人の心理を熟知しているため、そんな人間が引き起こす犯罪を読み解くことができるというのだ。この「紫の宝石」の他、「鱶《ふか》の影」や「石の指」などのパラドキシカルでトリッキーな作品は、ブラウン神父物にも通じる味わいがあり、いかにもチェスタトンっぽい。しかし、ゲイルのような奇矯《ききょう》な探偵役の存在感が際立つのは、もっともっと不条理な事件においてなのだ。

たとえば「黄色い鳥」。この事件でゲイルは頭上に飛んできた黄色い鳥からある男の狂気を察知し、危機一髪のところで難を逃れる。男の犯行動機(=狂気の論理)も並はずれているが、それを見破るゲイルの発言も負けず劣らず並はずれている。

君は二等辺三角形だったことがあるかい?

こんな奇天烈《きてれつ》な質問をされて、まともな人間はどう答えたらよいというのだろう。彼は円形の牢獄の対比として二等辺三角形を持ち出したわけで、円形の牢獄とはわれらが地球を含む全宇宙にほかならないことなんて、最後に教えてもらうまでわかるはずない。

ちなみに、この事件では yellowhammer という小鳥が重要な役割を果たしている。ヨーロッパには普通に分布しているホオジロ科の鳥で、日本名をキアオジという。奇妙な名前は古英語に由来しているらしく、本種の形態や生態とはほとんど関係がない。きっとチエスタトンは謎めいた鳥名に触発されて、この摩訶《まか》不思議な話を思いついたに違いないというのが筆者の私見である。

さらにゲイルらしさが光っている事件は、そのものズバリ、「ガブリエル・ゲイルの犯罪」だろう。ここで詩人探偵はまさに真骨頂ともいうべき言動を見せる。突然の嵐がやってきたときにゲイルはなにゆえ悪鬼の形相で窓を見つめていたのか。どうして雨男の青年を縄で木に縛りつけ刺股《さすまた》を顔の横に突き刺したまま嵐の中に放置したのか。正気の沙汰とは思えない無法な振舞いにもちゃんと理由があったことを弁明したあと、ゲイルは次のひと言を投げかける。

君、野原に仰向けになって、空を見つめて、踵《かかと》で宙を蹴ったことがあるかい?

これもまたなんと詩人らしいせりふだろう。この短編は本書に収録された八つの短編の中でも最も観念的で幻想的な作品だと思うが、筆者はこのゲイルの問いかけで、すべての謎が氷解したことを告白しておく。

なお、この話にはなぜかつけたしのように後日談がついており、その中にポンド氏というクリケット名人の帽子屋が唐突に登場する。エピソードの中では煙《けむ》に巻かれるこの人物が、のちに『ポンド氏の逆説』で、周囲を手玉に取る人物になるのではないかと想像すると、ちょっと楽しくなってくる。

「孔雀の家」もまた、突拍子もない話である。好奇心から見知らぬ屋敷に不法侵入したゲイルがなぜか罪も問われず晩餐会に招待され、その席上で隠蔽《いんぺい》された殺人事件を曝《あば》くはめになる。とんでもなくひねくれた内容だが、本短編で一番ひねくれているのは、犯人を告発したあとのゲイルのひと言に違いあるまい。

僕は彼の罪を曝きました。そして彼を弁護します。

詩人探偵が犯人を擁護したのは、犯人がぶっ壊れてしまっているからだが、そんな犯人の内面を正確に把握できるゲイルも相当に壊れているのは想像に難《かた》くない。

この短編の最後の二ページは、事件が解決したあとのおまけのようなものだ。チェスタトンはなぜこのような余剰とも取れる記述を付加したのか。ここでゲイルが登場人物のひとりに向かって語ることばの中にこそ、チェスタトンの思想が凝縮している気がする。

かれらはあなたより幸せな人間ではありませんでしたか？（中略）それは悪を信じていたからです。（中略）かれらは少なくとも物事を黒と白の文字で読み、人生を戦場と見ていました。しかし、あなたは悪を信じず、すべてのものを同じ灰色の光の中で見ることが哲学的だと考えておられる。だから不幸せなんです。

信じるものがある人は、それがたとえ間違ったものであれ、信じるものがない人よりも幸せだという哲学がある。チェスタトンの描く狂人がいつも生き生きしているのは、きっとこの哲学に基づいているからなのだろう。

最終話「冒険の病院」のエンディングで、ゲイルはやっぱり逆立ちをする。最後にもう一度ゲイルの名言を繰り返しておこう。

この世界は上下逆さまなんです。僕らはみんな上下逆さまなんです。

**訳者紹介** 1958年東京に生まれる。東京大学大学院英文科博士課程中退。著書に「怪奇三昧」他、訳書にウェイクフィールド他「怪談の悦び」、ジェイムズ「ねじの回転」、ブラックウッド「人間和声」、「秘書綺譚」、マッケン「白魔」、シンクレア「胸の火は消えず」他多数。

詩人と狂人たち

2016年11月18日　初版
2025年6月6日　3版

著　者　G・K・チェスタトン

訳　者　南《なん》條《じょう》竹《たけ》則《のり》

発行所　（株）東京創元社
代表者　渋谷健太郎

162-0814 東京都新宿区新小川町1-5
電　話　03・3268・8231-営業部
　　　　03・3268・8201-代　表
URL　https://www.tsogen.co.jp
組　版　精　興　社
印刷・製本　大日本印刷



ISBN978-4-488-11012-3　C0197